BASTEI
LÜBBE

Taschenbücher von ROBERT ASPRIN
im BASTEI-LÜBBE-Programm:

20184 Ein Dämon auf Abwegen
20109 Dämonen-Futter
20110 Ein Dämon mit beschränkter Haftung
20137 Ein Dämon für alle Fälle
20144 Ein Dämon dreht durch
20180 Ein Dämon zuviel
20182 Drachenfutter
20198 Ein Dämon auf Achse
20221 Ein Dämon kommt selten allein
20244 Ein Dämon macht noch keinen Sommer

Geschichten aus der Diebeswelt
20089 Die Diebe von Freistatt
20091 Der Blaue Stern
20093 Zum wilden Einhorn
20095 Die Rache der Wache
20098 Die Götter von Freistatt
20101 Verrat in Freistatt
20107 Der Krieg der Diebe
20113 Hexennacht
20122 Sturm über Freistatt
20140 Armeen der Nacht
20149 Die Farbe des Zaubers
20155 Die Säulen des Feuers
20167 Die Herrin der Flammen
20179 Der Bann der Magie
20192 Im Herzen des Lichts
20206 Die Macht der Könige

Die Chaos-Kompanie
23114 Die Chaos-Kompanie
23132 Das Chaos-Casino

23153 Der Weltkrieg-Konzern
23157 Die Käfer-Kriege

ROBERT ASPRIN

Ein Dämon wollte Hochzeit machen

Fantasy-Roman

Ins Deutsche übertragen
von Ralph Tegtmeier

BASTEI
LÜBBE

BASTEI-LÜBBE-TASCHENBUCH
Band 20251

Erste Auflage:
März 1995
Zweite Auflage:
Mai 1996

Deutsche Lizenzausgabe 1995
Bastei-Verlag
Gustav H. Lübbe GmbH & Co.,
Bergisch Gladbach
Originaltitel:
Sweet Myth-tery of Life
Lektorat:
Stefan Bauer
Titelbild: Phil Foglio
Umschlaggestaltung:
Quadro Grafik, Bensberg
Satz: Fotosatz Schell, Hagen a.T.W.
Druck und Verarbeitung:
Brodard & Taupin,
La Flèche, Frankreich
Printed in France

ISBN 3-404-20251-1

Der Preis dieses Bandes
versteht sich einschließlich der
gesetzlichen Mehrwertsteuer.

Dieses Werk ist meinen Freunden und Therapeuten gewidmet, die mir dabei halfen, eine zweieinhalbjährige Schreibhemmung zu überwinden. Dazu gehören (unter anderen):

Mystia Deemer
Todd und Mary Brantley
Dorlene Bolesny
Randy Herbert
Roger Zelazny
Der NO Quarter Sword Club

Den Verlegern und Lesern, die so geduldig und treu gewartet haben, bis ich diese schwierige Lebensphase überwunden hatte, kann ich meinen Dank wohl am besten dadurch bekunden, daß ich weiterschreibe!

R. L. A.

1

›Bilde ich mir das nur ein, oder habe ich wirklich immer mehr Ärger am Hals als andere?‹

Hiob

»... und um die Sache zusammenzufassen, sieht die Situation folgendermaßen aus ...«

Beim Sprechen zählte ich die einzelnen Punkte an den Fingern ab, um das Gesagte optisch zu unterstreichen.

»Erstens, Königin Schierlingsfleck will mich zum Gemahl. Zweitens, sie hat mir einen Monat Bedenkzeit gewährt. Drittens ...«

Ich tippte einmal mit dem Finger auf, um den nächsten Punkt gesondert zu betonen.

»... wenn ich mich dagegen entscheide, sie zu heiraten, wird sie abdanken, mich zu ihrem Nachfolger ernennen und mir den ganzen Schlamasel aufhalsen. Kapiert?«

Auch wenn mir meine mißliche Lage Sorgen bereitete, war ich doch stolz auf meine Fähigkeit, das Problem geradeheraus anzugehen, es zusammenzufassen und zu analysieren, während ich nach einer Lösung suchte. Es gab eine Zeit in der nicht allzu fernen Vergangenheit, da ich statt dessen einfach nur in blinde Panik verfallen wäre. Wenn meine Abenteuer der letzten Jahre auch nur einen einzigen Vorzug hatten, dann sicherlich den, daß sie wahre Wunder wirkten, was mein Vertrauen in meine Fähigkeiten betraf, so gut wie jede Krise zu meistern.

»Gliep!« erwiderte mein Publikum.

Na schön ... *so* furchtbar selbstsicher war ich nun auch wieder nicht.

Ich wußte zwar, daß ich mich mehr schlecht als recht durch die haarsträubendsten Krisen würden stümpern können, aber am meisten graute mir davor, mich vor meinen Freunden und Kollegen lächerlich zu machen. Denn obwohl sie in ihrer Loyalität und Bereitschaft, mich auch aus den mißlichsten Patschen herauszuhauen, felsenfest und unverbrüchlich geblieben waren, hieß das noch lange nicht, daß ich allzusehr darauf erpicht war, unsere Freundschaft ein weiteres Mal zu strapazieren – und sei es nur, um ihren Rat einzuholen. Sollte ich sie jedoch *tatsächlich* darum angehen, so fand ich, daß ich es so vernünftig und erwachsen wie möglich tun sollte, anstatt hysterisch meine Wehwehchen herauszuposaunen. Deshalb hatte ich beschlossen, meinen Appell an sie vor dem einzigen Mitglied unserer Mannschaft einzustudieren, in dessen Gegenwart ich mich wirklich behaglich fühlte ... meinem Hausdrachen.

Ich habe immer darauf hingewiesen, daß Gliep durchaus aufgeweckt ist, trotz des Ein-Wort-Vokabulars, das ihm seinen Namen verliehen hat. Nach Meinung meines Partners und Mentors Aahz war die begrenzte sprachliche Ausdrucksfähigkeit meines Haustiers lediglich ein Zeichen für seine Unreife und würde sich mit zunehmendem Erwachsenwerden schon beheben. Angesichts der Tatsache, daß Drachen einige hundert Jahre leben, stand es um meine Chancen, mit Gliep jemals ein Gespräch auf Gegenseitigkeit zu führen, natürlich ziemlich mies. Trotzdem – in Zeiten wie diesen wußte ich es durchaus zu schätzen, mit jemandem zu reden, der nur zuhören konnte ... und zwar ohne irgendwelche hilfreichen Nebenbemerkungen hinsichtlich meiner Unfähigkeit, auch nur mal über die Straße zu gehen, ohne mich selbst und die Mannschaft dabei in irgendeine furchtbare Klemme zu manövrieren.

»Das Problem ist«, fuhr ich fort, »daß ich nämlich über all den Problemen und Katastrophen, mit denen ich im Laufe der Jahre zurechtkommen mußte, ganz zu schweigen von meiner Aufgabe als Präsident der Chaos GmbH, nicht allzuviel Zeit für ein Liebesleben gehabt habe. Gewissermaßen überhaupt keine ... und *ganz bestimmt* habe ich mir bisher noch keinerlei Gedanken über das *Heiraten* gemacht! Ich meine, ich habe mich doch noch nicht einmal entschieden, ob ich *überhaupt* jemals heiraten will, ganz zu schweigen davon, *wen* oder *wann*.«

Gliep legte den Kopf auf die Seite, und es schien, als hinge er förmlich an meinen Lippen.

»Natürlich bin ich auch nicht allzu scharf auf die Alternative. Ich hatte schon einmal Gelegenheit, den König zu spielen ... und das war zweimal zu oft, vielen Dank! Es war schlimm genug, für Roderick den Ersatzmann zu machen, aber die Vorstellung, das Königreich *selbst* zu leiten, noch dazu als *ich selbst* und nicht etwa nur für ein paar Tage – nein, das ist einfach grauenerregend. Die Frage ist nur, ob es mehr oder weniger grauenerregend ist als die Vorstellung, mit Königin Schierlingsfleck verheiratet zu sein.«

Mein Haustier reagierte auf mein Dilemma, indem es kräftig auf einer juckenden Stelle an seinem Fuß herumkaute.

»Vielen Dank, Gliep, alter Junge«, sagte ich und lächelte trotz meiner üblen Laune, wenn auch etwas schiefmäulig. Zwar hatte ich nicht wirklich mit irgendwelchen glutvollen Ratschlägen meines Drachen gerechnet, doch hatte ich angenommen, daß meine Probleme ernst genug seien, um wenigstens seine

Aufmerksamkeit zu fesseln. »Da kann ich genausogut mit Aahz reden. *Der* schaut mich ja wenigstens noch an, während er mir den Kopf abreißt.«

Immer noch lächelnd, nahm ich den Becher Wein auf, den ich als moralische Stütze mitgebracht hatte, und wollte mir gerade einen Schluck gönnen.

»Och, so schlecht ist Aahz gar nicht.«

Einen Augenblick lang dachte ich erschrocken, Gliep hätte geantwortet. Doch dann merkte ich, daß die Stimme von hinten gekommen war, daß sie nicht von meinem Haustier stammte. Ein schneller Blick über die Schulter bestätigte meine schlimmsten Befürchtungen. Mein Partner lehnte, komplett mit grünen Schuppen, spitzen Zähnen und allem anderen, keine zehn Schritte von mir entfernt an der Wand und hatte offensichtlich meinen ganzen Vortrag belauscht.

»Hallo, Aahz«, sagte ich und überspielte meine Verlegenheit mit einem gequälten Lächeln. »Hab' dich gar nicht reinkommen hören. Tut mir leid, was meine letzte Bemerkung betrifft, aber ich bin ein bißchen ...«

»Darüber mach dir mal keine Sorgen, Skeeve«, unterbrach er mich mit einer wegwerfenden Handbewegung. »Wenn das das Schlimmste sein sollte, was du nach all den Jahren über mich zu erzählen weißt, finde ich, daß wir eigentlich ganz gut zurechtgekommen sind. Manchmal setze ich dich *tatsächlich* ein bißchen stark unter Druck. Schätze, das ist wohl meine Methode, mit Streß umzugehen.«

Aahz wirkte durchaus ruhig ... eigentlich geradezu *verdächtig* ruhig. Zwar war ich nicht eben wild darauf, von ihm angeschrien zu werden, doch wäre es wenigstens etwas Vertrautes gewesen. Diese ungewohnte Zurschaustellung vernünftiger Einsicht bereitete mir

Unbehagen – ganz so, als wäre die Sonne plötzlich im Westen aufgegangen.

»Und ... was tust du hier, Partner?« fragte ich und versuchte, möglichst gelassen zu klingen.

»Ich habe nach dir gesucht. Mir ist der Gedanke gekommen, daß du vielleicht einen wohlwollenden Zuhörer gebrauchen könntest, während du dir überlegst, was du als nächstes tun sollst.«

Wieder schrillte eine kleine Alarmglocke in meinem Hinterkopf. Von allen Bezeichnungen, die die Beziehung zwischen mir und Aahz in der Vergangenheit hätten beschreiben können, wäre »wohlwollender Zuhörer« sicherlich die abwegigste gewesen.

»Woher wußtest du überhaupt, wo ich bin?«

Damit umging ich zwar das Thema, aber ich war wirklich neugierig darauf zu erfahren, wie Aahz mich gefunden hatte. Schließlich hatte ich große Anstrengungen unternommen, um möglichst unbemerkt in die Königlichen Stallungen zu schleichen.

»Das war nicht schwer«, erwiderte Aahz und ließ ein Grinsen aufblitzen, als er mit dem Daumen zur Tür wies. »Schließlich hängt da draußen eine ganz hübsche Menschenmenge herum.«

»Tatsächlich?«

»Na klar. Pookie ist zwar für meinen Geschmack ein bißchen zu großmäulig, aber von ihrem Job als Leibwächterin versteht sie was. Ich vermute, sie hat dich schon beschattet, seit du dein Zimmer verlassen hast.«

Pookie war die neue Leibwächterin, die ich mir kürzlich bei meiner Reise nach Perv zugezogen hatte ... bevor ich dann erfuhr, daß sie Aahz' Kusine war.

»Das ist aber komisch«, meinte ich stirnrunzelnd. »Ich habe sie überhaupt nicht gesehen.«

»Ich sag' dir doch, daß sie gut ist«, antwortete mein Partner blinzelnd. »Nur, weil sie dein Privatleben respektiert und sich außer Sichtweite hält, heißt das noch nicht, daß sie dich unbegleitet herumspazieren läßt. Wie dem auch sei, ich schätze, Guido hat sie dabei gesehen und beschlossen mitzugehen ... der folgt ihr schon wie ein Hündchen, seit sie sich kennengelernt haben ..., und das hieß natürlich, daß auch Nunzio mitkommen mußte, und ... na ja, unterm Strich bleibt, daß jetzt deine drei Leibwächter allesamt draußen vor der Tür stehen, um dafür zu sorgen, daß du ungestört bleibst.«

Hervorragend! Da ziehe ich los, um mal ein bißchen für mich zu sein, und wie endet das Ganze? Mit einer Parade.

»Schön, und was glaubst du nun, Aahz?« frage ich.

Ich wußte, daß ich seine Meinung ohnehin früher oder später erfahren würde, und da hielt ich es für das beste, ihn geradeheraus zu fragen, um die Sache möglichst bald hinter mich zu bringen.

»Wozu?«

»Zu meinem Problem«, erklärte ich.

»Welchem Problem?«

»Tut mir leid. Ich dachte, du hättest zugehört, als ich es Gliep erklärte. Ich spreche von der ganzen Geschichte mit Königin Schierlingsfleck.«

»Ich weiß«, antwortete mein Partner. »Und ich frage dich noch einmal: Welches Problem?«

»*Welches Problem*?« Langsam begann ich, ein wenig den Anschluß zu verlieren, was bei Gesprächen mit Aahz nichts Ungewöhnliches ist. »*Meinst du nicht* ...«

»Einen Moment mal, Partner«, sagte Aahz und hob die Hand, um mir Schweigen zu gebieten. »Erinnerst du dich noch an die Situation, als wir uns zum erstenmal begegnet sind?«

»Na klar.«

»Laß mich dein Gedächtnis trotzdem etwas auffrischen. Dein alter Mentor Garkin war gerade umgekommen, und es bestand die hohe Wahrscheinlichkeit, daß du als nächster auf der Abschußliste stehen würdest. Stimmt's?«

»Stimmt. Aber ...«

»Also *das* war nun wirklich ein Problem«, fuhr er fort, als hätte ich gar nichts gesagt. »Genauso, wie es ein Problem war, als du mit einer Handvoll Mißgeburten Big Julies Armee aufzuhalten versuchtest – wohlwissend, daß Grimble geschworen hatte, dich umbringen zu lassen oder dir noch Schlimmeres anzutun, solltest du dabei Erfolg haben und in den Palast zurückkehren.«

»Ich erinnere mich.«

»Und als du damals den Beschluß gefaßt hast, mich aus dieser Mordanklage auf Vorhölle rauszuhauen, einer Dimension, die von Vampiren und Werwölfen nur so wimmelt, das würde ich auch ein Problem nennen.«

»Ich verstehe nicht, was ...«

»Und nun schauen wir uns doch einmal in unmittelbarem Kontrast dazu die *gegenwärtige* Situation an. Soweit ich es begriffen habe, schwebst du in der Gefahr, die Königin zu heiraten, was, wie ich glaube, den freien Zugriff auf die Schatzkammer des Königreichs mit sich brächte. Die andere Option besteht darin, daß du dich gegen eine Heirat mit ihr entscheidest, woraufhin sie zu deinen Gunsten abdanken wird ... und du wiederum freien Zugriff auf die Schatzkammer hast, nur diesmal ohne die Königin.« Er zeigte mir seine beeindruckende Zahnsammlung. »Ich wiederhole: welches Problem?«

Nicht zum erstenmal kam mir der Gedanke, daß

mein Partner dazu neigte, die Vor- und Nachteile jeder Situation durch die simple Technik zu ermitteln, alles auf eine Geldfrage zu reduzieren und dann die Bilanz zu betrachten.

»Das Problem ist«, sagte ich angespannt, »daß ich, um besagten Zugang zu der Schatzkammer zu erhalten, entweder heiraten oder König werden muß. Offengestanden bin ich auf beides nicht allzu scharf.«

»Verglichen mit dem, was du in der Vergangenheit durchmachen mußtest, nur um mal ein paar Münzen zusammenzukratzen, ist das doch gar nicht so schlecht«, erwiderte Aahz achselzuckend. »Mach dir doch nichts vor, Skeeve. Einen Haufen Kohle zu machen, geht meistens damit einher, irgend etwas Unangenehmes zu tun. Niemand ... und ich meine wirklich *niemand* ... läßt irgendwelchen Schotter dafür rüberwachsen, daß du dir eine schöne Zeit machst.«

Natürlich reichten die »paar Münzen«, die wir in den vergangenen Jahren zusammengekratzt hatten, aus, um selbst eine Banker auf Perv aufhorchen zu lassen, aber ich wußte ja, wie sinnlos es war, Aahz davon überzeugen zu wollen, daß es jemals so etwas wie *genug* Geld geben könnte.

Ich sah schon, daß dieses Gespräch nirgendwo hinführte. Aahz würde meinen Standpunkt einfach nicht einsehen wollen, und so entschloß ich mich zu einem schmutzigen Trick: Ich wechselte einfach zu *seinem* Standpunkt über.

»Vielleicht könnte ich mich für die Sache etwas mehr begeistern«, warf ich vorsichtig ein, »wenn die Finanzen des Königreichs nicht so haarsträubend miserabel wären. Etwas Unangenehmes tun zu müssen, nur um mir einen Haufen Schulden ans Bein zu binden, kommt mir nicht gerade wie ein großartiges Geschäft vor.«

Na schön – das ging wirklich unter die Gürtellinie. Aber das ist nun mal die Stelle, wo Perfekter wie Aahz am empfindlichsten sind ... will sagen, wo sie ihre Brieftasche aufbewahren.

»Was du da sagst, ist nicht verkehrt«, meinte mein Partner nachdenklich und schien zum erstenmal seit Beginn unseres Gesprächs zu schwanken. »Trotzdem, du hast es immerhin geschafft, einen ganzen Monat Bedenkzeit rauszuschlagen. Ich schätze, das müßte genügen, um die *wirkliche* finanzielle Situation hier gründlich abzuklopfen ... und um uns zu überlegen, ob man das Blatt nicht noch wenden kann.«

»Da gibt es nur ein Problem«, wandte ich ein. »Von Geld verstehe ich noch weniger als von Magik.«

»So aus dem Stegreif würde ich sagen, daß du eigentlich in beiden Bereichen nicht so schlecht dastehst.«

Ich bemerkte den harten Unterton in der Stimme meines Partners und erkannte, daß er im Begriff stand, meinen Kommentar persönlich zu nehmen – was auch nicht weiter verwunderlich ist, denn schließlich war er es, der mir so ziemlich alles beigebracht hat, was ich über Magik und Geld weiß.

»Sicher, ich komme ganz gut zurecht, solange es um persönliche Finanzen und Vertragsverhandlungen geht ... mehr als gut sogar ..., und das habe ich allein dir zu verdanken«, fügte ich hastig hinzu. »Aber worum es hier geht, das ist doch *Hochfinanz* ... den Etat eines ganzen Königreichs zu verwalten! Ich kann mich nicht erinnern, daß *das* auf dem Lehrplan gestanden hat. Wenn doch, muß es mir entgangen sein.«

»Na schön, das ist eine legitime Sorge«, sah Aahz ein. »Trotzdem, höchstwahrscheinlich ist es genau dasselbe wie das, was du bisher für die Chaos GmbH getan hast, nur in etwas größerem Maßstab.«

»Ganz hervorragend – nur daß es bisher Bunny gewesen ist, die den größten Teil der Finanzarbeit für die Chaos GmbH erledigt hat.« Ich schnitt eine Grimasse. »Ich wünschte nur, sie wäre jetzt hier.«

»Ist sie doch«, rief Aahz mit einem Fingerschnippen. »Das ist übrigens der zweite Grund, weshalb ich dich gesucht habe.«

»Wirklich? Wo ist sie denn?«

»Sie wartet in deinem Zimmer. Ich wußte nicht genau, was für ein Schlafarrangement du bevorzugen würdest.«

Eine der Veränderungen gegenüber meinem letzten Aufenthalt im Palast war die Tatsache, daß ich mir diesmal kein Zimmer mit Aahz teilte, sondern ein eigenes hatte. Daß mir jedoch die Zweideutigkeit dessen, was er da gerade gesagt hatte, völlig entging, zeigt nur, wie bekümmert ich war.

»Genau wie sonst«, sagte ich. »Schau mal, ob wir ein Zimmer für sie auftreiben, aber es sollte wenigstens im selben Palastflügel wie unsere Unterkunft liegen.«

»Wenn du meinst«, sagte Aahz schulterzuckend. »Jedenfalls sollten wir uns jetzt lieber auf den Weg machen. Sie schien es richtig eilig zu haben, dich zu sehen.«

Letzteres vernahm ich nur mit halbem Ohr, denn meine Aufmerksamkeit war im Augenblick von etwas anderem in Beschlag genommen.

Ich hatte mich nämlich von Aahz abgewandt, um Gliep zum Abschied ein letztes Mal zu tätscheln, und bemerkte dabei für den bloßen Bruchteil einer Sekunde etwas, was mir noch nie zuvor aufgefallen war: Er hörte uns zu!

Nun habe ich ja, wie bereits ausgeführt, schon immer behauptet, daß Gliep nicht auf den Kopf gefallen war, doch als ich mich diesmal umdrehte, hatte ich einen flüchtigen Eindruck von Intelligenz in seinem Ausdruck bemerkt. Um das Ganze zu verdeutlichen: Es gibt durchaus einen Unterschied zwischen ›nicht auf den Kopf gefallen sein‹ und ›Intelligenz‹. Das erstere bedeutet, daß jemand aufgeweckt und von schneller Auffassungsgabe ist. ›Intelligent‹ dagegen geht über das bloße Nachäffen hinaus in Richtung ›selbständiges Denken‹.

Glieps Miene, die ich beim Umdrehen bemerkte, wies auf nachdenkliche Konzentration, wenn nicht sogar Berechnung hin. Dann bemerkte er, wie ich ihn ansah, und der Ausdruck verschwand, wich seiner mir vertrauteren Miene zuvorkommender Freundlichkeit.

Aus irgendeinem Grund verpaßte mir das einen Schock. Vielleicht lag es ja daran, daß mir plötzlich wieder die Berichte der Mannschaft über ihre Versuche einfielen, während meiner Abwesenheit das Königreich auseinanderzunehmen. Ganz besonders erinnerte ich mich an die Behauptung, daß Gliep um ein Haar Tanda umgebracht hätte ... etwas, das ich zur fraglichen Zeit als bloßen Unfall abgetan hatte, den sie in ihrer Darstellung nur heillos übertrieben, um mich damit zu beeindrucken, wie schwierig ihr Auftrag doch gewesen sei. Als ich jedoch nun mein Haustier angaffte, begann ich mich zu fragen, ob ich nicht vielleicht doch etwas genauer darauf hätte achten sollen, was sie mir erzählten. Aber vielleicht hatte mir ja auch nur das Licht in den Stallungen einen Streich gespielt. Im Augenblick sah Gliep mal wieder völlig unschuldig aus.

»Komm schon, Partner«, wiederholte Aahz gereizt. »Du kannst ein anderes Mal mit deinem Drachen spielen. Ich meine immer noch, wir sollten das blöde Vieh verkaufen, bevor es sich noch durch unsere ganzen Ersparnisse frißt. Das Schoßtierchen hat doch zu unserer ganzen Operation nichts beizutragen – bis auf Verpflegungskosten.«

Diesmal fing ich es tatsächlich auf, weil ich bereits hinsah. Für einen klitzekleinen Moment verengten sich Glieps Augen, als er Aahz musterte, und aus einer Nüster entwich ein beinahe unsichtbares Rauchwölkchen. Dann blickte er wieder verschlafen und unschuldig drein.

»Gliep ist inzwischen mein Freund geworden, Aahz«, sagte ich bedächtig, ohne den Blick von meinem Haustier abzuwenden. »Genau wie du und der Rest der Mannschaft es sind. Ich möchte *keinen* von euch verlieren.«

Mein Drache schien meine Worte nicht weiter zu beachten, statt dessen reckte er den Hals, um sich im Stall umzusehen. Doch jetzt kam mir seine Unschuld etwas übertrieben vor ... ich hatte den Eindruck, als würde er es absichtlich vermeiden, mir in die Augen zu sehen.

»Wenn du meinst«, sagte Aahz schulterzuckend und ging auf die Tür zu. »Aber suchen wir jetzt lieber einmal Bunny auf, bevor sie noch explodiert.«

Ich zögerte noch einen Augenblick, dann folgte ich ihm aus den Stallungen.

2

›Ich freue mich auch, Sie kennenzulernen.‹

Dr. H. Livingstone

Genau wie Aahz es vorhergesagt hatte, wurde ich draußen von meinen drei Leibwächtern erwartet. Sie schienen sich über irgend etwas zu streiten, stellten das Gezänk aber sofort ein und blickten wachsam umher, sobald ich erschien.

Nun glaubt ihr vielleicht, daß es Spaß machen muß, seine eigenen Leibwächter zu haben. Aber dann habt ihr wohl noch nie welche gehabt.

In Wirklichkeit bedeutet es nämlich, von der Vorstellung Abschied zu nehmen, daß euer Leben euch selbst gehört. Ungestörtes Alleinsein, so etwas wie Privatsphäre, verblaßt zu einer vagen Erinnerung, die ihr nur mit Mühe ins Gedächtnis zurückrufen könnt, weil das »Teilen« die Norm wird … angefangen beim Essen auf eurem Teller und endend beim Klogang. (»Junge, Junge, Boß! Du weißt ja gar nicht, wieviel Typen schon weggenudelt wurden, weil sich jemand auf dem Lokus versteckt hatte! Tu einfach so, als wären wir gar nicht da.«)

Dann ist da noch die ständige, beunruhigende Erinnerung daran, daß dort draußen Leute sind, die nur auf eine günstige Gelegenheit warten, eurer Karriere ein vorzeitiges Ende zu setzen, egal für was für einen duften Typen *ihr euch selbst* halten mögt. Ich versuchte mir ständig einzureden, daß dies auf mich nicht zuträfe; daß Don Bruce ja nur darauf bestanden hatte, mir Guido und Nunzio zuzuweisen, weil sie ein Statussymbol darstellten, aber nicht aus irgendeinem anderen Grund. Pookie hatte ich allerdings selbst angeheuert, nachdem man bei meiner letzten Reise nach Perv einen Anschlag auf mich verübt hatte, so daß ich die Tatsache doch nicht gänzlich ignorieren konnte, daß Leibwächter gelegentlich notwendig und keine bloße unbequeme Dekoration waren.

»Hast du eine Minute Zeit, Skeeve?« fragte Pookie und trat vor.

»Na ja, ich war gerade unterwegs, um Bunny zu begrüßen ...«

»Prima. Wir können uns ja im Gehen unterhalten.«

Sie trat neben mich, worauf Aahz großmütig zurückblieb, um uns mit meinen beiden anderen Leibwächtern zu folgen.

»Es geht um folgendes«, sagte Pookie ohne Einleitung, »ich habe mir überlegt, mich auszahlen zu lassen und nach Perv zurückzukehren.«

»Wirklich? Weshalb denn?«

Sie zuckte die Schultern.

»Ich sehe nicht, daß ich hier wirklich gebraucht werde«, meinte sie. »Als ich vorschlug mitzukommen, da haben wir noch geglaubt, daß du in einen kleinen Krieg zurückkehren würdest. So, wie ich die Sache jetzt sehe, scheint deine Mannschaft die Dinge ganz gut im Griff zu haben.«

Während sie sprach, warf ich verstohlen einen Blick zurück auf Guido. Der trottete hinter uns her und sah noch mehr wie ein begossener Pudel aus als sonst. Es war nicht zu übersehen, daß er sich in Pookie verknallt hatte und nicht allzu wild darauf war, sie weggehen zu sehen.

»Äähh ... Eigentlich wäre es mir lieber, wenn du noch ein Weilchen bleiben könntest, Pookie«, antwortete ich. »Wenigstens so lange, bis ich mich entschieden habe, wie ich die Geschichte mit Königin Schierlingsfleck handhaben werde. Sie ist dafür bekannt, daß sie ein bißchen bösartig werden kann, wenn nicht alles so läuft, wie sie gern möchte.«

»Wie du willst«, sagte Pookie mit einem weiteren Achselzucken. »Ich wollte es dir nur leichtmachen, falls du nach Möglichkeiten suchen solltest, die Kasse zu schonen.«

Da mußte ich doch lächeln.

»Die Tatsache, daß wir die Finanzen des Königreichs bekneten werden, heißt noch nicht, daß irgend etwas mit unserer Kasse nicht stimmen würde. Du solltest deinen Cousin eigentlich gut genug kennen, um Vertrauen in seine Geldverwaltungskünste zu haben.«

»Aahz kenne ich in der Tat«, versetzte sie und warf ihm einen schmutzigen Blick zu. »Und zwar gut genug, um zu wissen, daß er sich eher einen Arm abschneiden würde, als sich unnötigerweise von Geld zu trennen ... oder, wahrscheinlicher, den Arm eines anderen.«

»Er ist im Laufe der letzten Jahre ein bißchen sensibler geworden«, lächelte ich, »aber ich weiß schon, was du meinst. Falls es dir mehr behagen sollte – *ich* habe dich angeheuert, und so machst du doch eigentlich eher mir Meldung als ihm.«

Pookie sah mich mit hochgezogener Augenbraue an.

»Wenn dem nicht so wäre«, antwortete sie, »wäre ich überhaupt gar nicht erst mitgekommen.«

Dabei hätte ich es bewenden lassen können, aber nun war eine Neugier geweckt.

»Was ist eigentlich mit euch beiden los? Oder genau genommen, was hast du für Probleme mit Aahz? Er schwärmt von dir und deiner Arbeit immer nur in den höchsten Tönen.«

Pookies Gesichtszüge verhärteten sich, sie brach den Augenkontakt ab und starrte geradeaus.

»Das ist eine Sache zwischen ihm und mir«, erwiderte sie mit steinerner Miene.

Ihr Verhalten verwunderte mich zwar, aber ich war klug genug, das Thema nicht weiterzuverfolgen.

»Ach so. Nun … jedenfalls wäre es mir lieb, wenn du hierbleiben würdest, sofern du möchtest.«

»Kein Problem, was mich betrifft«, antwortete sie. »Das heißt, eine Sache wäre da noch … Könnten wir mein Gehalt vielleicht der Situation anpassen? Der Preis, den du bisher gezahlt hast, stellt meinen Höchsttarif für kurzfristige Arbeit dar. Für längerfristige Aufträge kann ich dir einen Rabatt einräumen.«

»Wieviel?« entfuhr es mir. Wie ich schon sagte, hatte Aahz mir das meiste beigebracht, was ich über Geld wußte, und im Zuge dieser Lehre hatte ich auch einige seiner Reflexe übernommen.

»Warum einigen wir uns nicht auf denselben Tarif, den du den beiden da zahlst?« schlug sie vor und wies mit dem Daumen auf Guido und Nunzio. »Und sei es nur, um eventuellen Neid unter Profis zu vermeiden.«

»Äh … prima, in Ordnung.«

Ich brachte es nicht übers Herz, ihr mitzuteilen, daß Guido und Nunzio tatsächlich *mehr* als Pookies Höchsttarif bekamen. Da ich wußte, daß sie nicht nur aus derselben Dämonsion, sondern sogar aus derselben Familie wie Aahz stammte, war ich mir nicht sicher, wie sie diese Nachricht aufnehmen würde. Und angesichts der Unmenge an Dingen, die mir gerade alle auf dem Herzen lagen, beschloß ich, die Sache auf einen späteren Termin zu verschieben … zum Beispiel auf den Zahltag.

»Gut, damit wäre für mich gesorgt«, sagte Pookie. »Irgendwelche allgemeinen Anweisungen für uns?«

»Ja. Sag Nunzio, daß ich gern mit ihm sprechen

möchte.« Eines der Merkmale des Palastlebens ist die Tatsache, daß man sehr lange braucht, um von irgendwo nach irgendwo zu gehen, was uns jede Menge Zeit für Besprechungen auf dem Weg zu anderen Besprechungen bescherte. He, ich habe nicht behauptet, daß es schön ist, in einem Palast zu leben ... es ist eben nur so ein Merkmal davon.

»Na, was ist nun Sache, Boß?« fragte Nunzio, als er sich neben mich schob. »Bleibt sie oder geht sie?«

»Wie? Ach so. Sie bleibt, nehme ich an.«

»Puh! Da bin ich aber erleichtert!« sagte er und verdrehte einmal glücklich die Augen. »Ich kann dir sagen, ich glaube nicht, daß Guido noch zu ertragen gewesen wäre, wenn sie wirklich vorgehabt hätte zu gehen ... falls du verstehst, was ich meine.«

»Hm«, machte ich und sah zu seinem Vetter zurück ... der, jedenfalls dem Grinsen in seinem Gesicht nach zu schließen, die Nachricht bereits vernommen hatte. »Er scheint ja eine ganze Menge für sie übrigzuhaben.«

»Da machst du dir gar keine Vorstellungen«, erwiderte Nunzio und schnitt eine Grimasse. »Also, worüber wolltest du mit mir sprechen?«

»Na ja, du weißt doch noch, wie ihr mir erzählt habt, daß Gliep sich in letzter Zeit merkwürdig benommen hat, ja?«

»Ja. Na und?« antwortete er, und seine Piepsstimme nahm einen vorsichtigen Unterton an.

»Ich möchte, daß du ein bißchen mehr Zeit mit ihm verbringst. Sprich mit ihm ... vielleicht kannst du ihn auch mal spazierenführen.«

»Ich, Boß?«

»Na klar. Du kommst doch besser mit ihm zurecht als jeder sonst ... mit Ausnahme von mir, vielleicht. Und ich werde eine ganze Weile mit den Finanzen des Königreichs beschäftigt sein. Falls irgend etwas mit

Gliep nicht stimmen sollte, möchte ich davon erfahren, bevor irgend jemand zu Schaden kommt.«

»Wie du meinst.«

Ich konnte mir nicht helfen, aber seine Stimme wirkte extrem unenthusiastisch.

»Ja, das meine ich«, wiederholte ich entschieden. »Es ist mir wichtig, Nunzio, und ich wüßte niemanden, in den ich größeres Vertrauen hätte, die Sache zu überprüfen.«

»Okay, Boß«, sagte er und taute etwas auf. »Ich mach' mich gleich an die Arbeit.«

Ich hätte ihn gern noch ein wenig aufgemuntert, aber in diesem Augenblick erreichten wir die Tür zu meiner Unterkunft.

»Ich werde hier draußen warten, Boß, und sicherstellen, daß hier eine Weile niemand reinkommt«, verkündete Nunzio mit leisem Lächeln, während er beiseite trat.

Das überraschte mich etwas, weil die Mannschaft mir normalerweise immer ohne jedes Zögern in mein Zimmer zu folgen pflegte. Diesmal blieben alle kurz vor der Tür stehen und musterten mich lächelnd.

Ich hatte keine Ahnung, was hier los war. Ich meinte, schön, Bunny wartete drinnen auf mich. Na und? War doch nur Bunny ...

Trotzdem, ich verstand den Wink mit dem Zaunpfahl, nickte ihnen zu und öffnete die Tür.

»SKEEVE!!«

Kaum hatte ich die Tür geschlossen, als Bunny auch schon durch den Raum stürzte und mir eine Riesenumarmung verpaßte, bei der mir die Luft wegblieb ... ganz wörtlich.

»Ich hab' mir ja solche Sorgen um dich gemacht!« sagte sie mit gedämpfter Stimme. Immerhin hatte sie ihr Gesicht in meine Brust vergraben.

»Ahh ... ack!«

Dieser Kommentar stammte von mir. Genaugenommen war es weniger ein Kommentar als ein Geräusch, das ich bei dem Versuch vom mir gab, wieder etwas Luft in meine Lunge zu pressen. Das war leichter gesagt als getan ... und dabei war es nicht einmal leicht zu sagen!

»Warum hast du auf dem Rückweg von Perv nicht mal im Büro reingeschaut?« wollte Bunny wissen, während sie noch fester zudrückte und mich leicht durchschüttelte. »Ich bin ja fast durchgedreht bei dem Gedanken, wie du ganz allein in dieser schrecklichen Dämonsion ...«

Indem ich ignorierte, was sie sagte, und mein gesamtes Bewußtsein nur auf Bewegung konzentrierte, gelang es mir mühsam, erst eine Hand aus ihrer Umarmung zu lösen ... dann einen Arm ... Ich nahm meine rapide schwindenden Kräfte zusammen, hebelte den Arm zur Seite, durchbrach ihren Griff und genehmigte mir den benötigten Luftzug.

Na schön, das war nicht besonders liebenswürdig oder auch nur höflich. Aber im Laufe der Jahre habe ich mir ein paar ärgerliche, selbstsüchtige Verhaltensweisen angewöhnt ... Atmen, zum Beispiel.

»Was ist los, Skeeve?« fragte Bunny mit besorgter Stimme und musterte mich eindringlich. »Ist alles in Ordnung?«

»UUUUH hah ... UUUUH hah ...«, erklärte ich und merkte zum erstenmal in meinem Leben, wie köstlich einfache Atemluft doch schmecken konnte.

»Hab ich es doch gewußt!« fauchte sie. »Tanda hat ständig behauptet, mit dir wäre alles in Ordnung ... jedesmal, wenn ich sie fragte, hat sie dasselbe gesagt ... daß mit dir alles in Ordnung sei. Wenn ich das nächste Mal diese kleine ...«

»Mir ... geht's prima ... wirklich, Bunny, ich ... bin okay.« Während ich immer noch versuchte, meine

Lungen dazu zu bringen, wieder von allein zu arbeiten, fuhr ich einen zaghaften Finger aus und stach damit nach ihrem Bizeps.

»Das war ... aber vielleicht eine Begrüßung«, sagte ich. »Ich wußte gar nicht, daß du ... so ... stark bist.«

»Ach so, das«, meinte sie achselzuckend. »Ich habe ab und zu trainiert, als du weg warst ... jeden Abend ein bißchen. Gab ja abends nicht viel zu tun. Ist jedenfalls leichter, damit in Form zu bleiben, als mit Diät.«

»Trainiert?«

Meine Atmung hatte sich inzwischen fast wieder normalisiert, aber mein Kopf fühlte sich noch ein bißchen schwammig an.

»Na klar. Du weißt schon, mit den Eisen und so.«

Eisen? Ich hätte nie gedacht, daß die Arbeit mit einem Bügeleisen die Arme einer Frau derartig entwickeln könnte. Ich machte mir in Gedanken eine Notiz, die Wäsche in Zukunft aus dem Haus zu geben.

»Tut mir leid, ich habe ganz vergessen, bei dir vorbeizuschauen«, sagte ich und kehrte damit zum ursprünglichen Thema zurück. »Ich bin einfach davon ausgegangen, daß es dir da im Büro schon gutgeht. Du mußt verstehen, ich hatte es eilig nachzusehen, ob mit der Mannschaft alles in Ordnung ist.«

»Ja, ich weiß schon. Es ist ja nur ...«

Plötzlich umarmte sie mich schon wieder ... diesmal allerdings etwas sanfter.

»Sei nicht böse auf mich, Skeeve«, sagte sie leise aus den Tiefen meines Brustkorbs. »Ich mache mir halt manchmal solche Sorgen um dich.«

Überrascht merkte ich, daß sie zitterte. Ich meine, so kalt war es in meinem Zimmer ja nun auch wieder nicht. Vor allem nicht, wenn man sich so eng wie wir aneinanderschmiegte.

»Ich bin gar nicht böse auf dich, Bunny«, erwiderte ich. »Und es gab auch keinen Grund, sich Sorgen zu machen ... wirklich nicht. Auf Perv ist alles prima gelaufen.«

»Ich habe gehört, daß du bei einem Kampf fast umgekommen wärst«, konterte sie und verstärkte ihren Griff ein wenig. »Und gab es da nicht auch etwas Ärger mit den Bullen?«

Das ärgerte mich etwas. Die einzige Möglichkeit, wie sie etwas über meine Schwierigkeiten auf Perv hatte erfahren können, wäre Tanda gewesen ... nur, daß ich Tanda nichts davon erzählt hatte, bevor sie in den Bazar zurückgekehrt war, um Bunny zu entlasten. Das bedeutete wiederum, daß entweder Aahz oder Pookie den Leuten von meinen Eskapaden erzählt haben mußten ... und darauf war ich, gelinde gesagt, nicht sonderlich versessen.

»Wo hast du das denn gehört?« fragte ich beiläufig.

»Das erzählt man sich im ganzen Bazar«, erklärte Bunny und vergrub sich noch tiefer in meiner Brust. »Tanda sagte, mit dir sei alles in Ordnung, aber nach allem, was ich gehört hatte, mußte ich einfach selbst nachsehen.«

»Komm schon, Bunny«, sagte ich beruhigend und entschuldigte mich in Gedanken bei Aahz und Pookie. »Du weißt doch, daß die im Bazar immer alles übertreiben. Du siehst doch, daß es mir gutgeht.«

Sie wollte etwas erwidern, doch dann drehte sie den Kopf beiseite, als hinter der verschlossenen Tür der Lärm eines Streits erscholl.

»Was ist denn da los?«

»Guido und Nunzio wollten für eine Weile alle hier raushalten. Vielleicht hat irgend jemand ...«

Die Tür sprang auf, und Königin Schierlingsfleck erschien im Türrahmen. Hinter ihr standen meine Leibwächter, und als sie meinen Blick auffingen, zuckten sie übertrieben mit den Schultern. Anscheinend war es schwieriger, königliche Herrschaften abzuwehren, als den einfachen Attentäter von der Straße … ein Gedanke, der nur wenig zu meiner Erheiterung beitrug, wenn ich mir einige der Gerüchte ins Gedächtnis rief, die die gegenwärtige Matriarchin von Possiltum umgaben.

»Da seid Ihr ja, Skeevie«, rief die Königin und stakste in mein Zimmer. »Ich habe Euch überall gesucht. Als ich gesehen habe, wie Eure Schlägertypen draußen herumlungern und … wer ist das denn?«

»Euer Majestät, das ist Bunny. Bunny, das ist Königin Schierlingsfleck.«

»Euer Majestät«, sagte Bunny mit einer tiefen Verneigung.

Mir kam der Gedanke, daß Bunny, so weltgewandt sie auch in viellerlei Hinsicht sein mochte, noch nie jemandem von königlichem Geblüt begegnet war, und diese Erfahrung schien sie doch gehörig mit Ehrfurcht zu erfüllen. Königin Schierlingsfleck dagegen war alles andere als ehrfürchtig davon berührt, eine weitere Bürgerliche kennenzulernen.

»Aber Skeeve! Die ist ja vielleicht hübsch!« flötete sie, nahm Bunnys Kinn in die Hand und hob ihren Kopf, um das Gesicht zu begutachten. »Ich habe schon angefangen, mir Sorgen um Euch zu machen, bei diesem Monster von einem Lehrmädchen, das Ihr bei Euch habt. Ganz zu schweigen von diesem Echsending, das Ihr von wo auch immer mitgebracht habt. Aber *das hier* … es ist schön zu wissen, daß Ihr Euch *tatsächlich* ein leckeres Zuckerpüppchen besorgen könnt, wenn Ihr es nur wollt.«

»Bunny ist meine Verwaltungsassistentin«, sagte ich etwas steif.

»Aber *natürlich*!« lächelte die Königin und gewährte mir ein gewaltiges Augenzwinkern. »Genau wie meine jungen Männer Leibwächter sind … jedenfalls, was den königlichen Etat betrifft.«

»Bitte, Euer Majestät, versteht mich nicht falsch«, sagte Bunny. »Skeeve und ich sind wirklich nur ...«

»Na, na, meine Liebe«, unterbrach Schierlingsfleck sie, nahm Bunny bei den Händen und zog sie wieder auf die Beine. »Macht Euch mal keine Sorgen, ich könnte eifersüchtig werden. Ich würde nicht im Traum daran denken, mich in Skeeves persönliches Leben einzumischen – weder vor noch nach unserer Hochzeit; genausowenig, wie ich das von ihm erwarten würde. Solange er nur die Infanten-Geschichte erledigt, um den Pöbel glücklich zu machen, ist es mir wirklich recht gleichgültig, was er mit dem Rest seiner Zeit anfängt.«

Mir gefiel die Richtung nicht sonderlich, die dieses Gespräch zu nehmen begann, und so wechselte ich hastig das Thema.

»Ihr sagtet, daß Ihr nach mir gesucht habt, Euer Majestät?«

»O ja«, erwiderte die Königin und ließ Bunnys Hände los. »Ich wollte Euch nur sagen, daß Grimble Euch gerne sprechen möchte, sobald es Euch paßt. Ich habe ihm erzählt, daß Ihr ihm unter die Arme greifen werdet, um die Finanzen des Königreichs wieder auf Vordermann zu bringen, und er ist bereit, Euch alle Informationen und alle Unterstützung zu geben, die Ihr braucht.« Irgendwie hörte sich das nicht nach dem J.R. Grimble an, den ich kannte, aber ich ließ die Sache für den Augenblick auf sich beruhen.

»Also gut. Wir kommen gleich.«

»Natürlich.« Die Königin lächelte und zwinkerte mir schon wieder zu. »Schön, dann mache ich mich jetzt wohl mal wieder auf den Weg.«

Als sie an der Tür angekommen war, blieb sie noch einmal stehen, um Bunny ausgiebig von Kopf bis Fuß zu mustern. »Bezaubernd«, meinte sie. »Man darf Euch wirklich gratulieren, Skeeve.«

Nachdem die Königin gegangen war, setzte ein betretenes Schweigen ein. Schließlich räusperte ich mich.

»Tut mir leid, Bunny. Ich vermute, sie hat einfach angenommen ...«

»Ist *das* etwa die Frau, die du heiraten sollst?« fragte Bunny, als hätte ich nichts gesagt.

»Na ja, sie möchte das, aber *ich* denke immer noch darüber nach.«

»Und wenn jemand sie umbringen sollte, würdest du dich dann verpflichtet fühlen, die Herrschaft über das Königreich zu übernehmen?«

»Äh ... na ja.«

Irgend etwas an Bunnys Stimme gefiel mir nicht. Und mir fiel auch wieder ein, daß sie zwar noch nie irgendwelchen königlichen Hoheiten begegnet sein mochte, daß ihr Onkel aber kein Geringerer war als Don Bruce, der Gute Pate des Syndikats, und daß sie mit einer anderen Sorte Machtpolitik vertraut war.

»Verstehe«, sagte Bunny nachdenklich, dann brach die wieder in ihr übliches Lächeln aus. »Na, ich denke, wir sollten mal lieber losgehen und mit Grimble sprechen, um rauszufinden, in was für einer Klemme wir tatsächlich stecken.«

»Na klar. Sicher«, sagte ich, froh, daß die Krise vorüber war ... und sei es auch nur für den Augenblick.

»Eine Frage noch, Skeeve.«

»Ja, Bunny?«

»Was hältst *du* denn von dieser ›Infanten-Geschichte‹, wie Ihre Majestät es so anmutig ausgedrückt hat?«

»Ich weiß nicht«, gestand ich. »Ich schätze, ich habe wohl nichts dagegen.«

»Nichts?«

»Eigentlich nicht. Ich weiß nur nicht, was das Ganze mit der Infanterie zu tun hat.«

3

›*Ein guter Taschenspieler findet immer Arbeit.*‹

L. Paccioli*

J. R. Grimble, Schatzmeister des Königreichs Possiltum, hatte sich nur wenig verändert, seit ich ihm das letztemal begegnet war. Vielleicht war er um die Hüfte ein wenig rundlicher geworden, doch war er auch hager genug, um etwas zusätzliches Gewicht – und noch mehr – vertragen zu können; auch sein Haaransatz hatte definitiv die Grenze vom »Erkahlenden« zum »Erkahlten« überschritten. Doch davon abgesehen, hatten die Jahre ihn praktisch überhaupt nicht gezeichnet. Bei genauerem Nachdenken gelangte ich zu dem Schluß, daß es wohl seine Augen sein mußten: Sie wirkten eindringlich, daß sie alle anderen Züge zur Bedeutungslosigkeit verdammten. Sie waren klein und dunkel und glitzerten mit dem feurigen Schimmer eines habgierigen Nagers ... oder von jemandem, der viel zu viele Stunden über den winzigen, gekrakelten Ziffern zugebracht hatte, die Aufschluß über das Geld anderer Leute gaben.

»Edler Skeeve!« rief er, packte meine Hand und pumpte sie begeistert. »Wie schön, Euch wieder hierzuhaben. Und Aahz! Euch hat es wohl auch nicht woanders halten können, wie?« Er zwinkerte meinem Partner verspielt zu. »War nur ein Scherz. Freut mich, auch Euch wiederzusehen.«

* Also gut, den hier will ich meinen Lesern schenken: Luca Paccioli, der Erfinder der doppelten Buchführung, Vater der Buchhaltung – R. L. A.

»Habt Ihr etwa getrunken, Grimble?« fragte Aahz unverblümt.

Ehrlich gesagt hatte ich mich das auch schon gefragt, war aber darum verlegen gewesen, die Frage diplomatisch zu formulieren. So kam mir glücklicherweise die für meinen Partner so typische Taktlosigkeit zu Hilfe.

»Getrunken?« fragte der Schatzmeister blinzelnd. »Aber nein! Weshalb fragt Ihr?«

»Och, Ihr wirkt etwas fröhlicher als sonst, das ist alles. Genaugenommen kann ich mich nicht daran erinnern, daß Ihr jemals froh gewesen wärt, einen von uns zu sehen.«

»Na, na! Ich würde sagen, Schwamm drüber, was meint Ihr? Auch wenn ich einräume, daß wir in der Vergangenheit so unsere Differenzen hatten. Doch nun werden wir zusammenarbeiten ... und offen gesprochen, meine Herren, ich wüßte niemanden, den ich in unserer gegenwärtigen Finanzkrise lieber auf meiner Seite hätte. Ich habe mir zwar nie die Freiheit genommen, es offen auszusprechen, aber insgeheim habe ich doch immer Eure Fertigkeiten bewundert, wenn es um die Manipulation von Geldern ging.«

»Äh ... danke, Grimble«, stammelte ich, immer noch unsicher, was ich von seiner neuen Einstellung halten sollte.

»Und wen haben wir denn da?«

Er widmete seine Aufmerksamkeit Bunny, die er mit den Augen förmlich verschlang. Dabei sah er wie eine Kröte aus, die sich an eine Motte heranmacht.

Plötzlich fiel mir wieder ein, daß Aahz und ich das erstemal in die Geschäfte Possiltums verwickelt wurden, nachdem Grimble unsere Tanda in einer Bar für Singles aufgegabelt hatte. Und ich erinnerte mich auch daran, daß ich Grimble nicht besonders mochte.

»Das ist Bunny«, sagte ich. »Sie ist meine Verwaltungsassistentin.«

»Natürlich.« Grimble schoß mir einen reptilischen Seitenblick zu, dann machte er sich wieder daran, Bunny anzulechzen. »Was Damenbekanntschaften angeht, hattet Ihr schon immer einen exquisiten Geschmack, Skeeve.«

Da ich immer noch verärgert über Bunnys Behandlung durch Königin Schierlingsfleck war, war ich nicht bereit, das gleiche bei Grimble einfach durchgehen zu lassen.

»Grimble«, sagte ich und verlieh meiner Stimme einen gewissen harten Unterton. »Hört mir genau zu! Ich habe gesagt, sie ist meine Verwaltungsassistentin. Kapiert?«

»Ja. Ich ... selbstverständlich.«

Der Schatzmeister schien sich ein wenig am Riemen zu reißen, während er sich nervös mit der Zunge über die Lippen fuhr, stieg aber durchaus heiter wieder ins Rennen ein.

»Sehr gut. Dann will ich euch einmal unsere ausgedehnten Operationen erläutern.«

Wenn Grimble auch den Eindruck machen mochte, sich prinzipiell nicht verändert zu haben – sei es körperlich oder moralisch –, galt das gewiß nicht für seinen Arbeitsplatz. Früher hatte er in einem winzigen, überfüllten Kabuff gearbeitet, das bis zum Bersten mit Papierhaufen und Stapeln gefüllt gewesen war. Das Papier war zwar immer noch da, aber das war auch so ziemlich die einzige Ähnlichkeit zu früher. Anstelle des Verschlags schien er inzwischen in einem geräumigen, wenn auch immer noch fensterlosen Zimmer zu arbeiten ...oder, genauer, in einem Zimmer, das geräumig gewesen wäre, hätte er es für sich allein gehabt.

Statt dessen drängte sich darin mehr als ein Dutzend Individuen, die allesamt den Eindruck erweckten, in ihre Arbeit vertieft zu sein, welche wiederum aus nichts anderem zu bestehen schien, als weiter Papierstapel hervorzubringen, deren Inhalt aus Zahlenstreifen und Kolonnen bestand. Sie blickten nicht auf, als wir eintraten, und Grimble machte keine Anstalten, sie bei der Arbeit zu unterbrechen oder uns einander vorzustellen, und doch bemerkte ich, daß ihre Augen dasselbe fiebrige Glitzern aufwiesen, von dem ich ursprünglich einmal angenommen hatte, es sei allein für Grimble selbst charakteristisch.

»Sieht so aus, als hätte die gegenwärtige Finanzkrise keine einschneidenden Beschränkungen Eurer Aktivitäten zur Folge gehabt«, bemerkte Aahz trokken.

»Natürlich nicht«, erwiderte Grimble unbeschwert. »Das blieb ja wohl auch zu erwarten.«

»Wieso?« wollte ich wissen.

»Nun, edler Skeeve«, meinte der Schatzmeister lächelnd, »Ihr werdet die Feststellung machen, daß Buchhalter eine ziemlich große Ähnlichkeit mit Aasgeiern haben: Sie blühen auf, je schlechter es anderen geht. Seht mal, wenn es einem Königreich oder einer Firma gutgeht, mag sich niemand mit Etats herumplagen, schon gar nicht mit Kostensparmaßnahmen. Solange noch Geld in den Schatullen ist, sind alle glücklich. Geht es mit den Aktivitäten jedoch bergab, wie es im Augenblick bei Possiltum der Fall ist, will jedermann plötzlich Lösungen haben ... oder wartet auf Wunder ... und dann sind wir irritierenden Erbsenzähler dafür verantwortlich, diese zu liefern. Mehr Analysen bedeuten mehr Arbeitsstunden, was wiederum mehr Personal und größere Arbeitsfläche mit sich bringt.«

»Bezaubernd«, knurrte Aahz, aber Grimble ignorierte ihn.

»So«, sagte er und rieb sich die Hände wie ein Geldverleiher, »womit möchtet Ihr Euch als erstes befassen? Vielleicht können wir ja unsere Gesamtstrategie und Vorgehensphilosophie bei einem Mittagessen besprechen?«

»Ähm …« sagte ich intelligent.

Die schreckliche Wahrheit lautete, daß ich nun, da ich tatsächlich vor Grimble und seinen Papierbergen stand, nicht den blassesten Schimmer hatte, wie ich vorgehen sollte.

»Ach, wißt Ihr, Grimble«, sagte Bunny und trat vor, »bevor wir uns Gedanken über das Mittagessen machen, würde ich doch gern einmal einen Blick auf Euren Operationsplan für das laufende Jahr werfen, sowohl den kalendarischen als auch den geschäftsjahrspezifischen. Außerdem wäre da noch die Gewinn-Überschuß-Rechnung für die vergangenen Monate … ach ja, und Eure Liquiditätsanalyse hätte ich auch gern gesehen, sowohl die projektierte als auch die reale, wenn Ihr nichts dagegen habt.«

Der Schatzmeister wurde etwas bleich um die Nase und schluckte schwer.

»Gewiß. Ich … natürlich«, sagte er und warf Bunny einen Blick zu, der schon von sehr viel größerem Respekt als seine vorhergehenden Aufmerksamkeiten zeugte. »Ich werde alles sofort beschaffen.«

Er huschte davon, um sich mit einigen seiner Untergebenen zu besprechen, wobei er die ganze Zeit nervöse Blicke auf unsere Gruppe warf.

Ich selbst fing Aahz' Blick auf und hob eine Augenbraue, worauf er eine Grimasse schnitt und mit den

Schultern zuckte. Es war nett zu wissen, daß mein Partner von Bunnys Forderungen offenbar ebensowenig etwas begriffen hatte wie ich selbst.

»Da wären wir«, sagte Grimble, als er mit einer Handvoll Papieren zurückkehrte, die er Bunny überreichte. »Die Liquiditätsanalyse kommt gleich, aber Ihr könnt ja schon einmal hiermit anfangen.«

Bunny grunzte etwas Unverbindliches und begann damit, die Unterlagen durchzublättern, wobei sie jede Seite genau studierte. Mehr um der Show willen als aus irgendeinem anderen Grund, beugte ich mich vor und sah ihr dabei über die Schulter. Blitzschnell hatte mein scharfes Auge erfaßt, daß die Blätter ohne jeden Zweifel mit Zahlenreihen und -kolonnen ausgefüllt waren. Klasse!

»Äh ... ich kann auch einige dieser Zahlen durch entsprechende Tabellenkalkulationen plausibilisieren, falls Ihr sie Euch ansehen wollt«, erbot sich Grimble beunruhigt.

Bunny unterbrach ihre Prüfung und gewährte ihm einen finsteren Blick.

»Später vielleicht«, meinte sie. »Ihr kennt doch den Ursprung der Tabellenkalkulation, oder nicht?«

»Äh ...«, sagte der Schatzmeister ausweichend.

»Das waren die Häute der Fallensteller«, fuhr Bunny mit leisem Lächeln fort. »Ihr wißt schon, diese Dinger, die sie hinter sich hergezogen haben, um ihre Spuren zu verwischen.«

Einen Augenblick starrte Grimble sie verdutzt an, dann stieß er plötzlich ein bellendes Lächeln aus und klopfte ihr belustigt auf die Schulter.

»Das ist gut!« rief er. »Den muß ich mir merken!«

Ich blickte zu Aahz hinüber.

»Buchhalterhumor, vermute ich«, meinte er und zog eine Grimasse. »Für Normal-Sterbliche einfach nicht nachvollziehbar. Du weißt schon, so wie die ›Das-machen-wir-schon-durch-Umsatz-wieder-wett‹-Witze?«

»Also *die* sind ja nun wirklich nicht komisch!« tadelte Grimble ihn in gespielter Strenge. »Mit dieser Pointe hat man uns viel zu oft traktiert ... noch dazu in völligem Ernst. Nicht wahr, Bunny?«

Es entging mir nicht, daß er Bunny inzwischen mit kollegialer Achtung behandelte. Offensichtlich hatte ihr Witz, so unsinnig er mir selbst auch erschienen war, den Schatzmeister davon überzeugt, daß sie mir nicht nur zur Dekoration diente.

»Nur zu wahr«, antwortete meine ›Assistentin‹. »Aber im Ernst, Grimble, was das anstehende Problem angeht, werden wir vollständige, ungeschönte Zahlen brauchen, wenn wir die Finanzen des Königreichs wieder auf Vordermann bringen sollen. Ich weiß selbst, daß es Tradition ist, die Lage mit Tabellen und rückblickenden Trendanalysen zu beschönigen, aber da wir ohnehin nur mit Insidern zu tun haben werden, sollten wir uns wenigstens dieses eine Mal um harte, nackte Fakten bemühen.«

Das erschien mir wie eine sehr vernünftige Bitte, aber der Schatzmeister sah darin offenbar einen äußerst radikalen Vorschlag ... und keinen besonders klugen.

»Ich weiß nicht, Bunny«, sagte er und warf Aahz und mir einen Blick zu, wie man ihn sich normalerweise für Spione und Verräter aufhebt. »Ich meine, Ihr wißt doch, wie das ist. Auch wenn man uns in der Regel zu den Schwerverbrechern der Bürokratie erklärt, haben wir in Wirklichkeit doch überhaupt keine *richtige* Macht, um irgendwelche Veränderungen durchzusetzen. Wir geben doch bloß jenen Leuten Empfehlungen, die *tatsächlich* die Dinge ändern könnten. Und wenn wir diese Empfehlungen nicht mit Zuckerguß überziehen oder sie nicht so hinbiegen, daß sie dem entsprechen, was die Entscheidungsträger ohnehin von Anfang an hören wollten, oder wenn wir die nicht so überladen, bis nicht einmal die Götter selbst begreifen, was wir in Wirklichkeit damit aussagen ... tja, dann besteht ein äußerst hohes Risiko, daß es am Ende *wir* sind, die weggeändert werden.«

»Die Wahrheit will keiner hören, wie?« warf Aahz mitfühlend ein. »Schätze, das dürfte wohl typisch sein. Aber Ihr werdet feststellen, Grimble, daß es sich diesmal anders verhält. Skeeve hat unbeschränkte Vollmacht, alle Veränderungen zu verfügen, die er für erforderlich hält, um den Laden wieder in Schuß zu bringen.«

»Das ist richtig«, sagte ich, froh über die Gelegenheit, endlich auch etwas zu dem Gespräch beitragen zu können. »Und eine der Maßnahmen, die wir, wie ich meine, sobald wie möglich in Angriff nehmen sollten, ist die Reduzierung der Armee ... sagen wir mal um die Hälfte?«

Da ich um die langjährige Fehde des Schatzmeisters in Sachen Militärausgaben wußte, hatte ich erwartet, daß er bei diesem Vorschlag vor Freude einen Satz machen würde, doch zu meiner Überraschung schüttelte er nur den Kopf.

»Geht nicht«, sagte er. »Das würde eine Depression auslösen.«

»Ist mir völlig egal, ob die glücklich sind oder nicht!« fauchte Aahz. »Schmeißen wir sie von der Lohnliste! Die Königin hat eingewilligt, ihre Expansionspolitik zu beenden, also gibt es auch keinen Grund mehr, für ein Heer dieser Größe aufzukommen.«

Grimble sah meinen Partner an wie irgend etwas Unangenehmes unter seiner Schuhsohle.

»Ich meinte damit eine wirtschaftliche Depression«, erwiderte er angespannt. »Wenn wir den Arbeitsmarkt auf einen Schlag mit so vielen ehemaligen Soldaten überfluten, würde das zu Massenarbeitslosigkeit führen. Mittellose, hungrige Leute, vor allem solche mit vorhergehender militärischer Ausbildung, haben die unangenehme Neigung, sich gegen die Machthaber zu erheben ... und das sind in diesem Fall zufälligerweise wir. Daher denke ich, daß Ihr mit mir darin übereinstimmen werdet, daß allzugroße Beschneidungen der Militärausgaben nicht unbedingt das klügste Vorgehen wären.«

Mein Respekt für Grimble wuchs mit rasender Geschwindigkeit. Offensichtlich steckte doch sehr viel mehr hinter seinem Erbsenzählerspiel, als ich mir jemals hätte träumen lassen.

»Wir könnten jedoch etwas durch Reduzierung von Ersatzeinstellungen einsparen«, fuhr der Schatzmeister fort.

»Reduzierung von Ersatzeinstellungen?« fragte ich. Ich war zu dem Schluß gelangt, daß ich, sollte ich mich tatsächlich nützlich machen wollen, damit anfangen müßte, meine Ignoranz zuzugeben und wenigstens das Grundvokabular zu erlernen.

»In diesem Fall, edler Skeeve«, erklärte Grimble mit überraschender Geduld, »verstehen wir darunter , daß wir das Personal reduzieren, indem wir keine neuen Leute mehr für jene einstellen, deren Dienstzeit ausgelaufen ist ... Das bedeutet im Falle der Armee, daß wir keine neuen Rekruten mehr aufnehmen, um die ausscheidenden Wehrpflichtigen zu ersetzen. Damit verkleinern wir immer noch die Armee, aber in einem geringeren Tempo, das der zivile Arbeitsmarkt weitaus leichter verkraftet.«

»Können wir es uns denn überhaupt leisten, das

langsam zu tun?« fragte Aahz, den seine Zurechtweisung offensichtlich nicht erschüttert hatte. »Ich hatte eigentlich den Eindruck, daß dem Königreich finanziell das Wasser bis zum Hals steht.«

»Ich meine ein Gerücht vernommen zu haben, daß wir eventuell die Steuern erhöhen wollen?« Der Schatzmeister machte seine Feststellung zur Frage, während er mich gleichzeitig mit erhobenen Augenbrauen ansah.

»Ich glaube nicht, daß das sehr viel bringen wird«, meinte Bunny und hob den Blick von ihren Zahlenkolonnen.

»Wie bitte?« fragte der Schatzmeister stirnrunzelnd.

»Na ja, so wie es aussieht, sind nicht die Einnahmen das große Problem, sondern die Beitreibung«, meinte sie und klopfte dabei mit dem Finger auf eins der Blätter in ihrer Hand.

Grimble seufzte und schien dabei etwas an Volumen einzubüßen.

»Ich räume ein, das ist einer unseren Schwachpunkte«, sagte er. »Aber ...«

»Hoppla! Einen Moment mal!« unterbrach ich. »Könnte mir das vielleicht mal jemand übersetzen?«

»Ich meine damit, daß das Königreich tatsächlich über ganz beachtliche Mittel verfügt«, erklärt Bunny, »aber die stehen alle nur auf dem Papier. Das heißt: Die Leute schulden uns noch eine Menge Steuernachzahlungen, aber die werden nicht eingetrieben. Wenn wir ein paar Maßnahmen ergreifen könnten, um diese Aktiva ... also: die uns geschuldeten Gelder ... flüssig zu machen, stünde das Königreich ganz gut da; nicht gerade bombig, aber gut genug, um die gegenwärtige Krise zu meistern.«

»Das Problem ist folgendes«, warf Grimble ein und

knüpfte an ihren Gedankengang an, »daß die Bürger *außerordentlich* unkooperativ sind, sobald es um Steuern geht. Sie kämpfen um jeden Zoll Boden, sobald sie zugeben sollen, wieviel sie uns schulden, und was die *Begleichung* ihrer Steuerschulden angeht ... Nun, der Einfallsreichtum, den sie auf die Erfindung von Entschuldigungen verwenden, wäre regelrecht erheiternd, wenn wir nicht darüber bankrott gingen.«

»Nun, ich kann's ihnen nicht verübeln«, bemerkte Aahz feixend.

»Es ist die Pflicht eines jeden Bürgers, durch Steuern seinen angemessenen Anteil zur Deckung der Verwaltungskosten des Königreichs beizutragen«, sagte der Schatzmeister eisig.

»Und es ist das Recht eines jeden, sämtliche rechtlichen Möglichkeiten auszuschöpfen, um so wenig wie möglich Steuern zu zahlen«, schoß mein Partner zurück.

Einen Augenblick schien es, als seien die alten Zeiten wieder angebrochen, als würden Aahz und Grimble wieder aufeinander losgehen. Doch leider hatten wir es diesmal mit einem Problem ganz anderen Kalibers zu tun.

»Hört mir mal zu und sagt mir, was Ihr davon haltet«, warf ich ein und hob schweigengebietend eine Hand. »Warum sollten wir nicht versuchen, gleich zwei Fliegen mit einer Klappe zu schlagen?«

»Wie denn?« Grimble hatte die Stirn in Falten gelegt.

»Na ja, als erstes setzen wir Euren Vorschlag um, die Armee durch Reduzierung von Ersatzeinstellungen zu verkleinern ... was wir ja vielleicht ein bißchen beschleunigen können, indem wir jedem, der früher aufhören will, eine Dienstzeitverkürzung anbieten ...«

»Das könnte hilfreich sein«, meinte der Schatzmeister nickend, »aber ich begreife noch nicht ...«

»*Und dann*«, fuhr ich schnell fort, »machen wir einen Teil von jenen Leuten, die in Diensten bleiben, zu Steuereintreibern. Dann können sie dabei helfen, die Mittel für ihren eigenen Lohn aufzubringen.«

Grimble und Bunny blicktne einander an.

»Das könnte funktionieren«, meinte Grimble nachdenklich.

»Viel schlimmer als das jetzige System kann es auch nicht werden«, bestätigte Bunny nickend.

»Ich mache Euch beiden eine Vorschlag«, sagte ich großspurig. »Vielleicht besprecht ihr es etwas ausführlicher und entwickelt einmal einen groben Plan für die Umsetzung der Idee. In der Zwischenzeit werden Aahz und ich mit der Königin darüber reden.«

Tatsächlich hegte ich keinerlei Absicht, Schierlingsfleck schon jetzt aufzusuchen, aber ich fand, daß es eine hervorragende Möglichkeit war, mich aus dieser Sitzung zu stehlen ... solange ich wenigstens einen kleinen Triumph für mich verbuchen konnte.

4

»Wieviel gibt's dafür genau?«

J. Möllemann

Die nächsten Tage verliefen relativ ereignislos. Tatsächlich glichen sie einander so sehr, daß ich schon das Zeitgefühl verlor.

Solltet ihr den Eindruck haben, daß ich mich mehr als nur geringfügig langweilte, so liegt ihr damit richtig. Nach Jahren der Abenteuer, aus denen ich manchmal mur mit knapper Not entkam, empfand ich die Alltagsroutine geregelter Arbeit als ziemlich reizlos. Natürlich trug die Tatsache, daß ich gar nicht wußte, was ich da tat, nicht unerheblich zu meiner Stimmung bei.

Ich meine, auf meinen eigenen Spezialgebieten – beispielsweise vor einer wütenden Menge zu fliehen oder mit einem Klienten einen besseren Vertrag auszuhandeln – war ich sicherlich genausogut wie jeder andere, wenn nicht noch besser. Aber was Etats, Operationspläne und Liquiditätsflüsse betraf, war ich hoffnungslos überfordert.

Es war schon ziemlich gespenstisch, als mir klar wurde, daß die Vorschläge, die ich einbrachte oder bejahte – wie zum Beispiel die Umwandlung eines Teils der Armee in Steuereintreiber – fast ebenso schnell Gesetz wurden, wie ich sie aussprechen konnte, obwohl ich doch keinerlei Ahnung hatte, was ich da überhaupt tat. Andererseits hatte man mir den Eindruck vermittelt, daß *irgend etwas* getan werden müsse, um die Finanzen des Königreichs zu retten, und so hoffte ich inbrünstig, daß es schon klappen werde, während ich gleichzeitig alles mitmachte, was mir als vernünftige Idee erschien.

Doch ehe ich mich im Gejammer über meine eigene Stituation verliere, möchte ich kurz innehalten, um Ehre zu geben, wem Ehre gebührt. So schlimm auch alles war, ohne Bunny wäre ich völlig aufgeschmissen gewesen.

Obwohl ich es eigentlich nicht so geplant hatte, bekam meine Verwaltungsassistentin gleich eine doppelte Bürde aufgelastet. Zunächst verbrachte sie lange Stunden damit, mit Grimble in ihrem gemeinsamen, alles stark verkürzenden Hochgeschwindigkeitsjargon zu palavern, während ich nur dasaß und mit verständnislosem Ausdruck vor mich hinnickte; dann mußte sie auch noch einen ebensogroßen (oder sogar noch größeren) zeitlichen Aufwand betreiben, um mir in aller Geduld zu erklären, was man soeben beschlossen hatte. Doch so lähmend mir das alles erschien, zog ich es doch immer noch meiner alternativen Freizeitgestaltung vor, nämlich der Grübelei darüber, was ich wegen Königin Schierlingsflecks Heiratsangebot unternehmen sollte.

Ab und zu tauchte allerdings auch mal ein Thema auf, von dem ich meinte, *doch* etwas zu verstehen. Und wenn sich normalerweise nach einer ganzen Weile herausstellte, daß ich mich (gründlich) geirrt hatte, war es doch immerhin eine Abwechslung zur tagtäglichen Selbstzufriedenheit, in der ich mich sonst gesuhlt hätte. Natürlich war ich nicht sonderlich wild auf den Nachweis, daß ich nicht nur allgemein ignorant, sondern auch *spezifisch* dumm war, aber es war immerhin mal etwas anderes.

Wenn ich an diese Sitzungen zurückdenke, fällt mir ganz besonders ein Gespräch wieder ein.

»Einen Moment mal, Bunny. Was war das gerade für eine Zahl?«

»Was?« fragte sie und hob den Blick von dem Blatt, von dem sie gerade rezitierte. »Ach so, das war *dein* Etat.«

»Mein Etat wofür?«

»Für deinen Anteil an der finanziellen Sanierungsoperation natürlich. Der deckt die Gehälter und Spesen ab.«

»Hoppla! Nun aber mal halblang!« sagte ich und hob dabei die Hand. »Ich habe mein Amt als Hofmagiker offiziell niedergelegt. Wie komme ich da schon wieder auf die Gehaltsliste?«

»Grimble hat dich am selben Tag wieder draufgesetzt, als du aus Perv zurückgekehrt bist«, erklärte Bunny geduldig. »Aber das hat damit überhaupt nichts zu tun. Das hier ist dein Etat für deine *Finanzberatung*. Deine Magikerhonorare werden auf einem völlig anderen Konto gebucht.«

»Das ist doch lächerlich!«

»Ach, Skeeve«, meinte sie, schnitt eine Grimasse und rollte die Augen, »das habe ich dir doch schon alles erklärt. Wir müssen die Budgets für die unterschiedlichen Tätigkeitsbereiche des Königtums nun einmal getrennt aufführen, damit wir auch genau ihren Nutzen ermitteln können. So, wie wir innerhalb eines Bereichs die jeweiligen Spesenposten voneinander getrennt halten müssen. Sonst ...«

»Nein, ich meinte nicht, daß es lächerlich ist, sie separat zu buchen«, stellte ich hastig klar, bevor sie mir die nächste Lektion in Sachen Buchhaltung verpassen konnte. »Ich meinte damit, daß *der Etat selbst* lächerlich ist.«

Aus irgendeinem Grund schien das Bunny sogar noch mehr aufzuregen, anstatt sie zu beruhigen.

»Hör mal, Skeeve«, sagte sie steif. »Ich weiß ja, daß du nicht alles verstehst, was Grimble und ich tun, aber du kannst mir glauben, ich habe diese Zahlen nicht einfach nur erfunden. Bei diesem Betrag in deinem Etat handelt es sich um eine plausible Vorrausberechnung, die auf einer Schätzung der Ausgaben und der aktuellen Tarife beruht ... Selbst Grimble findet diese Kalkulation annehmbar und hat sie gebilligt. Vor diesem Hintergrund bin ich doch sehr neugierig, zu erfahren, aus welchem Grund du das für lächerlich hältst.«

»Du verstehst mich nicht, Bunny«, warf ich kopfschüttelnd ein. »Ich sage doch gar nicht, daß der Betrag lächerlich oder falsch ist. Ich meine damit, daß er überhaupt nicht auftauchen dürfte.«

»Wie meinst du das?«

Langsam hatte ich das Gefühl, wir würden zwei völlig verschiedene Sprachen sprechen, aber ich machte tapfer weiter.

»Komm schon, Bunny. Diese ganze Arbeit soll doch dazu dienen, dem Königreich Geld *zu sparen*! Du weißt schon: die Finanzen sanieren und so, nicht wahr?«

»Ja, ja«, meinte Bunny nickend. »Und worauf willst du nun hinaus?«

»Wie sollen wir das denn tun, wenn wir ihnen unsere Dienste *überhaupt* in Rechnung stellen, ganz zu schweigen von einem exorbitanten Honorar wie *diesem*. Und wenn wir gerade dabei sind: Ich finde nicht, daß wir ihnen meine magischen Dienste in Rechnung stellen sollten.«

»Äh, Partner?« sagte Aahz und entrollte sich aus seinem vertrauten Sitz in der Ecke. Ich glaube, diese Sitzungen haben ihn noch mehr gelangweilt als mich, sofern so etwas überhaupt möglich sein sollte. »Kann ich mal einen Augenblick mit dir sprechen? Bevor dieses Gespräch noch weitergeht?«

Ich wußte nur zu genau, was das bedeutete. Aahz ist berüchtigt dafür, unsere Tarife in die Höhe zu treiben, denn er geht von dem Grundsatz aus, daß weniger zu verdienen als möglich dasselbe ist, wie Geld zu verlieren. Da war es nur zu erwarten, daß er sich sofort zu Wort melden würde, sobald ich auch nur davon sprach, nicht nur unsere Honorare zu senken, sondern sogar völlig darauf zu verzichten. Damit will ich sagen, daß jedes allgemeine Gespräch über Geld, ganz besonders aber eins über *unser* Geld, Aahz noch aus jedem Koma gerissen hat.

Diesmal hatte ich allerdings nicht vor, klein beizugeben.

»Vergiß es, Aahz«, sagte ich und winkte ab. »In dieser Sache werde ich keinen Rückzieher machen.«

»Aber *Partner*«, sagte er drohend und griff wie beiläufig nach meiner Schulter.

»Ich habe nein gesagt!« versetzte ich und wich seinem Griff aus. Ich habe schon öfter versucht, mich mit ihm zu streiten, während er meine Schulter in seinem Todesgriff festhielt, und diesmal wollte ich ihm diesen Vorteil nicht gewähren. »*Diesmal* weiß ich nämlich, daß ich recht habe.«

»*Was hat das mit Recht zu tun, UMSONST zu arbeiten?*« fauchte er und ließ jede Subtilität fahren. »*Habe ich dir denn in all diesen Jahren ÜBERHAUPT NICHTS beigebracht?*«

»*Eine ganze Menge hast du mir beigebracht!*« schnauzte ich zurück. »Und ich habe eine Menge über mich ergehen lassen ... und meistens war das auch nur zu meinem Besten. Aber eins haben wir nie getan, Aahz, bei aller Manipuliererei und Raffsucht – soweit ich mich erinnern kann, *haben wir noch nie aus jemandem Geld herausgepreßt, der es sich nicht leisten konnte.* Oder?«

»Na ja, schon. Aber ...«

»Wenn wir den Täuflern oder dem Syndikat ein bißchen Zusatzgeld aus der Nase ziehen, schön und gut«, fuhr ich fort. »Die haben jede Menge Geld, und das meiste haben sie sich sowieso erschwindelt. Aber bei Possiltum geht es um ein Königreich, das finanziell am Abgrund steht. Wie können wir behaupten, daß wir hier sind, um den Leuten zu helfen, wenn wir ihnen gleichzeitig mit einem überzogenen Honorar einen Genickschlag verpassen?«

Aahz antwortete nicht sofort, und nach einem kurzem Augenblick senkte er die Augen.

»Aber Grimble hat es doch bereits gebilligt«, sagte er schließlich mit einer Stimme, die schon fast weinerlich und flehend klang.

Ich traute meinen Ohren nicht! Ich hatte tatsächlich einen Streit mit Aahz gewonnen, bei dem es um Geld ging! Zum Glück war ich geistesgegenwärtig genug, mich in meinem Triumph großmütig zu geben.

»Dann wird er es sicherlich auch billigen, wenn wir die Ausgaben noch weiter senken«, sagte ich und legte zur Abwechslung selbst einmal Aahz die Hand auf die Schulter. »Abgesehen davon ist es doch sowieso nur eine technische Korrektur. Stimmt's, Bunny?«

»Nein.« Sie sagte es zwar leise, dennoch ließ ihre Antwort keinen Zweifel zu. Soviel zu meinem Sieg.

»Aber Bunny ...«, fing ich verzweifelt an, doch sie schnitt mir das Wort ab.

»Ich habe nein gesagt, und das meine ich auch so, Skeeve«, antwortete sie. »Wirklich, Aahz! Ich bin überrascht, daß du es überhaupt so weit hast kommen lassen. Hier stehen schließlich noch höhere Prinzipien auf dem Spiel als bloße Habgier!«

Aahz wollte erst den Mund öffnen, doch dann schloß er ihn wieder, ohne etwas zu sagen. Das war wahrscheinlich das einzige Mal, daß ich Aahz erlebte, wie er – und sei es nur durch Schweigen – anerkannte, daß es überhaupt irgendwelche höheren Prinzipien als bloße Habgier *geben könnte*. Aber da Bunny offenbar auf seiner Seite stand, ließ er es wohl durchgehen.

»Du magst das Herz zwar am richtigen Fleck tragen, Skeeve«, sagte sie und wandte sich wieder mir zu, »aber es gibt da einige Faktoren, die du entweder übersehen oder nicht begriffen hast.«

»Dann erklär sie mir doch«, sagte ich etwas verärgert, aber immer noch lernwillig.

Bunny schürzte für einen Moment die Lippen. Offensichtlich mußte sie erst ihre Gedanken ordnen.

»Also gut«, meinte sie schließlich, »fangen wir noch mal ganz von vorn an. So, wie ich es begriffen habe, sollen wir dem Königreich dabei helfen, aus seiner gegenwärtigen finanziellen Misere herauszukommen. Außer einigen Empfehlungen für Notsparmaßnahmen haben Grimble und ich auch noch einen vernünftigen Etat und einen Vorgehensplan entwickelt, um das Schiff wieder flottzumachen. Dabei liegt die Betonung auf ›*vernünftig*‹. Und das bedeutet nun einmal, daß es *nicht* vernünftig ist, von irgend jemandem ... ob du es bist, ich oder Grimble ... zu erwarten, daß er eine derartig wichtige Dienstleistung umsonst erbringt. *Niemand* arbeitet umsonst. Die Armee tut das nicht, die Bauern tun es nicht, und es gibt auch keinen Grund, weshalb wir es tun sollten.«

»Aber genau diese Misere ist doch der Grund, weshalb das Königreich es sich nicht erlauben kann, uns zu bezahlen!« protestierte ich.

»Unfug«, schnauzte Bunny. »Zunächst einmal solltest du nicht vergessen, daß die Königin das Königreich ganz allein in diese Misere bugsiert hat, indem sie zuviel Geld in die Armee stopfte. *Wir* sind doch nicht das Problem, das sie hier haben – wir sind vielmehr die importierten Experten, die ihnen dabei helfen sollen, sich wieder aus der Grube zu befreien, die sie sich selbst gegraben haben.«

»Zum zweiten«, fuhr sie fort, bevor ich sie unterbrechen konnte, »kannst du anhand der Unterlagen hier erkennen, daß wir *durchaus* Ausgaben einsparen und mit Hilfe von Steuern ausreichende Mittel bereitstellen können, um davon unser eigenes Honorar zu bestreiten. Das gehört nämlich auch zu den Aufgaben eines Erbsenzählers ... seinem Arbeitgeber aufzuzeigen, wie er ihn sich leisten kann. Es gibt nicht viele Berufe, die so etwas tun!«

Was sie da sagte, leuchtete mir durchaus ein, trotzdem blieb ich skeptisch.

»Können wir unser Honorar denn dann nicht wenigstens ein bißchen heruntersetzen?« fragte ich. »Es gibt doch keinen wirklichen Grund dafür, soviel zu verlangen, wie du da vorgesehen hast.«

»Skeeve, Skeeve, Skeeve«, sagte Bunny kopfschüttelnd. »Ich habe dir doch schon gesagt, daß ich diese Zahlen nicht einfach erfunden habe. Ich weiß zwar, daß du es gewöhnt bist, Verträge auszuhandeln, die die Leistungsbereitschaft des Klienten voll ausreizen, aber bei einem Etat wie diesem ist das Honorar praktisch von vorneherein festgelegt. Es richtet sich nämlich danach, was andere erhalten. Alles andere wäre so unlogisch, daß das ganze System kippen würde.«

Ich blickte zu Aahz hinüber, doch der hing förmlich an Bunnys Lippen.

»Na schön. Dann gehen wir die Sache noch mal von vorn durch«, schlug ich vor. »Erklär es mir in Kindersprache, Bunny: Wie wird dieses Honorar bestimmt?«

Wieder schürzte sie einen Moment die Lippen, um ihre Gedanken zu ordnen.

»Nun, als erstes mußt du wissen, daß die Entlohnung für jegliche Arbeit stark von Angebot und Nachfrage abhängt«, fing sie an. »Spitzenlöhne gibt es in der Regel nur in einer von drei Kategorien. Erstens, wenn die Tätigkeit besonders unangenehm oder gefährlich ist ... dann mußt du für gewöhnlich mehr zahlen, damit du überhaupt jemanden dazu bekommst, sie zu machen. An zweiter Stelle stehen die Arbeiten, die eine besondere Fertigkeit oder ein bestimmtes Talent verlangen. In diese Kategorie fallen beispielsweise Unterhaltungskünstler und Athleten, aber auch Tätigkeiten, die einen hohen Ausbildungsstandard verlangen, wie etwa bei Ärzten.«

»Und Magikern!« warf mein Partner ein.

»Hab noch etwas Geduld, Aahz«, sagte Bunny und hob beschwichtigend die Hand. »Die dritte Kategorie hochbezahlter Berufe umfaßt jene, die mit einem hohen Verantwortungsgrad einhergehen ... wenn Entscheidungen gefällt werden müssen, bei denen es um viel Geld geht, und/oder bei denen viele Leute davon betroffen sind. Wenn ein Arbeiter in einer Firma einen Fehler macht, bedeutet das, daß die Arbeit eines Tages oder einer ganzen Woche wiederholt werden muß ... oder daß vielleicht ein Kunde verlorengeht. Dagegen fällt der Geschäftsführer derselben Firma vielleicht nur drei oder vier Entscheidungen im Jahr, aber dabei geht es dann vielleicht darum, sechs Fabriken zu schließen oder zu bauen oder eine ganze Produktlinie einzuführen oder einzustellen. Wenn dieser Geschäftsführer einen Fehler macht, könnten dadurch Hunderte oder Tausende ihren Arbeitsplatz verlieren. Eine Verantwortung von solchem Kaliber ist angsteinflößend und belastend, und deshalb hat auch derjenige, der bereit ist, sich das anzutun, ein Recht auf entsprechend höhere Vergütung. Kannst du mir folgen?«

»Das leuchtet schon ein ... bisher«, meinte ich und nickte zustimmend.

»Dann machen wir mal weiter. In jedem Beruf gibt es eine Hackordnung, in der die Besten oder Erfahrensten das meiste verdienen, während die jüngeren, nachgeordneten Arbeiter mit Anfangsgehältern vorliebnehmen. Beliebte Unterhaltungskünstler verdienen mehr als relativ unbekannte, die sich ihr Publikum erst noch erobern müssen. Aufseher und Manager bekommen mehr als die Leute, die ihnen Bericht erstatten, weil sie nicht nur für die Arbeit selbst qualifiziert sein müssen, sondern auch noch die Verantwortung dafür tragen, andere zu organisieren und zu überwachen. Das ist die natürliche Ordnung eines jeden Berufsstands, und sie bietet den neuen Arbeitern Anreiz, bei ihrem Beruf zu bleiben und zu versuchen, innerhalb dieser Ordnung aufzusteigen. Kapiert?«

»Das ist nur logisch«, stimmte ich zu.

»Dann begreifst du ja auch, weshalb ich dich in dem Etat mit der ziemlich stattlichen Summe vorgesehen habe, gegen die du vorhin noch protestiert hast«, schloß sie triumphierend.

»Tue ich das?« Ich blinzelte.

Da hatte ich geglaubt, mit ihr Schritt gehalten zu haben. Aber offensichtlich war mir unterwegs irgend etwas entgangen.

»Verstehst du denn nicht, Skeeve?« bedrängte sie mich. »Die Dienste, die du Possiltum erweist, fallen gleich in *alle drei* Spitzenlohnkategorien. Die Arbeit ist gefährlich und unangenehm, sie verlangt ganz definitiv bestimmte Fertigkeiten von dir und deinem Mitarbeiterstab, und da du die Politik eines ganzen Königreichs bestimmst, gehört das Verantwortungsniveau ja wohl zu den anspruchsvollsten überhaupt!«

So hatte ich die Sache noch gar nicht gesehen – wenn auch hauptsächlich deshalb, um meine Nerven zu schonen und meine geistige Gesundheit nicht zu gefährden. Aber sie hatte *tatsächlich* recht. Und sie war noch nicht fertig.

»Und außerdem«, fuhr sie fort, »stehst du in deinem Beruf so ziemlich an der Spitze; und in der Hackordnung auch. Überleg doch mal: Grimble macht inzwischen *dir* Meldung, weshalb du auch mehr verdienst als er. Kommt hinzu, daß du schon eine ganze Weile eine heiße Nummer in der Magie bist ... nicht nur hier auf Klah, sondern auch im Bazar von Tauf, den man ja wohl mit Fug und Recht als Oberliga bezeichnen kann. Diese Königin Schierlingsfleck hat das Königreich ganz schön in die Bredouille geritten, und wenn sie schon den Besten anheuern muß, um es da wieder rauszuholen, dann soll sie gottverdammt dafür auch löhnen.«

Diese letzte Bemerkung wurde mit einem unangenehmen Unterton der Rachsucht vorgetragen, doch im Augenblick machte mir etwas anderes noch mehr zu schaffen.

»Tun wir mal so, als würde ich dir zustimmen ... zumindest, was die finanzielle Seite betrifft«, sagte ich. »Dann begreife ich aber immer noch nicht, wieso ich gleichzeitig ein Gehalt als Finanzberater und eins als Hofmagiker beziehen kann.«

»Weil du auch beide Aufgaben wahrnimmst«, beharrte Bunny.

»Aber im Augenblick arbeite ich doch überhaupt nicht magisch«, konterte ich.

»Wirklich nicht?« fragte sie herausfordernd. »Komm schon, Skeeve. Willst du mir etwa erzählen, daß du einfach nur dastehen und die Sache ignorieren würdest, wenn es zu irgendeinem Ärgernis käme, das eine magische Lösung verlangte?«

»Ja, aber ...«

»Kein Aber«, unterbrach mich Bunny. »Du wohnst hier und bist bereit, sämtliche Register deines Könnens zu ziehen, sollte es für dich eine magische Aufgabe geben ... genau wie im Bazar. Dort bezahlt man dir ja schließlich auch eine happige Provision allein dafür, daß du Possiltum gewissermaßen eine Verschnaufpause bescherst. Aber keine Mißverständnisse bitte – du leistest ja durchaus etwas! Ich stelle lediglich sicher, daß man dich dafür auch bezahlt. Wenn sie schon einen Finanzberater und einen Hofmagiker haben wollen, ist es ja wohl nur gerecht, es als Posten in ihrem Etat festzuschreiben. Und damit gehört es auch zu der finanziellen Last, die sie eben aufbringen müssen.«

Jetzt hatte sie mich. Allerdings kam mir der Gedanke, daß sie mich, sollte dieses Gespräch noch länger dauern, wohl auch noch dazu kriegen würde, Schwarz für Weiß zu halten.

»Dann ist es wohl in Ordnung«, meinte ich achselzuckend. »Trotzdem finde ich das Honorar ziemlich hoch.«

»Das ist es auch«, bestätigte Bunny entschieden. »Dabei solltest du allerdings nicht vergessen, Skeeve, daß der Betrag ja nicht für dich allein gedacht ist. Das Königreich zahlt für die Chaos GmbH. Aus dem

Honorar mußt du sämtliche Spesen deiner Firma bestreiten, einschließlich Fixkosten und Personal. Es ist ja nicht so, als würdest du alles einheimsen und in die eigene Tasche stecken.«

Ich nickte wie beiläufig, aber mein Verstand lief auf Hochtouren. Das, was Bunny gerade gesagt hatte, hatte mich auf eine Idee gebracht.

Wenn ich im Laufe dieser Sitzungen eins begriffen hatte, dann die Tatsache, daß zwischen einem Etat oder Operationsplan und den tatsächlich verwendeten Mitteln ein großer Unterschied bestand. Nur weil es mir *gestattet* war, eine astronomische Summe auszugeben, war ich noch lange nicht dazu verpflichtet, es tatsächlich auch zu tun!

So beschloß ich in aller Stille, mit meiner Abteilung unter der veranschlagten Etatsumme zu bleiben ... selbst wenn es bedeutete, meinen Mitarbeiterstab ein wenig zu straffen. Ich hatte sie zwar allesamt furchtbar lieb, aber wie Bunny gerade erläutert hatte, bestand ein Teil meiner Aufgabe ja auch darin, *hochverantwortlich* zu handeln.

5

›Was der Mensch braucht, ist ein Inkassobüro.‹

Sh. von Nottingham

Meine Konferenz mit Bunny hatte mir Stoff zum Nachdenken gegeben. Nachdem ich mich in die relative Ungestörtheit meines Zimmers zurückgezogen hatte, nahm ich mir die Zeit, mir bei einem Kelch voll Wein noch einmal alles durch den Kopf gehen zu lassen.

Wenn ich Leute für die Chaos GmbH mit bestimmten Aufgaben betraut hatte, war dies bisher in der Regel der Überlegung erfolgt, wie besagte Aufgaben am besten zu bewältigen waren und wer mir dafür am geeignetsten schien. Und natürlich auch, wer gerade verfügbar war.

Bunny hatte ja noch einmal darauf hingewiesen, daß unsere Preise sich meist danach richteten, was der Markt hergab. Ich fand, ich hätte mir in der Vergangenheit wohl besser überlegen sollen, ob die Erträge aus einem bestimmten Auftrag auch die Unkosten der daran beteiligten Personen abdeckten oder ob die geleistete Arbeit ihren Preis rechtfertigte. Aber so, wie wir die Sache gehandhabt hatten, war anscheinend immer genug Geld erwirtschaftet worden, um über die Runden zu kommen ... mehr als genug, um ganz genau zu sein.

Die beiden jüngsten Projekte, nämlich meine Reise nach Perv, um Aahz zurückzuholen, und die Bemühungen der restlichen Mannschaft, die Armee Possiltums zu bremsen, stellten eklatante Ausnahmen dar. Das waren eher persönliche Missionen gewesen, die aufgrund meiner eigenen Anliegen oder Vorschläge ohne einen Klienten und ohne Honorar in Angriff genommen wurden.

Jetzt aber war ich mit einer völlig neuen Situation konfrontiert.

Aber Mitglieder der Truppe hingen im Schloß herum – mit Ausnahme Tandas, die sich auf Tauf um die Büros kümmerte. Die Frage lautete nun, ob sie hier wirklich gebraucht wurden?

Mir schwante, daß sie wohl in erster Linie deswegen hier waren, weil sie sich meinetwegen Sorgen machten ... und das mit gutem Grund. Sie wußten alle, daß ich in der Klemme saß, und wollten deshalb möglichst schnell verfügbar sein, sollte ich Hilfe brauchen.

Wenn ich ihre Fürsorge auch zu schätzen wußte und ganz bestimmt ihre moralische Unterstützung gebrauchen konnte, mußte ich doch einräumen, daß es nicht gerade allzuviel für sie zu tun gab. Gewiß, Bunny war unverzichtbar, wenn es darum ging, die Finanzen des Königreichs geradezurücken, doch vom Händchenhalten während dieser Krise abgesehen, gab es für die anderen herzlich wenig zu tun.

Das eigentliche Problem ließ sich an fünf Fingern abzählen: Während sie sich hier auf Possiltum aufhielten, waren sie nicht in anderen Aufträgen unterwegs, um Geld für die Chaos GmbH und somit auch für sich selbst einzubringen – einen ganzen Monat lang! Und das auch noch nach all der Zeit, die verlorengegangen war, als sie Schierlingsflecks Armee aufhielten, um mir damit einen Gefallen zu tun. Wenn diese Organisation zu einer funktionstüchtigen, Gewinn abwerfenden Unternehmung und keiner bloßen humanitären ›Skeeve-heraushauen-Wohltätigkeitsveranstaltung‹ werden sollte, mußten wir uns auf unsere Grundlagen besinnen. Und als Präsident und derjenige, der für diesen Abstecher überhaupt verantwortlich war, oblag es nun auch mir, die Initiative zu ergreifen und alles wieder zurechtzurücken. Das bedeutet, daß ich entweder die Truppe reduzieren mußte oder mich in Bunnys Plan zu fügen hatte, dem Königreich unser aller Arbeitszeit in Rechnung zu stellen.

Die Frage war nur, auf wen ich verzichten sollte.

Aahz mußte bleiben, soviel war klar. Nicht nur, daß ich eine Menge durchgemacht hatte, um ihn von Perv zurückzuholen, ich legte wirklich Wert auf seinen Rat und seine Führung. Zwar war ich seit unserer ersten Begegnung in nie dagewesene, schier unendliche Schwierigkeiten geraten, doch war mir auch klar, daß ihm niemand das Wasser reichen konnte, wenn es darum ging, uns aus solchen wieder *rauszuhauen*.

Auch Bunny war unverzichtbar. Ohne ihren Sachverstand und ihre Erfahrung hatten wir nicht die geringste Chance, das Königreich aus seiner finanziellen Misere zu führen. Außerdem war ich mir in Anbetracht ihrer Begrüßung gar nicht sicher, ob sie bereit sein würde, in den Bazar zurückzukehren, um mich allein diesem Dilemma zu überlassen.

Was meine drei Leibwächter anging ... Nach kurzem Nachdenken gelange ich zu dem Schluß, die Entscheidung darüber vorläufig zu vertagen. Erstens hatte ich Pookie gerade dazu überredet zu bleiben, so daß ich ja wie ein Narr dastünde, wenn ich es mir plötzlich anders überlegte. Zweitens war ich mir nicht sicher, ob ich sie nicht noch brauchen würde. Als ich nach Perv gegangen war, hatte ich es ohne Guido und Nunzio getan – gegen ihren lautstarken Protest –, und hatte schließlich Pookie an ihrer Stelle anheuern müssen. Bevor ich mir ernsthafte Gedanken darüber machte, sie alle wieder fortzuschicken, wollte ich mich erst ausgiebig mit ihnen darüber unterhalten, wie sie selbst meine potentielle Gefährdung hier sahen. Auch wenn ich dem Königreich Geld einsparen wollte, war ich doch nicht so großzügig, dies um den Preis meiner eigenen Gefährdung zu tun.

Blieben noch Massha und Chumly. Massha war als Lehrling zu mir gekommen. Ich war zwar nicht allzu fleißig gewesen, ihr Magik beizubringen, aber ich hatte ihr gegenüber immer noch ein Verantwortung, der ich nicht würde nachkommen können, wenn sie sich auf Tauf aufhielt. Trotz der Tatsache, daß ich sie nicht nach Perv mitgenommen hatte, wußte ich aus eigener Erfahrung nur zu gut, daß ein Lehrling an die Seite seines Lehrers gehört.

So stand ich plötzlich vor der Tatsache, daß der einzige auf der Liste, der noch wegzurationalisieren gewesen wäre, Chumly war – und das wollte ich nicht tun. Auch wenn sich der Troll bei der Arbeit gern als Muskelprotz mit Gehirnmassenmangel gab, war er wahrscheinlich der vernünftigste Kopf in unserer ganzen Firmenmannschaft. Ehrlich gesagt, setzte ich sehr viel mehr Vertrauen in seine Urteilskraft und Klugheit als in Aahz' unbeherrschtes Temperament. Die Vorstellung, ich sollte eine Entscheidung wegen Königin Schierlingsflecks Heiratsantrag fällen, ohne mich vorher des weisen Rats Chumlys zu versichern, war gelinde gesagt beunruhigend. Vielleicht *nachdem* ich meine Entscheidung gefällt hatte …

Da hatten wir's: Ich hatte mir die größte Mühe gegeben, nicht mehr an mein Problem zu denken, und doch platzte es nun wieder in mein Bewußtsein, und der Gedanke an die damit verbundenen möglichen Folgen jagte mir einen Schauder über den Rücken.

Nervös trank ich den letzten Schluck Wein und füllte hastig wieder meinen Kelch.

Nachdem ich meine Entscheidung gefällt hatte …

Ich hatte all mein Denken und meine Kräfte ausschließlich auf die unmittelbaren Probleme und kurzfristigen Pläne gerichtet. Doch was würde geschehen, *nachdem* ich meine Entscheidung getroffen hatte, gleich, wie diese aussehen mochte?

Mein Leben würde nicht mehr dasselbe sein!

Ob ich Königin Schierlingsfleck nun heiratete oder ob sie abdankte und mir das Königreich überließ – in jedem Fall wäre ich dazu verpflichtet, noch lange in Possiltum zu bleiben. *Sehr* lange.

Das konnte ich unmöglich tun und gleichzeitig ein Büro auf Tauf unterhalten!

Würden wir die Firma also hierher nach Klah verlegen müssen?

Und wenn wir schon dabei waren: Konnte ich tatsächlich Prinzgemahl oder König sein und weiterhin die verantwortungsvolle Tätigkeit eines Präsidenten der Chaos GmbH wahrnehmen?

Wenn es mir schon Unbehagen bereitete, meine Truppe dem Königreich für einen ganzen Monat zuzumuten, wie sollte ich es dann erst vor mir selbst rechtfertigen, sie allesamt *permanent* auf die Lohnliste zu setzen?

Und was war mit unseren anderen Verpflichtungen? Wenn wir nach Klah umsiedelten, würde das die Kündigung unseres saftigen Vertrages mit der Händlergilde als ansässige Magiker bedeuten. Könnte ich Possiltum diesen hohen Verdienstausfall tatsächlich voll in Rechnung stellen?

... Oder würde ich mein Amt als Präsident der Chaos GmbH gänzlich niederlegen müssen? Trotz meiner gelegentlichen Klagen hatte ich mich an meinen Posten gewöhnt und war nicht allzu begierig darauf ihn aufzugeben ... vor allem, wenn es bedeutete, alle meine Freunde zu verlieren, beispielsweise Aahz und ...

Aahz!

Wie es auch ausgehen würde, würde Aahz tatsächlich als Partner ständig in meinem Schatten stehen wollen? Egal, ob ich nun Prinzgemahl oder König war? Nachdem ich erst kürzlich einen Kampf mit seinem Stolz hatte ausfechten müssen, bezweifelte ich das sehr.

Gleich, wie ich mich entschied, es war höchst wahrscheinlich, daß ich Aahz als Freund verlieren würde!

Ein sanftes Klopfen an der Tür unterbrach meinen Gedankengang.

»Sag mal, Boß, hast du vielleicht eine Minute Zeit für mich?«

Ich hatte sie nicht nur, ich war sogar froh über die Unterbrechung.

»Klar, Guido. Komm rein! Schenk dir etwas Wein ein.«

»Ich trinke nie im Dienst, Boß«, sagte er mit einem leisen Vorwurf in der Stimme, »aber trotzdem vielen Dank. Ich muß nur mal kurz mit dir reden.«

Mein ältester Leibwächter nahm sich einen Stuhl und setzte sich. In seinen Händen hielt er eine Pergamentrolle, die er nervös hin und her drehte. Mir fiel auf, wie selten ich mich mit meinen Leibwächtern einfach mal zu einem gemütlichen Plausch zusammensetzte. Waren sie schon so selbstverständlich für mich geworden?

»Also, was kann ich für dich tun?« fragte ich und nippte gelassen an meinem Wein, um ihn etwas zu beruhigen.

»Na ja, Boß«, begann er stockend, »die Sache ist die: Ich habe mir gedacht ... du weißt doch, daß Nunzio und ich hier eine Weile in der Armee waren?«

»Ja, davon habe ich gehört.«

»Und weil ich da drin war, habe ich das Gefühl, daß

ich wahrscheinlich ein bißchen mehr über die Armeetypen weiß und wie sie denken; mehr als du jedenfalls. Um die Wahrheit zu sagen, ich mache mir ein bißchen Sorgen darüber, wie die sich als Steuereintreiber aufführen könnten. Verstehst du, was ich meine?«

»Eigentlich nicht«, gestand ich.

»Ich meine das so«, fuhr Guido eindringlich fort, »wenn du Soldat bist, brauchst du dir nicht sonderlich den Kopf darüber zu zerbrechen, wie beliebt du beim Feind bist, weil du ja die meiste Zeit damit beschäftigt bist, ihn totzumachen, und gar nicht erwartest, daß ihm das gefällt. Im Eintreibergeschäft ist das etwas anders, ob es nun um Schutzgeld oder um Steuern geht, was im Grunde ja aufs selbe rausläuft. Da muß man diplomatisch sein, weil man es immer wieder mit denselben Leuten zu tun bekommt. Diese Armeetypen mögen ja Asse sein, wenn es darum geht, der Konkurrenz irgendwelche Immobilien wegzuschnappen, aber ich bin mir nicht sicher, wie gut sie darin sind, sanft mit Zivilistentypen umzugehen. Begreifst du, worauf ich hinauswill?«

Zwar hatte ich selbst das Armeeleben nie von *innen* kennengelernt, doch während meines ersten Auftrags hier am Hof von Posslitum hatte ich es immerhin mit einer Armee zu tun bekommen. Und einmal, vor langer Zeit, wäre ich von Soldaten, die als Stadtwachen Dienst taten, um ein Haar gelyncht worden. Jetzt hatte ich plötzlich Visionen von Truppenverbänden mit Armbrüsten und Katapulten, die gegen wehrlose Bürger anrückten.

»Daran habe ich noch gar nicht gedacht«, antwortete ich, »aber ich sehe, worauf du hinauswillst.«

»Na ja, du weißt ja, saß ich mich nicht gern in Manage mententscheidungen einmische«, fuhr Guido fort, »aber ich hätte doch einen Vorschlag zu machen. Ich habe mir überlegt, daß du vielleicht jemanden aus der Armee damit beauftragen könntest, die Steuereintreiber zu inspizieren und zu überwachen. Du weißt schon, um sicherzustellen, daß diese Armeetypen sich nicht von ihrer neuen Aufgabe hinreißen lassen.«

Ich war wirklich dankbar für Guidos Versuch einer Lösung, zumal ich selbst keine eigene anzubieten hatte. Doch leider schien ihm dabei ein kleiner Denkfehler unterlaufen zu sein.

»Hm ... das begreife ich nicht ganz, Guido«, sagte ich. »Ist es nicht irgendwie sinnwidrig, ausgerechnet jemanden aus der Armee zur Überwachung der Armee abzustellen? Ich meine, wer garantiert uns denn, daß unser Inspekteur sich anders aufführt als die Leute, die er eigentlich überwachen sollte?«

»Zweierlei«, antwortete mein Leibwächter und ließ zum erstenmal, seit er den Raum betreten hatte, sein Lächeln aufblitzen. »Erstens habe ich an jemand Bestimmtes für das Amt des Inspekteurs gedacht ... jemand aus der Reihe meiner alten Armeekumpel. Glaub mir, Boß, diese Person liegt, was die Art und Weise angeht, wie manche Dinge gehandhabt werden, nicht unbedingt auf einer Linie mit der Armee. Übrigens habe ich die Papiere schon mal vorbereitet, um den Auftrag offiziell zu machen. Du mußt sie bloß noch unterschreiben.«

Er überreichte mir seine Schriftrolle, und mir wurde klar, daß er sich diesen Vorschlag wohl schon vor geraumer Zeit ausgedacht haben mußte.

»Merkwürdiger Name für einen Soldaten«, sagte ich mit einem Blick auf das Dokument. »Spynne.«

»Vertrau mir, Boß«, bedrängte mich Guido. »Das ist genau die richtige Person für diesen Job.«

»Du hast gesagt, da wären zwei Dinge?« Ich war bemüht, Zeit zu schinden. »Was ist denn das zweite?«

»Na ja, ich habe mir gedacht, daß du zwei persönliche Beobachter hinschicken könntest. Du weißt schon, die dir direkt Meldung machen. So könntest du doppelt sichergehen, daß die Armee dir nichts verschweigt.«

»Verstehe«, meinte ich und spielte mit dem Pergament. »Gehe ich recht in der Annahme, daß dir auch für diesen Beobachterposten zwei ganz bestimmte Personen vorschweben?«

»Äh ... genaugenommen ...«

»Ich weiß nicht, Guido«, widersprach ich kopfschüttelnd. »Ich meine, die Idee ist nicht schlecht, aber ich bin mir nicht sicher, daß ich dich und Nunzio gleich beide entbehren kann. Und sei es nur deshalb, weil ich möchte, daß Nunzio ein bißchen mit Gliep arbeitet. Ich muß sichergehen, daß mit ihm alles in Ordnung ist.«

»Äh ... genaugenommen, Boß«, sagte mein Leibwächter und studierte dabei aufs eindringlichste seine gewaltigen Hände, »hatte ich gar nicht an Nunzio gedacht. Ich dachte mir, daß Pookie und ich die Sache vielleicht übernehmen könnten.«

Das überraschte mich mehr als alles andere, was er mir mitgeteilt hatte. Guido und sein Vetter Nunzio waren bisher immer als Team tätig gewesen, und ich hatte sie stets für unzertrennlich gehalten. Die Tatsache, daß Guido bereit war, dieses Team aufzulösen, war ein Indiz dafür, wie sehr er sich um die Situation sorgte. Oder es bewies, wie weit er zu gehen bereit war, um mit Pookie etwas allein zu sein.

»Wirklich, Boß«, drängte er, als er mein Zögern bemerkte. »Für drei Leibwächter gibt es hier nicht so schrecklich viel zu tun. Ich meine, so wie ich das sehe, droht dir hier im Schloß nur von einer einzigen Person körperlicher Schaden, und das ist die Königin selbst. Und ich glaube, um die brauchst du dir keine Sorgen zu machen, bis du dich in dieser Heiratsgeschichte entschieden hast. Ich suche doch nur nach einer Möglichkeit, wie wir unser Gehalt verdienen können ... irgend etwas Nützliches.«

Das entschied die Sache. Sein Vorschlag, meine Leibwächter umzuwidmen, war Wasser auf die Mühlen meiner gegenwärtigen Überlegungen, die Mannschaft entweder personell zu straffen oder ihren Aufgabenbereich zu erweitern. Außerdem war ich nicht allzu erpicht darauf, ein Gespräch in die Länge zu ziehen, bei dem es darum ging, was ich in Sachen Schierlingsfleck unternehmen sollte.

»Also gut, Guido«, sagte ich und unterschrieb die Pergamentrolle. »Ihr habt den Job. Vergiß nur nicht, mich auf dem laufenden zu halten.«

»Danke, Boß«, sagte er grinsend, nahm das Pergament entgegen und musterte die Unterschrift. »Du wirst es nicht bereuen.«

Ich war überhaupt nicht auf den Gedanken gekommen, daß ich es bereuen könnte ... bis er es erwähnte. Ich meine, was hätte denn schon schiefgehen sollen?

6

›*Geld ist die Wurzel allen Übels.*
Und Frauen brauchen nun mal Wurzeln.‹

D. Trump

Die Verwaltungsprobleme, die mit dem Versuch einhergingen, die Finanzen Possiltums auf Vordermann zu bringen, lagen mir schwer auf der Seele. Doch gab es da noch eine weitere, größere Sorge, die mir ständig im Hinterkopf präsent war, sobald ich morgens aufwachte.

Sollte ich Königin Schierlingsfleck nun heiraten oder nicht?

Aahz meinte unentwegt, ich solle das Spiel mitspielen, um Prinzgemahl mit einer leichten (um nicht zu sagen gutbezahlten) Tätigkeit auf Lebenszeit zu werden. Ich mußte einräumen, daß es in mancher Hinsicht weitaus attraktiver schien, als Königin Schierlingsfleck abdanken zu lassen und schließlich ganz allein mit dem Königreich dazustehen. Diese ›Gelegenheit‹ hatte ich bereits dank des verstorbenen Königs Roderick gehabt und wollte sie nun *wirklich* nicht noch einmal durchstehen müssen.

Aber warum tat ich mich dann mit meiner Entscheidung so schwer?

Es lag wohl vor allem daran, daß ich zögerte, die offensichtliche, naheliegende Wahl zu treffen. Was es bedeutete, König zu sein, war mir bekannt. Und es grauste mir davor. Die unbekannten Faktoren, die mit einer Eheschließung einhergingen, flößten mir jedoch mindestens ebensoviel, wenn nicht noch mehr Entsetzen ein.

Immer wieder versuchte ich zu bestimmen, ob es die Vorstellung des Heiratens war, die meinen Bammel verursachte, oder ob es nur daran lag, daß ich mir ausgerechnet Königin Schierlingsfleck nicht als meine Frau vorstellen konnte.

Meine *Frau*!

Jedesmal, wenn mir dieser Ausdruck in den Sinn kam, war mir, als würde mein Herz von einer eisigen Hand umklammert, die es prompt einen Schlag aussetzen ließ.

Offengestanden fiel es mir schwer, mir *überhaupt irgend jemanden* in dieser Rolle vorzustellen. In dem Bemühen, meine Gefühle in den Griff zu bekommen, zwang ich mich dazu, die Frauen in meiner Bekanntschaft einmal unter diesem Gesichtspunkt zu betrachten.

Massha, mein Lehrling, kam auf keinen Fall in Frage. Auch wenn wir uns als Freunde nahestanden (ebenso wie als Lehrer und Schülerin), war doch schon ihre schiere Körpergröße überwältigend. In Wirklichkeit fiel es mir sogar schwer, sie überhaupt als Frau zu sehen. Sicher, ich wußte durchaus, daß sie weiblichen Geschlechts war, doch ich neigte dazu, sie als einen weiblichen Freund zu sehen und nicht als *Frau*, falls ihr den Unterschied begreift.

Und Bunny ... nun, die hätte man als Kandidatin durchaus in Erwägung ziehen können. Das Problem war nur, daß sie auch die erste Frau gewesen war, die einen handfesten Annäherungsversuch bei mir gestartet hatte, und das hatte mich zu Tode erschreckt. Als ihr Onkel Don Bruce sie mir aufs Auge drückte, war sie darauf gefaßt gewesen, die Rolle der Gangsterbraut zu spielen. Nachdem ich ihr diesbezüglich den Kopf gewaschen hatte, hatte sie sich darangemacht, als meine Verwaltungsassistentin tätig zu werden, und dabei hatte sie sich so wohl gefühlt wie ein Fisch im Wasser. Danach war die Frage intimerer Beziehungen zwischen uns nie mehr Thema gewesen. In ihr meine Partnerin fürs Leben zu sehen, würde bedeuten, mein Bild von ihr und unserer Zusammenarbeit völlig neu zu definieren, doch war sie mir im Augenblick als Assistentin viel zu wertvoll, um das alles aufs Spiel zu setzen.

Tanda ... der Gedanke, die Trollin und Attentäterin könnte meine Frau werden, brachte mich zum Lächeln. Gewiß, sie war durchaus freundlich und alles andere als unattraktiv, und ich war auch lange Zeit in sie verliebt gewesen. Doch dann war immer deutlicher geworden, daß die Umarmungen und Küsse, mit denen sie mich beglückte, sich durch nichts von jenen unterschieden, die sie auch dem Rest der Mannschaft gewährte ... einschließlich ihres Bruders Chumly. Sie liebte einfach nur den freundlichen Körperkontakt. Und die Zuneigung, die sie mir bewies, war die einer Kollegin, vielleicht auch einer älteren Schwester. Das hatte ich inzwischen zu akzeptieren gelernt. Außerdem konnte ich mir schlecht vorstellen, daß sie ihre eigene Karriere hinschmeißen würde, um für mich den Haushalt zu schmeißen. Nein, sosehr ich sie auch liebte, Tanda wäre niemals die richtige Ehefrau für mich! Sie war eben ... na ja, eben Tanda.

Somit blieb nur noch Königin Schierlingsfleck übrig, für die ich nun überhaupt nichts empfand, wenn man von einem gewissen Unbehagen in ihrer Gegenwart absah. Sie schien sich stets ihrer selbst äußerst sicher zu sein und auch genau zu wissen, was sie wollte ... was sie fast zu meinem genauen Gegenteil machte. Das war natürlich an sich schon ein recht interessanter Gedanke. Außerdem war sie die einzige, die jemals das Verlangen geäußert hatte, sich mit mir zu paaren ... und es schien ihr sogar wichtig genug zu sein, um darum zu kämpfen. Selbst Bunny hatte einen Rückzieher gemacht, als ich sie erst einmal abgewiesen hatte. Ich mußte zugeben, daß es dem Ego eines Mannes durchaus schmeichelte, wenn eine Frau so entschlossen war ... selbst wenn er sich von dieser Frau anfänglich nicht besonders angezogen fühlte.

Das war's dann leider auch schon, was meine Liste weiblicher Bekanntschaften anging. Sicher, es gab auch noch ein paar andere, denen ich im Laufe der Jahre begegnet war, etwa Markie und Luanna ...

Luanna!!

Sie war mir fast völlig entfallen, doch als ich jetzt an sie dachte, sah ich plötzlich ihr Gesicht, als würde sie greifbar vor mir stehen. Luanna. Die wunderschöne Luanna! Unsere Wege hatten sich nur ein paarmal gekreuzt, besonders im Zuge meines Abenteuers in der Dimension Vorhölle, und beim letztenmal war unser Abschied alles andere als angenehm verlaufen. Kurzum, ich kannte sie eigentlich gar nicht richtig. Trotzdem verkörperte sie für mich so gut wie alles, was ich unter Weiblichkeit verstand: Nicht nur, daß sie eine sanfte, zerbrechliche Schönheit ausstrahlte, ihr Betragen war auch stets nachgiebig und entgegenkommend. Das mag euch vielleicht ein wenig dürftig vorkommen, aber für mich war es das ganz und gar nicht. Ihr müßt nämlich wissen, daß die meisten Frauen, mit denen ich zu tun habe, nur als aggressiv zu bezeichnen sind ... oder, weniger höflich, als Zimtzicken. Selbst Schierlingsfleck war trotz ihres königlichen Geblüts alles andere als »umwegig«, wenn es darum ging, ihre Anliegen und Wünsche kundzutun. Bunny hatte sich zwar ein wenig abgekühlt, nachdem ich ihr die Gangsterbrautambitionen ausgetrieben hatte, doch war ihre unverhohlene Anzüglichkeit dafür einer brüsken Effizienz gewichen, die manchmal ebenso einschüchternd wirken konnte wie ihre alte Sexkätzchennummer.

Luanna dagegen hatte in meiner Gegenwart immer sehr scheu und zögerlich gewirkt. Ihre Stimme war meistens so leise, daß ich mich manchmal regelrecht anstrengen mußte, sie zu verstehen. Und sie hatte die Angewohnheit, den Blick erst zu senken, um mich dann von unten durch die Wimpern anzusehen ... als würde sie mir zwar zutrauen, sie physisch oder verbal in Bedrängnis zu bringen, jedoch darauf vertrauen, daß ich es nicht tat. Ich kann zwar nicht für andere Männer sprechen, aber ich selbst fühlte mich dann jedesmal drei Meter groß ... äußerst mächtig und von dem überwältigenden Drang erfüllt, all diese Macht dazu zu benutzen, sie vor allen Unbilden der Welt zu beschützen.

Als ich mich im Zuge meiner Überlegungen, was ich mir eigentlich unter einer Ehefrau vorstellte, dabei ertappte, wie ich das Bild vor Augen hatte, am Ende eines anstrengenden Tages von Luanna zu Hause erwartet zu werden – da stellte ich auch fest, daß mir dieses Bild gar nicht so abwegig erschien. Tatsächlich war es so, daß ich, nachdem Luanna erst einmal in mein Gedächtnis zurückgekehrt war, ganz schön häufig an sie dachte, sobald ich versuchte, meine gegenwärtige Lage auf die Reihe zu bekommen; und mehr als einmal wünschte ich mir, sie wiederzusehen, bevor ich meine endgültige Entscheidung fällen mußte.

Und wie sich herausstellte, sollte mein Wunsch auch in Erfüllung gehen.

Ich war gerade in meinem Raum und unternahm einmal mehr den schwächlichen Versuch, aus dem

Stapel von Tabellen, die mir Bunny und Grimble beinahe täglich zu überreichen pflegten, irgendeinen Sinn herauszupellen. Wie jene unter euch, die diese meine Abenteuer von Anbeginn verfolgt haben, sich erinnern werden, kann ich *durchaus* lesen ... jedenfalls hatte ich das bis dahin geglaubt. Seit ich mich allerdings an die Aufgabe gewagt hatte, die Finanzen des Königreichs zu organisieren, mußte ich feststellen, daß es etwas völlig anderes ist, ob man Text – also Worte – oder Zahlen liest.

Ich meine, in unserem Ziel waren wir uns ja alle einig, nämlich die Schuldenlast des Königreichs abzustreifen und zu mindern, ohne die Bevölkerung mit überzogenen Steuern zu erdrücken *oder* soviel aus unserem Staatsetat zu streichen, daß die unverzichtbaren Verwaltungsaufgaben nicht mehr garantiert werden konnten. Wie ich schon sagte, darin waren wir uns einig ... verbal ... rein sprachlich gesehen. Doch jedesmal, wenn es zwischen Grimble und Bunny über Einzelheiten zu Meinungsverschiedenheiten kam und sie mich aufsuchten, um die ausschlaggebende Stimme abzugeben oder gleich eine Entscheidung zu fällen, pflegte jeder der beiden mir zur Bekräftigung seiner jeweiligen Position ein oder zwei (oder noch mehr) dieser fast ausschließlich mit Zahlen bedeckten Blätter zu überreichen, um dann erwartungsvoll zuzusehen, wie ich das Material durchging, als würde sich ihr Standpunkt daraus von allein erklären.

Nun möchte ich denen unter euch, die noch nie in einer solchen Situation waren, die Sache ein wenig verdeutlichen. Wenn ich behaupte, daß ich keine Zahlen lesen kann, meine ich damit natürlich nicht, daß ich die entsprechenden Symbole nicht entziffern könnte. Ich weiß durchaus, was eine 2 ist, wofür sie steht und wie sie sich beispielsweise von einer 8 unterscheidet. Das Problem bei diesen Streitigkeiten war jedoch, sie in Relation zueinander zu betrachten. Um einmal eine »Wort-Analogie« dafür zu wählen: Wenn die Zahlen Wörter gewesen wären, hätten sowohl Bunny als auch Grimble nur einen Blick auf ein Blatt voller Zahlen zu werfen brauchen, um darin Sätze und Absätze samt aller Feinheiten und Anspielungen zu erkennen, während ich auf demselben Blatt nur eine Masse isolierter, unzusammenhängender Wörter erblickt hätte. Da war es mir besonders unangenehm, wenn sie mir beispielsweise zwei Blätter überreichten, die für sie den reinsten Krimi darstellten, um mich dann zu fragen, wer meiner Meinung nach wohl der Mörder sei.

Obwohl ich ja wußte, daß sie wußten, mit welch einem numerischen Analphabeten sie es bei mir zu tun hatten, war ich es doch inzwischen fürchterlich leid, ständig mein »Äh, weiß nicht recht« in endlosen Varianten von mir zu geben. Und so war ich in dem Bemühen, wenigstens ein paar Fetzen meines Selbstrespekts zu wahren, dazu übergegangen, statt dessen zu sagen: »Ich schaue mir die Sache mal an und komme dann auf euch zu.« Das hatte zu meinem Leidwesen den Nachteil, daß ständig ein Stapel von diesen »Rätselblättern« auf meinem Schreibtisch herumlag, während ich mich dazu verpflichtet fühlte, wenigstens den Versuch zu unternehmen, darin nach irgendeinem Sinn zu forschen.

Jedenfalls war ich gerade eben damit beschäftigt, als es an meiner Tür klopfte. Kurzum, ich fühlte mich gerade völlig unzulänglich, war frustriert und bedurfte verzweifelt einer Ablenkung.

»Ja?« rief ich entzückt und hoffte wider alle Wahrscheinlichkeit, daß es sich um die Nachricht von einem Erdbeben, einem militärischen Überfall oder etwas ähnlich Katastrophalem handeln möge, das nach meiner sofortigen Aufmerksamkeit verlangt. »Wer ist da?«

Die Tür ging auf, und Masshas Kopf erschien.

»Bist du beschäftigt, Heißer Matz?« fragte sie mit eben jenem Respekt und der Ehrerbietung, die sie mir als mein Lehrling schon immer erwiesen hatte. »Du hast nämlich Besuch.«

»Nichts, was nicht warten könnte«, erwiderte ich, sammelte die ärgerlichen Tabellen hastig ein und stapelte sie an ihrem vertrauten Platz in der Schreibtischecke. »Wer besucht mich denn?«

»Luanna. Du weißt doch noch, die Kleine, wegen der wir drüben in Vorhölle fast ums Leben gekommen wären!«

Im nachhinein begreife ich heute, daß Massha damit zugleich ihrer Mißbilligung Ausdruck verleihen und mich warnen wollte, doch damals war mir das komischerweise überhaupt nicht klar.

»Luanna?« fragte ich freudestrahlend. »Na klar, bring sie rein. Oder noch besser, *schick* sie rein.«

»Keine Sorge«, schniefte Massha verächtlich. »Nicht einmal im *Traum* würde ich auf die Idee kommen, euer kleines Tête-à-tête zu stören.«

Wiederum entging mir ihre Reaktion völlig. Dazu war ich viel zu sehr damit beschäftigt, mich eilends im Zimmer umzusehen, um mich davon zu überzeugen, daß es präsentierfähig war ... was es natürlich auch tatsächlich war. Denn eins mußte man diesem Schloß lassen: der Zimmerservice war phantastisch.

Und da war sie auch schon ... mitten in meinem Zimmer, so wunderhübsch und betörend wie eh und je.

»Äh ... hallo, Luanna«, sagte ich. Plötzlich fehlten mir die Worte.

»Skeeve«, sagte sie in dieser sanften, leisen Stimme, die selbst aus der schlichtesten Feststellung stets noch eine Übung in Eloquenz zu machen schien.

Schweigend sahen wir uns eine Weile an.

Dann fiel mir plötzlich wieder ein, daß sie im Zuge unserer letzten Begegnung verschnupft und in dem Irrglauben abgereist war, daß ich verheiratet sei und ein Kind hätte.

»Was das letzte ...«, fing ich an.

»Es tut mir leid, daß ...«, sagte sie gleichzeitig.

Wir verstummten abrupt, sahen einander an und lachten.

»Also gut, du zuerst«, sagte ich schließlich mit einer leisen Verneigung.

»Ich wollte mich nur dafür entschuldigen, wie ich mich beim letztenmal benommen habe. Wie ich später aus der Gerüchteküche des Bazars erfahren habe, war damals nicht alles so, wie es den Anschein hatte, und es tut mir schrecklich leid, daß ich dir gar keine Gelegenheit gegeben habe, mir alles zu erklären. Ich hätte dich eigentlich schon früher aufgesucht, um dir zu sagen, wie leid es mir tut, aber ich war mir nicht sicher, ob du überhaupt noch jemals ein Wort mit mir wechseln würdest. Ich ... ich kann nur hoffen, daß du mir verzeihen kannst ... auch wenn es für mein Benehmen keine echte Entschuldigung gibt ...«

Ihre Stimme verstummte, als sie den Blick senkte.

Wie sie da vor mir stand, so verschüchtert, so schutzlos, hätte ich es ihr sogar verziehen, eine Massenmörderin zu sein, ganz zu schweigen von irgendwelchen belanglosen Meinungsverschiedenheiten zwischen uns.

»Mach dir deswegen keine Sorgen«, sagte ich in einem, wie ich hoffte, gelassenen Ton. »Genaugenommen wollte ich mich gerade bei dir entschuldigen,

Luanna. Es muß ja schrecklich für dich gewesen sein ... mich um Hilfe anzugehen und schnurstracks in die ... äh ... äh ... Situation hineinzuspazieren, in die du damals geraten bist. Ich habe mir schon häufiger überlegt, daß ich die Sache sehr viel geschickter hätte handhaben müssen.«

»Das ist aber lieb von dir, Skeeve«, sagte Luanna und trat vor, um mir eine schnelle Umarmung und einen flüchtigen Kuß auf die Wange zu verpassen. »Du ahnst ja gar nicht, wie froh ich bin, daß du das sagst.«

Es kann nicht weiter überraschen, daß ihre flüchtige Bewegung merkwürdige Prozesse in mir auslöste ... sowohl in meinem Geist als auch in meinem Stoffwechselsystem. Schließlich war es erst das zweitemal, daß sie mich geküßt hatte, und beim erstenmal war ich damit beschäftigt gewesen, ihr ein Taschentuch abzuschwatzen, um Aahz aus dem Gefängnis holen zu können. Womit ich sagen will, daß ich alles andere als immun gegen ihre Küsse war, so beiläufig diese auch sein mochten.

»Du ... äh ... was führt dich nach Possiltum?« fragte ich und kämpfte mannhaft darum, mir meine Reaktion nicht anmerken zu lassen.

»Na, du natürlich.«

»Ich?«

Trotz meiner gespielten Überraschung spürte ich, wie mein Puls plötzlich schneller ging. Ich meine, es war ziemlich nett, die Bestätigung zu bekommen, daß ich der einzige Anlaß ihres Besuchs war und nicht nur aus Gründen der Höflichkeit nachgeschoben wurde.

»Sicher. Ich habe von deiner neuen Stellung hier gehört und dachte mir, daß ich mir diese Chance unmöglich entgehen lassen darf.«

Das hörte sich schon weniger gut an.

»Wie bitte?«

»Ach, ich bringe wieder alles durcheinander«, sagte sie mit allerniedlichster Verärgerung über sich selbst. »Was ich dir eigentlich sagen will, ist, daß ich dir ein Angebot zu machen habe.«

Das klang schon besser. Genaugenommen klang es ein bißchen zu schön, um wahr zu sein. Wenn ich auch meinen Phantasien über Luanna als mögliche Ehefrau die Zügel hatte schießen lassen, wagte ich doch nicht darauf zu hoffen, daß sie möglicherweise das gleiche von mir wollte ... ich meine natürlich einen Ehemann, keine Ehefrau.

»Ein Vorschlag?« wiederholte ich und bemühte mich, etwas Zeit herauszuschinden, um meine Gedanken zu ordnen.

»Genau. Ich habe mir überlegt, daß du jetzt, da du auf der Gehaltsliste des Königreichs stehst, wahrscheinlich ein bißchen Kleingeld flüssig hast, und da die Abzocknummern, mit denen ich operiere, eine ganz gute Rendite einbringen, hatte ich gehofft, von dir vielleicht eine kleine Starthilfe zu bekommen und ...«

»Hoppla! Mach mal Pause!«

Es hatte ein paar Augenblicke gedauert, bis ich begriffen hatte, was sie da sagte, so sehr war ich von meinen eigenen Erwartungen an das Gespräch besessen. Doch selbst jetzt da meine hübsche Traumblase zerplatzt war, fiel es mir ziemlich schwer, Luannas geistigen Schlenker nachzuvollziehen und mich auf ihr eigentliches Anliegen zu konzentrieren.

»Könntest du vielleicht mal kurz Luft holen und mir die ganze Geschichte von vorn erklären? Du bist also hier, um mich um Geld zu bitten?«

»Hm ...ja. Eigentlich nicht viel ... vielleicht fünfzig oder fünfundsiebzig in Gold, das müßte reichen«, stellte sie hastig klar. »Das Schöne bei der Abzockerei ist, daß man nicht allzuviel Einstandskapital braucht.«

»Willst du damit sagen, daß du dir von mir Geld leihen möchtest, um eine Schwindelei abzuziehen? Hier in Possiltum?«

Der Blick, mit dem sie mich nun musterte, war gelinde gesagt kalt und abschätzig. Ganz und gar nicht der keusche, schüchterne, abgewendete Blick, den ich von ihr gewöhnt war.

»Natürlich. Das ist doch mein Beruf«, sagte sie ungerührt. »Ich dachte, du wüßtest das, als du mir einen Job angeboten hast. Oder bist du vielleicht nur sauer, weil ich es vorziehe, selbständig zu operieren? Ich nehme an, für dich sind das alles nur kleine Fische, aber mehr bringe ich eben nicht zustande.«

Während sie sprach, ging ich rasend schnell im Geiste die letzten Gelegenheiten durch, da ich sie gesehen oder mit ihr geredet hatte. Zwar hatte ich auch damals schon gewußt, daß sie ständig mit irgendeiner Schwindelei zu tun hatte oder gerade vor den Folgen einer solchen auf der Flucht war, doch hatte ich bisher immer angenommen, daß sie nur ein süßes, unschuldiges Mädchen sei, daß einfach nur bei den dunklen Geschäften ihres Partners Matt mitgemacht hätte. Jetzt wurde mir klar, daß es für diese Annahme keine andere Grundlage gab als ihr unschuldiges Aussehen. Genaugenommen wußte ich, von ihrem Äußeren einmal abgesehen, so gut wie gar nichts über sie.

»Ach ja?« fragte ich. »Mehr bringst du wirklich nicht zustande?«

»Was meinst du damit?«

»Na ja, kämst du nicht genauso gut oder vielleicht sogar noch besser über die Runden, wenn du es zur Abwechslung mal mit etwas Legalem versuchen würdest? Angenommen, ich würde dir genug Geld geben, um damit ein normales Geschäft aufzubauen?«

Die letzten Überreste meiner idealisierten Phantasien erstarben, als Luanna nun verächtlich die Lippe hochzog.

»Du meinst, um ein kleines Geschäft oder einen Lebensmittelladen aufzumachen? Ich? Nein danke! Das riecht mir viel zu sehr nach Arbeit. Komisch, ich habe immer geglaubt, daß das *jeder* verstehen könnte, daß *du* es verstehen würdest. Du bist ja schließlich auch nicht gerade durch Schweiß und harte Arbeit zu dem geworden, was du heute bist, sondern dadurch, daß du genau wie Matt und ich die Leichtgläubigen ausgenommen und die Unwissenden abgekocht hast ... nur eben in größerem Maßstab. Natürlich hatten wir dabei auch keinen Dämon zum Gehilfen wie du. Ich wette, daß du selbst jetzt noch, so reich und anständig du angeblich bist, in diesem Königreich einen satten Schnitt machst. Das ist ja wohl ein Kinderspiel, jetzt, wo du die Königin in die Tasche gesteckt hast und alle tun, was du sagst. Ich versuche doch nur, mir auch ein Stück aus diesem Kuchen herauszuschneiden ... noch dazu ein kleines.«

Eine Weile sagte ich gar nichts. Ich überlegte mir, ob ich versuchen sollte, ihr von den langen Arbeitsstunden und der Mühe zu erzählen, die ich und meine Mannschaft gerade darin investierten, die Finanzen des Königreichs wieder auf Vordermann zu bringen. Ja, ich dachte sogar kurz daran, ihr eins der Rätselblätter auf meinem Schreibtisch zu zeigen ... doch dann entschied ich mich dagegen. Denn möglicherweise hätte sie es entziffern können, und dann hätte sie mir zweifellos irgendwelche peinlichen Fragen zu dem deftigen Honorar gestellt, das ich für meine Dienste kassierte. Ich hatte ja schon Schwierigkeiten genug, es vor mir selbst zu rechtfertigen!

Die unausweichliche Schlußfolgerung daraus lautete allerdings: Wie immer ich mir auch die wunderschöne Luanna *vorgestellt* haben mochte, in unserer Auffassung darüber, was es mit Leuten auf sich hatte und wie sie zu behandeln seien, lagen wir unendlich weit auseinander.

So griff ich also in unsere Kleingeldschublade und fing an, ein paar Münzen abzuzählen.

»Ich will dir was sagen, Luanna«, sagte ich ohne aufzublicken. »Du hast gesagt, du brauchst fünfzig bis fünfundsiebzig in Gold? Schön, ich gebe dir hundertfünfzig ... doppelt bis dreimal soviel wie das, was du verlangt hast ... und zwar weder als Kredit noch als Geldanlage, sondern einfach als Geschenk.«

»Aber warum solltest du ...«

»... allerdings unter zwei Bedingungen«, fuhr ich fort, als hätte sie keinen Ton gesagt. »Erstens, daß du etwas von dem zusätzlichen Geld für eine Reise verwendest: am besten fort aus dieser Dimension, zumindest aber in einen anderen Teil von Klah ... das ist mir völlig egal. Hauptsache, du bist nicht mehr in Possiltum, wenn du mit deiner Schwindelnummer anfängst.«

»Na schön, aber ...«

»Zweitens«, sagte ich und baute den Stapel Münzen dicht vor ihr auf der Schreibtischkante auf, »will ich, daß du mir versprichst, mich nie wieder aufzusuchen oder mit mir zu reden ... nie wieder! ... beginnend sofort.«

Einen Augenblick lang dachte ich, sie würde etwas sagen. Sie sperrte den Mund auf, dann zögerte sie, zuckte mit den Schultern und schloß ihn wieder.

Schweigend nahm sie die Münzen und ging, zog die Tür hinter sich zu.

Ich schenkte mir noch einen Kelch voll Wein ein und trat ans Fenster, wo ich auf die Landschaft hinausblickte, ohne dabei wirklich irgend etwas zu sehen. Träume sterben nicht so leicht, aber meine romantischen Gedanken hinsichtlich Luannas waren gründlichst zerschmettert worden. Daran konnte ich zwar nichts ändern, aber ich konnte es wenigstens betrauern.

Wieder klopfte es leise an der Tür, und mein Herz machte einen Satz. Vielleicht hatte sie es sich ja anders überlegt! Vielleicht hatte sie noch einmal darüber nachgedacht und beschlossen, mir das Geld zugunsten eines legalen Geschäftsdarlehens zurückzugeben!

»Herein«, rief ich und bemühte mich darum, nicht allzu begierig zu klingen.

Die Tür ging auf, und ein Vampir trat ein.

7

›Du kennst die Frauen einfach nicht.‹

H. Hefner

»Wein? Nein danke. Rühre das Zeug nie an.«

»Ach so. Stimmt ja. Tut mir leid, Vic«, sagte ich und füllte wieder meinen eigenen Kelch.

»Weißt du was«, meinte mein Gast und richtete sich etwas behaglicher auf seinem Stuhl ein, »es sind Frauen wie Luanna, die für den schlechten Ruf der Vampire verantwortlich sind. *Sie* sind diejenigen, die andere gnadenlos aussaugen, und irgendwie hat die Geschichte dann auf uns alle abgefärbt!«

Falls ihr euch wundern solltet (oder es versäumt habt, die vorhergehenden Bücher dieser Serie zu lesen) – Vic ist derjenige, der am Ende des letzten Kapitels in mein Zimmer spaziert ist. Ja, und ein Vampir ist er auch. Tatsächlich ist er ein ganz netter Bursche ... ungefähr in meinem Alter und ein durchaus erfolgreicher Magiker. Zufälligerweise kommt er aus Vorhölle, einer Dimension, die hauptsächlich von Vampiren, Werwölfen und so weiter »bevölkert« wird.

Offenbar war er in unserem Büro auf Tauf vorbeigekommen, weil er mich zum Mittagessen einladen wollte. Als Tanda ihm erzählte, wo ich mich befinde, entschied er sich zu einer Stippvisite. (Nebenbei bemerkt, gehört es zu seinen vorhöllenspezifischen angeborenen Talenten, ohne mechanische Hilfsmittel durch die Dimensionen zu reisen ... etwas, was ich immer beneidet habe und selbst gern gelernt hätte.)

Um die Wahrheit zu sagen, war ich über Vics Besuch reichlich froh. Er gehörte zu den wenigen Leuten in meiner Bekanntschaft, die mit den Prüfungen und Sorgen eines professionellen Magikers vertraut waren, ohne zu unserer Mannschaft zu gehören. Nicht, daß ich damit etwas gegen meine Kollegen sagen oder sie kritisieren will, nein, nein, aber ... na ja ... sie waren mir doch eher eine Art Familie, und sowohl meine Unternehmungen als auch meine Zukunft betrafen sie alle ganz unmittelbar, während Vic dazu in der Lage war, die Dinge etwas objektiver und aus größerer Distanz zu sehen. Das machte es mir sehr viel leichter, ihm von meinen Empfindungen und Problemen zu erzählen, was ich jetzt auch getan hatte, angefangen bei Königin Schierlingsflecks Heiratsantrag bis zu meiner reichlich enttäuschenden Begegnung mit Luanna.

Erst, nachdem er es erwähnte, fiel mir wieder ein, daß er Luanna ja kannte. Tatsächlich hatte er sogar mit ihr und Matt zusammengearbeitet. Infolgedessen war er natürlich auch mit ihnen in Sachen Schwindelunternehmungen unterwegs gewesen ... ja, so hatte ich ihn überhaupt erst kennengelernt. Folglich kannte er die fragliche Dame sehr viel besser als ich, und meine neugewonnenen Kentnisse ihres Charakters schienen sich doch wesentlich mehr mit seiner schon sehr viel früher gebildeten Meinung von ihr zu decken als mit meinen eigenen liebgewonnenen Tagträumereien.

»Was den Etat des Königreichs und dieses ganze Zeug betrifft, kann ich dazu nicht allzuviel sagen«, meinte der Vampir gerade mit bedauerlichem Achselzucken. »Das ist nicht meine Kragenweite. Mir fällt allerdings auf, daß du doch einen Haufen Frauenprobleme zu haben scheinst.«

»Das kannst du wohl sagen«, pflichtete ich ihm bei und hob den Kelch, um ihm zuzuprosten.

»Ich gebe zu, daß ich ein wenig überrascht bin«,

fuhr Vic fort. »Ich hätte eigentlich geglaubt, daß jemand mit deiner Erfahrung dazu in der Lage wäre, einige dieser Verstrickungen zu umgehen ... ganz bestimmt aber, einen Raffzahn wie Luanna auf zehn Meilen gegen den Wind zu wittern.«

Ich zögerte einen Augenblick, dann entschied ich, ihm reinen Wein einzuschenken – bildlich gesprochen. Das andere Zeug rührte er ja nie an.

»Um ganz ehrlich zu sein, Vic, so fürchterlich viel Erfahrung mit Frauen habe ich gar nicht.«

»Wirklich nicht?« Der Vampir war gebührend überrascht.

»Drücken wir es einmal so aus: Aahz und die anderen waren zwar durchaus fleißig, solange es darum ging, mir etwas über das Geschäft und die Magik beizubringen. Aber es gibt doch gewisse Bereiche meiner Ausbildung, die sie sträflich vernachlässigt haben.«

»Also in *dem* Punkt kann ich dir tatsächlich weiterhelfen.«

»Wie bitte?«

Ich war für einen Augenblick in meine Gedanken versunken gewesen und mußte wohl irgendwie eine Wende des Gesprächs verpaßt haben.

»Ist doch ganz einfach«, meinte Vic mit einem Achselzucken. »Du hast Schwierigkeiten, dich zu entscheiden, ob du überhaupt heiraten sollst oder nicht ... vor allem Königin Schierlingsfleck. Richtig?«

»Na ja ...«

»Richtig?« setzte er nach.

»Richtig.«

»Mir scheint, das eigentliche Problem besteht darin, daß du nicht über genügend Informationen verfügst, um eine qualifizierte Entscheidung zu fällen.«

»Das kannst du wohl sagen!« erwiderte ich schwerblütig und stürzte noch etwas von meinem Wein herunter. »Und außerdem kommt noch hinzu, daß ich mir in Anbetracht meines Arbeitspensums und Königin Schierlingsflecks Terminkalender wahrscheinlich auch keine werde besorgen können.«

»Und genau das ist der Punkt, an dem ich dir wohl weiterhelfen kann«, meinte mein Gast lächelnd und lehnte sich wieder in seinem Stuhl zurück.

»Wie bitte?« fragte ich und kämpfte gegen das Gefühl an, daß unser Gespräch sich in einer Endlosschlaufe verheddert hatte.

»Was würdest du zu einem Blind-Rendezvous sagen?«

Das traf mich völlig unvorbereitet.

»Hm ... wahrscheinlich dasselbe wie zu einem mit jemandem, der sehen kann«, brachte ich schließlich heraus. »Das Problem ist, daß ich mit beiden noch keine Erfahrung habe ...«

»Nein, nicht doch«, unterbrach mich der Vampir. »Ich meine, wie fändest du es, wenn ich ein Rendezvous für dich arrangierte? Mit jemandem, dem du noch nie begegnet bist?«

»Das wäre ja wohl zwangsläufig der Fall«, antwortete ich nickend. »Ich kann mich nämlich nicht erinnern, jemals einem Blinden begegnet zu sein ... weder Mann noch Frau. Nicht, daß du jetzt denkst, ich hätte absichtlich einen Bogen um Blinde gemacht, nein, nein ...«

»Halt! Stopp!« sagte Vic und hob eine Hand. Die andere hatte er an die Stirn gepreßt.

Mir fiel auf, daß er in dieser Pose eine mehr als nur flüchtige Ähnlichkeit mit Aahz aufwies.

»Fangen wir noch einmal von vorn an. Wir sprachen darüber, daß du Erfahrungen mit Frauen sammeln mußt. Was ich dir vorschlage, ist folgendes: Ich arrangiere ein Rendezvous für dich ... mit jemandem, den ich kenne ... damit du eben diese fehlende Erfahrungen sammeln kannst. Kapiert?«

»Kapiert«, antwortete ich nickend. »*Du* kennst jemanden, der blind ist. Sag mal, sollte ich mich in ihrer Gegenwart irgendwie anders verhalten als sonst?«

»Nein ... ich meine, ja! NEIN!«

Vic schien das Thema ziemlich aufzuregen, und er wirkte reichlich verwirrt ... somit waren wir schon zwei.

»Hör mal, Skeeve«, preßte er schließlich zwischen den Zähnen hervor, »das Mädchen, an das ich denke, ist *nicht* blind. Sie ist völlig normal. In Ordnung?«

»In Ordnung«, erwiderte ich zögernd und suchte nach dem Haken bei der Sache. »Ein völlig normales, durchschnittliches Mädchen.«

»Na ja ... *so* normal und durchschnittlich nun auch wieder nicht«, versetzte der Vampir lächelnd und entspannte sich ein wenig. »Sie macht wirklich *sehr* viel Spaß ... wenn du verstehst, was ich meine. Und sie sieht wirklich phantastisch aus ... so schön, daß man es kaum mitansehen kann.«

»Ach so, dann meinst du also, daß *ich* hinterher blind sein werde?«

Barmherzig wie ich nun mal bin – und im Interesse der Kürze (ich weiß, zu spät!) –, will ich euch den restlichen Schlagabtausch dieses Gesprächs ersparen. So genüge dann die folgende Feststellung: Als Vic schließlich wieder ging, war abgemacht, daß er mir dazu verhelfen würde, mit einer hübschen Dame aus seinem Bekanntenkreis auszugehen ... eine mit völlig intakten Sinnesorganen (dieser Teil war mir immer noch nicht so recht klar), die weder meiner Gesundheit noch meinen Augen Schaden zufügen würde, sondern meine Erziehung hinsichtlich des anderen

Geschlechts in schwindelerregende Höhen treiben würde, sofern ich Vic Glauben schenken durfte.

Ich fand, daß sich das eigentlich ganz gut anhörte. Wie jeder gesunde junge Mann hatte auch ich ein ganz normales Interesse an Frauen ... womit ich sagen will, daß ich nicht öfter als drei- bis viermal am Tag an sie dachte. Meinen Mangel an Erfahrung aus erster Hand schrieb ich dem Mangel an Gelegenheit zu, und gegen diesen sollte nun etwas unternommen werden. Zu behaupten, daß ich mich auf mein erstes Rendezvous freute, wäre eine Untertreibung gewesen ... eine STRÄFLICHE Untertreibung.

Aber der Tag war noch nicht zu Ende.

Es klopfte erneut an meiner Tür, doch diesmal wollte ich nicht schon wieder voreilige Annahmen treffen.

»Wer ist da?« rief ich.

»General Badaxe«, lautete die gedämpfte Antwort. »Ob Ihr mir wohl einen Augenblick Eurer Zeit gewähren könntet?«

Ich war mehr als überrascht. Der General und ich waren noch nie besonders gut miteinander ausgekommen, und es geschah äußerst selten, daß er mich in meinen Privatgemächern aufsuchte. Während ich nach einer Erklärung fahndete, fiel mir plötzlich ein, daß er wahrscheinlich ziemlich wütend über die Streichungen war, die ich in Sachen Armee und Kriegsetat veranlaßt hatte. Gleichzeitig kam mir auch der Gedanke, daß er versuchen könnte, mich in meinem eigenen Zimmer zu ermorden ... oder wenigstens ein bißchen aufzumischen. Doch das verwarf ich sofort wieder. Wenn man eines über den General sagen konnte, dann war es folgendes: Er war so geradeheraus und unintrigant, wie man es nur sein konnte. Wenn er mir tatsächlich hätte schaden wollen, dann zweifellos in der Hitze des Augenblicks bei einer Begegnung in den Gängen oder auf den Höfen des Schlosses … nicht aber heimlich in der Abgeschiedenheit meines Zimmers. Kurzum, ein vorsätzliches Tohuwabohu konnte ich ausschließen. Sollte er mich wirklich umbringen wollen, dann höchstens spontan … ein Gedanke, der mich freilich nicht ganz so stark beruhigte, wie ich es mir gewünscht hätte.

»Tretet ein«, rief ich … und das tat er auch.

Es war tatsächlich der General von Possiltums Armee, und zur Abwechslung hatte er seine riesige Axt einmal *nicht* dabei. Nicht, daß er dadurch merklich weniger gefährlich ausgesehen hätte, denn Badaxe war mit Abstand der größte Mann, dem ich je begegnet war. Auf den zweiten Blick geriet ich allerdings angesichts meiner ursprünglichen Besorgnis etwas in Verlegenheit. Anstelle der strengen, zornigen Miene, an die ich gewöhnt war, wirkte der General heute eher unbehaglich und verlegen.

»Tut mir leid, Euch bei der Arbeit stören zu müssen, Herr Magiker«, sagte er und blickte sich nervös im Zimmer um, »aber ich halte es für erforderlich, mit Euch zu sprechen … in einer persönlichen Angelegenheit.«

»Aber gewiß doch, General«, erwiderte ich und versuchte, es ihm etwas behaglicher zu machen. Merkwürdigerweise mußte ich feststellen, daß seine offenkundige Verlegenheit mich eher beunruhigte. »Nehmt doch Platz.«

»Danke. Ich möchte lieber stehenbleiben.«

Soviel zum Thema Behaglichkeit.

»Wie Ihr wünscht«, sagte ich nickend. »Weshalb wolltet Ihr mich sprechen?«

Ich merkte etwas bestürzt, daß ich wieder in eine förmliche Sprache verfiel, konnte aber irgendwie nicht dagegen ankämpfen. Badaxe schien es mit Gewalt darauf abgesehen zu haben, düster zu wirken, und so fühlte ich mich gewissermaßen verpflichtet, angemessen darauf zu reagieren.

»Nun … ich würde gern mit Euch über Euren Lehrling sprechen.«

»Aahz?« fragte ich. Denn was die Legende im Königreich betraf, war Aahz mein treuer Schüler. »Was hat er denn diesmal schon wieder ausgefressen?«

»Nein, nicht Aahz«, berichtigte mich der General hastig. »Ich meinte eigentlich Massha.«

»Massha?« Ich mußte blinzeln. Das war nun wirklich eine Überraschung! Soweit ich informiert war, waren Massha und der General bisher immer prima miteinander ausgekommen. »Also gut. Wo liegt das Problem?«

»Oh, Ihr versteht mich nicht recht, Herr Magiker. Es gibt kein Problem. Ganz im Gegenteil. Ich wollte bei Euch um ihre Hand anhalten.«

Von allen Überraschungen dieses an Überraschungen gewiß nicht armen Tages traf mich diese am unvorbereitetsten.

»Warum?« stotterte ich. Etwas anderes fiel mir nicht ein.

Die Stirn des Generals verdüsterte sich merklich.

»Solltet Ihr damit auf ihr nicht gerade schlankes Äußeres anspielen oder vielleicht auf unseren Altersunterschied …« begann er mit tiefem Knurren.

»Nein, Ihr mißversteht mich«, sagte ich hastig und schnitt ihm das Wort ab … obwohl ich beide Punkte, da er sie schon erwähnte, durchaus einer Diskussion für würdig befand. »Ich meinte damit, warum wollt Ihr ausgerechnet mit mir darüber sprechen?«

»Ach so. Das ist es.«

Badaxe wirkte – wenigstens für den Augenblick – beschwichtigt. Ich machte mir im Geist eine Notiz, die Diskussion der beiden anderen Punkte lieber auf ein späteres Gespräch zu verschieben.

»Das ist eigentlich ziemlich einfach, Herr Magiker«, fuhr der General fort. »Auch wenn es vielleicht ziemlich altmodisch von mir ist, meine ich doch, daß ich den Anstand wahren und meine guten Absichten dokumentieren sollte, indem ich sie im voraus erkläre. Normalerweise würde ich mit ihrem Vater reden, aber in diesem Fall scheint Ihr, Herr Magiker, ihrem Vater wohl am nächsten zu kommen.«

Jetzt war ich wirklich verblüfft. Vor allem deshalb, weil ich an seiner Logik nicht das geringste auszusetzen fand, sosehr ich mich auch bemühte. Er hatte recht! Massha war zwar älter als ich, doch da sie nie etwas von ihrer Familie, ganz zu schweigen von einem Vater erwähnt hatte ... Darüber hinaus konnte ich diese Sache nicht einmal Aahz aufhalsen. Da sie *mein* Lehrling war, war ich auch für ihr Wohlergehen verantwortlich, genau wie für ihre Ausbildung. Wenn es irgend jemanden gab, mit dem der General über Masshas Zukunft zu sprechen hatte, dann war tatsächlich ich es!

»Ich verstehe«, sagte ich schließlich und versuchte, Zeit zum Nachdenken zu schinden. »Und was meint Massha dazu?«

»Bisher habe ich noch nicht direkt mit ihr über dieses Thema gesprochen«, gestand Badaxe verlegen, »obwohl ich Grund zu der Annahme habe, daß ihr der Gedanke nicht völlig unwillkommen sein könnte. Offengestanden fand ich, daß ich erst den Versuch unternehmen sollte, Eure Billigung einzuholen.«

»Und weshalb fandet Ihr das?«

Langsam verfeinerte ich meine Verzögerungstaktik, und Fragen waren dabei eine nützliche Waffe.

Der General musterte mich nüchtern.
»Kommt schon, Herr Magiker«, sagte er. »Ich dachte, wir hätten uns schon vor langem darauf geeinigt, daß wir im Gespräch miteinander nicht viele Worte zu machen brauchen. Ihr wißt genausogut wie ich, daß Massha sehr viel Zuneigung zu Euch empfindet. Dazu kommt noch die Treue des Lehrlings zu ihrem Lehrer. Und wenn ich mich auch noch nie vor einer Schlacht oder einem Wettkampf gedrückt habe, würde ich es doch vorziehen, ihr unnötige Qualen zu ersparen. Damit will ich sagen, daß es meinem Anliegen zuhöchst förderlich wäre, wenn ich zur gleichen Zeit, da ich mit Euch gesprochen habe und Ihr gegen eine solche Verbindung weder persönliche noch berufliche Einwände vorzubringen habt. Vorausgesetzt, natürlich, daß dem auch wirklich so ist.«
Ich schwieg einige Augenblicke und dachte über das Gesagte nach. Genaugenommen machte ich mir Vorwürfe wegen meines Egoismus. Ich hatte bisher stets nur darüber nachgedacht, welche meine Entscheidung, Königin Schierlingsfleck zu heiraten für *mich* haben würde. Selbst wenn ich dabei an meine Freunde und Kollegen gedacht hatte, war es mir dabei immer nur um *meinen* Verlust ihrer Freundschaft gegangen und nicht etwa darum, was das für *sie* bedeuten mochte.
»Aber vielleicht gehe ich in dieser Annahme ja auch fehl.«
Die Worte des General unterbrachen meinen Gedankengang, und plötzlich erinnerte ich mich, daß er ja auf eine Antwort wartete.
»Verzeih mir, General ... Hugh«, erwiderte ich hastig. Ich mußte wirklich schnell überlegen, um mich an seinen Vornamen zu erinnern. »Ich war nur einen Augenblick in Gedanken vertieft. Ganz gewiß habe

ich keine Einwände. Ich habe stets größte Hochachtung für Euch empfunden, und wenn Massha einverstanden ist, wäre ich der letzte, der ihrem Glück im Wege stehen wollte. So könnt Ihr also gern in Eurem Vorhaben mit meiner Billigung fortfahren ... begleitet von meinen besten Wünschen.«

Badaxe ergriff meine Hand und knetete sie fest ... er erwischte sie glücklicherweise noch, bevor ich sie verschreckt zurückziehen konnte.

»Danke, Herr ... Skeeve«, sagte er mit einer Intensität, die ich bei ihm bisher nur während der Gefechtsplanung beobachtet hatte. »Ich ... danke Euch.«

Dann ließ er meine Hand fahren, trat zur Tür hinüber, öffnete sie und blieb wieder stehen.

»Eigentlich rechne ich fast damit, daß Massha Euch darum bitten wird, den Brautführer zu machen – vorausgesetzt, sie nimmt meinen Antrag an. Ansonsten würde ich Euch selbst um die Ehre bitten, als mein Trauzeuge aufzutreten.«

Dann war er verschwunden ... und das war auch ganz gut so, weil ich nämlich keine Ahnung hatte, was ich darauf erwidern sollte.

Massha und Badaxe. Verheiratet!

So sehr ich mich auch bemühte, wollte mir diese Vorstellung einfach nicht in den Kopf ... was ich als Kommentar zu meiner begrenzten Vorstellungskraft gewertet haben will und NICHT als Anspielung auf die Körpergröße der beiden – egal, ob einzeln oder als Pärchen genommen!

Schließlich gab ich es gänzlich auf. Statt dessen schenkte ich mir noch einen Kelch voll Wein ein und lehnte mich zurück, um mich den weitaus angenehmeren Spekulationen über mein bevorstehendes Rendezvous hinzugeben.

8

›Liebe ist blind. Wollust nicht‹

D. Giovanni

Als ich mich an jenem Abend auf mein Rendezvous vorbereitete, mußte ich feststellen, daß ich es mit ziemlich gemischten Gefühlen tat. Einerseits war ich mir überhaupt nicht sicher, wieviel Vergnügen es mir bereiten würde, den ganzen Abend mit einer Frau zuzubringen, der ich noch nie zuvor begegnet war. Zwar setzte ich ein gewisses Vertrauen in Vic, mir nicht gerade die schlimmste aller Schreckschrauben zuzumuten, doch kam mir der Gedanke, daß es ganz nett gewesen wäre, wenigstens eine ungefähre Vorstellung davon zu haben, wie sie wohl aussah. Herrje, selbst wenn sie eine Niete sein sollte, was Konversation betraf, ließe sich der Abend doch immerhin noch retten, wenn sie nur hübsch anzusehen war!

Doch trotz meiner bohrenden Sorgen ließ sich nicht leugnen, daß in mir eine gewisse freudige Erregtheit stetig zunahm, je näher der Termin heranrückte. Wie Vic bereits festgestellt hatte, hatte ich wirklich nicht allzuviel Erfahrung, was Verabredungen betraf. Genaugenommen würde dies meine erste sein ... die erste meines Lebens! Versteht mich nicht falsch, ich habe durchaus eine erkleckliche Anzahl von Frauen kennengelernt, aber alle immer nur geschäftlich. Bevor ich Aahz begegnete, hatte ich bei Garkin in einer Waldhütte gehaust ... was nicht gerade der beste aller Orte ist, um Frauen kennenzulernen. Als ich mich dann mit Aahz zusammentat, war mein Leben merklich aufregender geworden, aber es hatte nur wenig Zeit für ein Privatleben und gesellschaftliche Aktivitäten gegeben. Mein bißchen Freizeit hatte ich überwiegend mit den anderen Mitgliedern unserer Mannschaft zugebracht, und wenn sie auch meistens eine sehr angenehme Gesellschaft boten, war dabei für Außenstehende doch nur wenig Raum geblieben. Dementsprechend war die Vorstellung, einen ganzen Abend mit einer fremden Frau zu verbringen, *nur um mit ihr zusammenzusein*, das reinste Geschenk – und mehr als beängstigend.

Doch die einzige Variable in dieser Gleichung, auf die ich Zugriff hatte, war ich selbst. Und so war ich auch wild entschlossen, dafür zu sorgen, daß es nicht an meiner mangelnden Vorbereitung liegen würde, sollte der Abend irgendwie schieflaufen. Das Geld war kein Problem. Ich wußte zwar nicht genau, wo wir hingehen würden, dachte mir aber, daß zwei-, dreihundert in Gold wohl genügen würden ... obwohl ich sicherheitshalber noch meine Kreditkarte aus Perv mitnahm.

Die Garderobenfrage dagegen war schon komplizierter. Nachdem ich mich ein dutzendmal vollständig umgezogen hatte, entschied ich mich schließlich für dieselben Kleider, die ich auch bei meiner Party mit dem Pfefferminz-Kind angehabt hatte: das maronendunkle offene Hemd mit der holzkohlegrauen Hose und Weste. Denn ich dachte mir, wenn es die Leute auf Tauf schon beeindruckt hatte, müßte ich damit eigentlich *überall* Eindruck schinden können. Allerdings war ich auf Tauf mit einem Hofstaat von Leibwächtern und Gehilfen unterwegs gewesen ... ganz zu schweigen von einer Viertelmillion in Gold.

Gerade wollte ich mir die Sache mit der Garderobe noch einmal durch den Kopf gehen lassen, als es klopfte. Das überraschte mich etwas, weil ich irgendwie damit gerechnet hatte, daß meine Rendezvous-Partnerin einfach im Zimmer erscheinen würde. Gleichzeitig fiel mir aber auch ein, daß sie mich dann beim Umkleiden erwischt hätte. Und so war ich doch einigermaßen erleichtert, einer potentiell peinlichen Situation entgangen zu sein, als sich die Tür öffnete.

»Hallo, Skeeve«, sagte Bunny und rauschte an mir vorbei ins Zimmer. »Ich dachte, ich komm' mal kurz vorbei und berichte dir über die neueste Finanzplanung und mache vielleicht Abendessen und ... he! Du siehst ja nett aus.«

Es bedarf wohl keiner besonderen Erwähnung, daß das Ganze für mich eine unerwartete – unangenehme – Überraschung darstellte.

»Äh ... eigentlich wollte ich gerade ausgehen«, brachte ich höflich hervor.

Sie nahm es gut auf. Ja, die Nachricht schien sie sogar förmlich zu entzücken.

»Das ist aber eine gute Idee!« rief sie. »Warte mal kurz, ich husche schnell in mein Zimmer und zieh mich um, dann können wir zusammen ausgehen!«

»Äh ... Bunny ...«

»Ehrlich gesagt, mir fällt auch bald die Decke auf den Kopf. Das wird wunderbar, sich mal ein wenig die Füße zu vertreten, vor allem mit dir, und ...«

»BUNNY!«

Sie blieb stehen und blickte mich schräg an.

»Was ist denn, Skeeve?«

»Ich ... na ja ... hm ... ich habe ein Rendezvous.«

Die Worte blieben geradezu greifbar in der Luft hängen, während sie mich mit Augen ansah, die plötzlich furchtbar groß geworden waren.

»Ach so«, sagte sie schließlich kleinlaut. »Ich ... dann verdrücke ich ich wohl mal besser.«

»Einen Augenblick, Bunny«, sagte ich und fing sie

ab, als sie gerade zur Tür wollte. »Vielleicht können wir ja morgen ...«

Im Zimmer hinter uns ertönte ein leises BAMPF, und als wir uns umdrehten, stellten wir fest, daß mein Rendezvous eingetroffen war ... jedenfalls vermutete ich das. Warum sonst hätte sich eine Kreatur von solchem Aussehen in mein Zimmer verirren sollen?

Sie war bleich, noch bleicher als Königin Schierlingsfleck, was ihren tiefroten Lippenstift noch betonte. Sie war klein, obwohl ihre Frisur das fast wieder wettmachte, die sich in einer dichten dunklen Woge hoch über dem Kopf türmte, um sich von dort weit über ihren Rumpf bis in die Tiefe zu ergießen. Ihr Körperbau war atemberaubend: oben üppig bis zur Übertreibung, dann zu einer unglaublich winzigen Taille verengt, um schließlich in wogende Hüften überzugehen. Ihre Figur wäre auch so schon in jeder Lebenslage auffällig genug gewesen, doch ihr Kleid stellte sicher, daß man sie bestimmt nicht übersah.

Es war von funkelndem Schwarz und schmiegte sich wie eine Tätowierung um ihre Kurven. Der Ausschnitt führte kühn bis zum Nabel hinab, war sogar noch tiefer als der Seitenschlitz ihres Kleides, der seinerseits eines der wohlgeformtesten Beine zur Schau stellte, die in natura zu betrachten ich jemals das Privileg hatte. Gelinde gesagt, war es eine sehr freizügige Aufmachung, und das allermeiste, was sie offenbarte, ließ sich nur als »appetitlich« bezeichnen.

So ziemlich das einzige, was nicht sichtbar oder wenigstens mühelos vorstellbar war, waren ihre Augen, die sich hinter einer Katzenaugensonnenbrille versteckten. Wie zur Antwort auf meine Gedanken nahm sie die Brille mit einer achtlosen, anmutigen Bewegung ab und schob sie sich vorsichtig in die Haare. Diese Bewegung lenkte meinen Blick von ihren zahlreichen körperlichen Vorzügen auf ihre Augen. Dabei war es nicht der dunkle, purpurne Lidschatten, der meine Aufmerksamkeit bannte, sondern die Tatsache, daß das Weiße ihrer Augen tatsächlich blutrot war.

Meine Verabredung war ein Vampir!

Ich schätze, damit hätte ich eigentlich rechnen müssen. Ich meine, schließlich war Vic ja auch einer. Lag es da nicht nahe, daß er mir eine Vampirin als Partnerin besorgen würde? Nur, erwartet hatte ich es trotzdem nicht!

»Hallo!« lächelte dieses Abbild der Schönheit und zeigte dabei ein Paar spitzer Fangzähne. »Ich bin Cassandra. Du mußt Vics Freund sein.«

»Gütiger Gott!« sagte Bunny, und die Worte entwichen ihr in Form eines Aufjapsens, als sie meine Besucherin musterte.

»Und wer ist das?« fragte Cassandra und musterte Bunny mit vernichtendem Blick. »Das Vorprogramm? Du mußt ja ein ganz schöner Tiger sein, gleich zwei Verabredungen zu buchen, eine nach der anderen ... oder kommt sie vielleicht mit?«

»Cassandra, das ist Bunny ... meine Verwaltungsassistentin«, unterbrach ich hastig. »Wir haben gerade ein paar Büroangelegenheiten besprochen.«

Das schien Cassandra etwas zu beschwichtigen. Jedenfalls genug, um vorzutreten, sich an meinen Arm zu schmiegen und eng an mich zu drücken. Sehr eng!

»Na, auf den brauchst du heute nicht mehr zu warten, Süße«, sagte sie mit einem Augenzwinkern. »Ich habe vor, ihn eine ganze Weile aufzuhalten ... wenn du verstehst, was ich meine.«

»Keine Bange. Ich werde nicht warten.«

Chumly hatte einmal versucht, mir etwas zu

beschreiben, das er als »Trockeneis« bezeichnete. Damals war es mir schwergefallen, mir etwas vorzustellen, das kalt genug war, um etwas anderes zu verbrennen. Doch Bunnys Ton und ihr Gebaren, als sie auf dem Absatz kehrtmachte und aus dem Zimmer marschierte, trugen einiges dazu bei, meiner diesbezüglichen Vorstellung auf die Sprünge zu helfen. Ich mag ja vielleicht nicht unbedingt das schärfste aller Augen besitzen, wenn es um Frauen geht, aber man brauchte kein Genie zu sein, um zu begreifen, daß sie mein Rendezvous mißbilligte ... auch wenn ich es gar nicht selbst getroffen hatte.

»Endlich allein« schnurrte Cassandra und preßte sich noch enger an mich. »Sag mal, Tiger, was hast du dir denn für den Abend so überlegt?«

Wie ich schon sagte, hatte ich mich noch nicht wirklich festgelegt. Doch immerhin verspürte ich eine unzähmbaren Drang, diese Bombe möglichst bald aus dem Schloß zu schaffen, mindestens aber aus meinem Schlafzimmer und so weit weg von Bunny, wie nur möglich.

»Ich weiß nicht«, sagte ich. »Ich habe mir gedacht, vielleicht gehen wir etwas essen oder genehmigen uns ein paar Drinks und überlassen es dem Abend selbst, sich zu entwickeln.«

»Klingt gut«, verkündete meine Verabredung und genehmigte sich ein leises Zittern, das ihren ganzen Körper zu erschüttern schien. »Gibt es in dieser Dimension denn nette Clubs?«

Ich brauchte nur eine knappe Sekunde, um zu begreifen, daß sie damit Nachtclubs meinte und keine Kleintierzüchtervereine. *Irgendwann* kapiere ich schließlich doch noch so manches.

»Da bin ich mir nicht sicher«, gestand ich. »Meine

Arbeit läßt mir nicht allzuviel Freizeit, mich um das Nachtleben zu kümmern.«

»He! Was Nachtleben betrifft, bin ich genau das Mädchen für dich. Drüben in Vorhölle kenne ich einige GROSSARTIGE Läden.«

Vorhölle! Die Dimension der Werwölfe und Vampire. Ich war erst einmal dort gewesen, und die Erinnerung daran war nicht allzu angenehm.

»Äh, lieber nicht, wenn du nichts dagegen hast.«

»Wirklich? Warum denn nicht?«

»Na ja … wenn du es unbedingt wissen mußt, meine Dimensionsreisefähigkeiten lassen doch etwas zu wünschen übrig«, platzte ich mit dem erstbesten heraus, das mir in den Sinn kam. Tatsächlich war meine Fähigkeit, ohne die technische Hilfe eines D-Hüpfers durch die Dimensionen zu reisen, völlig nichtexistent. Ich sah aber keine Veranlassung, es mit der Ehrlichkeit gleich zu übertreiben.

»Wenn das das einzige ist, kein Problem«, meinte Cassandra. »Überlaß das Steuer ruhig mir, Tiger!«

Mit diesen Worten hakte sie sich bei mir unter, machte mit der anderen Hand irgend etwas, das ich nicht genau erkennen konnte, und noch bevor ich Gelegenheit hatte, zu protestieren, waren wir schon da!

Nun muß ich denjenigen unter euch, die selbst noch nie da waren (und ich vermute, das dürfte für die meisten meiner Leser gelten), erläutern, daß Vorhölle als Dimension nicht unbedingt ein Heuler ist, wenn man es vordergründig betrachtet. Genaugenommen kann man dort so gut wie überhaupt nichts betrachten, denn es ist einfach DUNKEL. Und damit meine ich nicht etwa nur »dunkel«, sondern DUNKEL!! Selbst wenn die Sonne mal am Himmel steht, was sie im Augenblick unseres Auftauchens gerade nicht tat, bekommt sie nicht allzuviel Licht durch den ständig verhangenenen Himmel gedrückt. Kommt hinzu, daß die vorherrschende Farbe der Gebäude, Straßen und so weiter Schwarz ist, was die Landschaft auch nicht gerade aufhellt. Das würde an sich schon ausreichen, um das Ganze ziemlich trostlos erscheinen zu lassen, aber wenn man dann noch die Dekorationen dazunimmt, sieht der ganze Laden einfach *schaurig* aus.

Wohin das Auge blickte, gab es Wasserspeier, Drachen und Schlangen … zum Glück nur aus Stein … Sie schielten einen von Dächern, Balkonen und Fenstersimsen an. Normalerweise habe ich gegen solche Kreaturen eigentlich nichts einzuwenden. Herrje, schließlich habe ich ja selbst einen Drachen, wie ihr wißt! Und Gus ist einer meiner besten Freunde, obwohl er ein Wasserspeier ist. Allerdings muß dazu angemerkt werden, daß es diesen Individuen durchaus gelingt, eine Beziehung zu mir aufrechtzuerhalten, ohne ihre Zähne ständig in blutrünstigem Grinsen zu blecken, was von einer Art Höflichkeit zeugte, zu der sich ihre steinernen Widerparte hier in Vorhölle ganz eindeutig NICHT bequemten.

Und dann waren da noch die Fledermäuse.

Für jede der soeben erwähnten beängstigenden Kreaturen müssen mindestens zehn bis zwanzig Fledermausverzierungen angebracht worden sein. Sie wiesen jede erdenkliche Größe, Form und Körperhaltung auf und schienen nur eins gemeinsam zu haben: Keine von ihnen sah freundlich aus. Es war eine etwas irritierende Mahnung daran, daß sich die Bevölkerung dieser Dimension zu einem erklecklichen Teil aus Vampiren zusammensetzt.

»Äh … ist das hier zufälligerweise die Stadt Blut?« fragte ich und tat so, als würde ich die Gebäude mustern, während ich in Wirklichkeit versuchte, einen verstohlenen Blick auf Cassandras Zähne zu werfen.

»Ganz genau!« bestätigte meine Begleiterin. »Sag bloß, du hast schon davon gehört?«

»Ich bin sogar schon einmal hier gewesen.«

»Wirklich? Das ist aber merkwürdig ... Andererseits hat Vic ja schon angedeutet, daß du weitergereist und aufgeschlossener bist als die meisten Außenweltler.« Cassandra wirkte ehrlich beeindruckt. »Und, was hältst du davon?«

»Ich habe nicht allzuviel davon zu sehen bekommen«, gestand ich. »Ich war gewissermaßen geschäftlich hier und hatte nicht großartig Zeit für Besichtigungen.«

Auch das war eine kleine Untertreibung. Ich war in Wirklichkeit nämlich hier gewesen, um Aahz aus dem Gefängnis rauszuhauen, bevor sie ihn wegen Mordes hinrichteten. Allerdings fiel mir rechtzeitig ein, daß es vielleicht nicht das Klügste wäre, allzu viele Einzelheiten über meinen letzten Besuch preiszugeben. Glücklicherweise hätte ich mir gar keine Sorgen zu machen brauchen.

»Na, das können wir ja diesmal ändern«, erklärte Cassandra nämlich beherzt, packte mich an der Hand und zerrte mich hinter sich her. »Dahinten um die Ecke ist ein kleiner Club, der letzte Schrei, sag' ich dir! Hervorragend geeignet, um unsere Expedition zu beginnen.«

»Einen Moment mal«, sagte ich und stemmte mich dabei ein wenig in die Hacken. »Was ist denn mit mir? Ich meine, wenn ich mich richtig erinnere, sind Außenweltler im allgemeinen und Menschen im besonderen hier nicht besonders gern gesehen. Ist es nicht sogar so, daß die meisten Vampire uns Menschen als Monster betrachten?«

»Ach, das sind doch bloß die abergläubischen alten Spießer«, versicherte meine Begleiterin und zerrte mich weiter. »Die Leute, die in die Clubs gehen, sind ziemlich aufgeschlossen. Du wirst schon sehen.«

Irgendwie genügte mir der Ausdruck »ziemlich aufgeschlossen« nicht so ganz, um meine zahlreichen Befürchtungen zu zerstreuen. Ich war mir nur zu bewußt, daß ich mich jetzt weit von zu Hause befand und über keinerlei eigenständige Transportmöglichkeiten verfügte, wieder zurückzukommen, falls irgend etwas schiefgehen und ich von meiner Begleiterin getrennt werden sollte. Nur um sicherzugehen, begann ich Ausschau nach Kraftlinien zu halten ... der Energiequelle, die meine Magik speiste und die anzuzapfen ich ausgebildet worden war. Was Kraftlinien betraf, herrschte in Vorhölle allerdings eine erschreckende Knappheit, wie ich aus eigener leidvoller Erfahrung wußte. Daher war ich gut beraten, mich beizeiten um Energienachschub zu bemühen. Man konnte ja nie wissen, wann man auf Magik zurückgreifen mußte ...

»Da ist er schon!« zirpte Cassandra und unterbrach meinen Gedankengang.

Der Laden, den sie sich ausgesucht hatte, war leicht zu erkennen. Davor stand eine lange Schlange von Besuchern, die bis um die Ecke reichte. Außerdem verlief genau darüber eine starke Kraftlinie, was mich schon sehr viel gewillter machte, dort eine kleine Verschnaufpause einzulegen.

»Mist!« sagte meine Verabredung und verlangsamte ihren Schritt etwas. »Das habe ich befürchtet, wir sind eben doch schon spät dran. Wie sieht es mit Bargeld aus, Tiger? Mit ein bißchen Schmiermittel könnten wir unsere Wartezeit hier draußen erheblich verkürzen.«

»Na ja, ich habe nur zweihundert in Gold dabei«,

sagte ich zögernd. »Wenn das nicht genügt, können wir immer noch ...«

»Aber holla!« Cassandra blieb wie angewurzelt stehen. »Hast du gerade zwei*hundert* gesagt?«

»Richtig«, meinte ich nickend und ließ ihre Hand los, um nach meiner Gürteltasche zu greifen. »Ich war mir nicht sicher, wieviel ...«

»Zeig das bloß nicht hier rum!« ermahnte sie mich atemlos und bremste hastig meine Hand, indem sie ihre darauflegte. »Junge, Junge! Willst du vielleicht, daß wir ausgeplündert werden? Wie kommst du bloß dazu, dein ganzes Geld mit dir rumzuschleppen? Hältst du nichts von Banken?«

»Aber sicher tue ich das«, erwiderte ich etwas verletzt. »Das ist doch bloß Geld zum Aufdenkopfknallen. Ich war mir nicht sicher, wieviel ich für diesen Abend brauche, deshalb habe ich mal zweihundert mitgebracht ... und eine Kreditkarte.«

»Tatsächlich?« fragte sie. Sie wirkte offensichtlich beeindruckt. »Wieviel hast du ... egal. Geht mich ja nichts an. Aber Vic hat kein Wort davon gesagt, daß du reich bist. Ich habe noch nie jemanden kennengelernt, der eine Kreditkarte besitzt.«

Ich hatte meine Kreditkarte erst kürzlich erworben, als ich Aahz auf Perv suchte, und noch keine Gelegenheit gehabt, sie auch zu benutzen. (Ehrlich gesagt glaube ich, daß, abgesehen von ein paar Dimensionsreisenden wie meinen Kollegen und mir, in meiner Heimatdimension Klah niemand auch nur jemals etwas von einer Kreditkarte *gehört* hat. Jedenfalls weiß ich genau, daß ich davon nichts gewußt hatte, bis ich nach Perv kam.) Ich hatte die Sache eher heruntergespielt, weil sie Aahz irgendwie aufzuregen schien. Aber mein Partner war ja jetzt nicht da, dafür aber meine leicht zu beeindruckende Begleiterin. Und wenn ich in den letzten Jahren irgend etwas gelernt habe, dann, mit dem Strom zu schwimmen.

»Och, manchmal ist sie ganz nützlich«, sagte ich herablassend und zückte den fraglichen Gegenstand mit einem Schlenker meiner Hand. »Dann braucht man nämlich nicht immer soviel Bargeld mitzunehmen, mußt du wissen.«

Die Karte verschwand zwischen meinen Fingerspitzen, als Cassandra danach grabschte und sie mit unverhohlener Ehrfurcht musterte.

»Eine Karte aus purem Gold!« rief sie atemlos. »Mann! Du weißt ja wirklich, wie man ein Mädchen unterhält, Tiger. Werden *wir* heute nacht einen draufmachen!!«

Bevor ich sie daran hindern konnte, hatte sie meine Hand wieder gepackt und sich in die Menge gestürzt, wobei sie die Karte über dem Kopf schwenkte wie einen Banner.

»Entschuldigung! Wir möchten mal durch!«

Die Leute in der Schlange, an denen wir uns vorbeidrängten, mochten das nicht besonders. Einige gingen sogar so weit, verärgert die Fangzähne zu blecken. Aber die Karte schien irgendeine magische Wirkung auszuüben, denn kaum hatten sie einen Blick darauf geworfen, als sie auch schon alle zurücktraten und uns den Weg freimachten ... oder, genauer, Cassandra. Ich zottelte einfach nur hinter ihr her.

Die Tür war mit einer dicken, samtenen Kordel versperrt, und daneben stand ein großer Typ, dessen einzige Funktion darin zu bestehen schien, immer nur ein paar Leute auf einmal hereinzulassen, wenn andere herauskamen ... und natürlich auch, einschüchternd zu wirken, denn er war wirklich RIESIG ... und das sagt euch jemand, der immerhin seine eigenen Leibwächter hat. Doch kaum erblickte er die

Karte, da riß er auch schon das Seil von der Tür, drängte ein paar Leute in der Schlange für uns zurück und bemühte sich sogar um ein Lächeln, als wir an ihm vorbeirauschten.

Irgendwie kam mir der Gedanke, daß hinter dieser Kreditkartengeschichte doch noch mehr stecken mußte, als ich mir bisher vorgestellt hatte. Aber es schien nicht der richtige Augenblick zu sein, um nachzufragen, und im nächsten Moment waren wir schom im Club ... wo ich prompt jeglicher Fähigkeit verlustig ging, an irgend etwas anderes zu denken.

9

›*Ich mag das Nachtleben.*‹

G. Dracula

Ich weiß selbst nicht so recht, wie ich mir das Innere eines Vampir-Nachtclubs vorgestellt hatte. Wahrscheinlich, weil ich nie auf den Gedanken gekommen war, daß ich eines Tages einen davon aufsuchen könnte. Aber so etwas wie *das hier* hätte ich ganz bestimmt nich vermutet.

In erster Linie war er nämlich hell. Und damit meine ich nicht einfach nur hell, ich meine *ECHT HELL*!!!

Die Beleuchtung war so intensiv, daß man fast erblindete, vor allem, wenn man aus der Dunkelheit hereinkam. Selbst wenn ich blinzelte, konnte ich das Innere des Raums kaum erkennen und mußte mich sogar ein ganzes Stück weit vorwärtstasten, um nicht über irgend etwas zu stolpern.

»*Na, was hältst du davon?*« übertönte Cassandras Ruf die Musik, während sie meinen Arm festhielt.

»Schwer zu sagen!« brüllte ich zurück. »Ziemlich hell hier!«

»Ich weiß! Ist das nicht einfach *großartig*?« sagte sie und ließ ein Lächeln aufblitzen, das selbst das Licht noch überstrahlte. »Echt gespenstisch, nicht?«

Irgendwie ergab das durchaus Sinn. Ja, plötzlich leuchtete mir im wahrsten Sinne des Wortes der ganze Club ein. Menschen liebten überwiegend das Tageslicht. Wenn sie sich kühn vorkommen oder erschrekken lassen wollen, suchten sie dunkle Orte auf. Vampire dagegen mieden das Licht. Da war es wohl nur natürlich, daß ein Ort, der so grell beleuchtet war, als würde er lichterloh brennen, ihnen gespenstisch vorkam.

»Och, gar nicht so schlecht ... wenn sich die Augen erst einmal daran gewöhnt haben«, meinte ich großmütig.

Das stimmt sogar. Langsam gewöhnten meine Augen sich an das Gleißen, so daß ich mich ein wenig umsehen konnte.

Was dem Laden an Größe abging, machte er durch Lärm und Kundenzahl wieder wett.

Es schienen an die hundert Leute zu sein, die sich an winzigen Tischen drängten, von denen jeder einen kleinen Schirm besaß, um einen gewissen, begrenzten Schutz vor dem Licht zu bieten, genau wie ... na ja, wie dort, wo ich herkomme, die Tischkerzen in einem dunklen Raum.

Der einzige Teil, der noch überfüllter wirkte als die Tische, war ein kleiner Abschnitt, der wohl die Tanzfläche darstellte. Das folgerte ich aus der Tatsache, daß die Besucher sich dort Wange an Wange drängten und sich rhythmisch im Einklang zur Musik bewegten, die mit einer Lautstärke durch den Laden plärrte, die selbst die Trompeten von Jericho in den Schatten gestellt hätte. Eine Musikquelle konnte ich nicht ausmachen, wenn man von dem merkwürdig aussehenden Burschen absah, der ganz allein an einem Tisch mit Blick auf die Tanzfläche saß. Ab und zu machte die Musik eine Pause, worauf er irgend etwas schrie, worauf die Menge wiederum zurückbrüllte, dann begann auch schon das nächste Stück. Daraus schloß ich, daß er irgend etwas mit dem Unterhaltungsangebot zu tun haben mußte, obwohl ich nicht genau feststellen konnte, was das war, da ich nicht das leiseste Anzeichen für irgendein Instrument ausmachen konnte.

Stapel über Stapel glänzender Scheiben, die er ständig in eine vor ihm stehende Maschine fütterte.

Die Musik selbst spottete jeder Beschreibung ... es sei denn, diese Beschreibung heißt »laut«. Sie hörte sich größtenteils an wie ohrenbetäubendes Krachen, das sich in hämmerndem Rhythmus endlos in die Länge zog. Ich sprach zwar gerade von Pausen und neuen Stücken, tatsächlich kamen sie mir aber alle bemerkenswert gleich vor. Ich meine, ob man nun immer wieder gegen einen Sack voller Blechbüchsen haut oder gegen einen Sack voller Töpfe und Kessel, macht unterm Strich betrachtet klanglich keinen allzugroßen Unterschied. Die Menge schien es jedoch zu genießen. Zumindest genügte es, um sie johlen und sich mit offenbar unerschöpflicher Energie im Kreis drehen zu lassen.

Bei allem Lärm und aller Aktivität wunderte ich mich fast darüber, daß mir die Wanddekorationen überhaupt noch auffielen. Vielleicht fesselten sie meine Aufmerksamkeit aber auch nur durch ihre schiere Widersprüchlichkeit.

Es waren Knoblauchzöpfe ... falsche, wie es schien ... sowie Fläschchen voller Wasser und Perlenketten, alle mit unterschiedlichen religiösen Symbolen versehen. Nicht gerade das, was ich mir ausgesucht hätte, um mich ein bißchen zu entspannen ... wenn ich ein Vampir gewesen wäre. Andererseits schien es dieser Laden aber auch nicht gerade auf Entspannung abgesehen zu haben.

»Interessantes Dekor«, meinte ich, während ich das Zeug an den Wänden immer noch musterte. »Wie heißt der Schuppen überhaupt?«

»Er heißt ›Holzpflock‹«, informierte mich Casandra und tat, als würde sie erschaudern, als sie meinen Arm noch fester an sich preßte. »Ist er nicht *riesig*?«

»Mhm«, brachte ich diplomatisch hervor.

Tatsächlich empfand ich ihr Erschaudern als ziemliche Ablenkung ... vor allem in Anbetracht der Tatsache, daß sie sich so eng an mich geschmiegt hielt.

»Ganz schön viele Leute hier«, meinte ich und riß meinen Blick von ihr, um mich wieder etwas umzusehen.

»Ich habe dir ja gesagt, daß dieser Club im Augenblick die schärfste Adresse in der ganzen Stadt ist«, sagte sie und schüttelte meinen Arm. »Schau mal – es sind wirklich *alle* da.«

Falls ihr den Eindruck gewonnen haben solltet, daß ich mich doch auffällig lange mit der äußeren Beschreibung des Clubs aufgehalten habe, so liegt das daran, daß ich bisher gezögert habe, die Gäste genauer zu schildern. Die sahen nämlich so aus, als wären sie dem schlimmsten Alptraum entsprungen – und das meine ich durchaus wörtlich.

Daß es sich um Vampire handelte, war ja noch zu erwarten. Wenn ihre roten Augen und aufgedonnerten Klamotten sie nicht verraten hätten, wäre da immer noch die Kleinigkeit gewesen, daß sie die Gewohnheit hatten, dicht über dem Tanzboden zu schweben und sich gelegentlich auch an die Decke zu erheben, um dem Gedränge zu entgehen.

Damit ist die Liste allerdings noch keineswegs zu Ende.

Es waren auch »Wers« da. Nicht nur Werwölfe, auch Wertiger, Werbären und Werschlangen. Dazu kamen noch Mumien, Echsenmenschen, ein paar Wiedergänger und sogar zwei Gespenster – vermutete ich, denn man konnte durch sie hindurchsehen.

Kurzum, ganz das übliche Durchschnittspublikum aus der Nachbarschaft ... sofern man zufälligerweise an der Kreuzung von einem halben Dutzend Horrorfilmen lebt.

»Ich kann die Kläffer nirgends sehen«, sagte ich, nur um ein bißchen zu nörgeln. Ich kannte zwar nicht allzu viele Leute hier in Vorhölle, aber die wenigen, mit denen ich bekannt war, waren nicht da. Folglich war das doch kein Schuppen, wo sich *jeder* blicken ließ.

»Och, Idnew ist wahrscheinlich schon da«, meinte Cassandra zerstreut und musterte dabei die Menge. »Mit Drachir darfst du allerdings nicht rechnen. Der hängt meistens irgendwo rum, wo es etwas ruhiger ist, und spricht übers Geschäft oder ...«

Plötzlich brach sie ab und sah mich mit scharfem Blick an.

»Du kennst die Kläffer?«

»Wie ich schon sagte«, meinte ich lächelnd und drückte zur Abwechslung mal *ihren* Arm. »Ich war schon mal in Vorhölle.«

»*Schau mal*! *Da ist ja ein Tisch*!« Sie grabschte nach meinem Handgelenk und zog mich im Schlepptau durch die Menge. Wenn ich sie wirklich hätte beeindrucken wollen, hätte ich wohl mehr an meinem Timing arbeiten müssen. Ein freier Tisch schien hier so etwas wie ein Wunder zu sein. Wir schafften es gerade noch vor einem anderen Vampirpärchen, das uns daraufhin düstere Blicke zuwarf, bevor es seine Suche fortsetzte. Ich sah den beiden mit einem gewissen Gefühl der Erleichterung nach. Ich hatte heute abend *wirklich* keine Lust auf eine Prügelei ... und *ganz bestimmt nicht* hier im ›*Holzpflock*‹. Seit meiner Rückkehr aus Perv war ich mir nicht mehr so sehr als Außenseiter vorgekommen wie hier.

Der Blick von unserem Tisch war sehr viel beschränkter als von der Stelle, wo wir gestanden hatten, weil sich so viele Leute um uns herum drängten. Der einzige Vorteil, den ich in einem Tisch sah, war der, daß man seine Getränke darauf abstellen konnte – nur, daß wir keine Getränke hatten.

»Was möchtet ihr haben?«

Einen Augenblick glaubte ich, die Frage wäre eine telepathische Antwort auf meine Gedanken. Da sah ich, daß neben mir ein Gespenst schwebte, fast durchsichtig, aber mit einem durchaus feststofflichen Tablett in der Hand. Ich fand, daß das eigentlich ganz vernünftig war: ein Gespenst, das ätherisch durch die Menschenmengen hindurchkommt, und ein Tablett, das feststofflich genug ist, um damit Getränke zu transportieren. Wenn andere Bars und Restaurants das gleiche täten, wäre die Bedienung in der Gastronomie wahrscheinlich etwas schneller.

»Hallo, Marley. Ich nehme eine Bloody Mary«, sagte Cassandra. »Und was nimmst du, Tiger?«

Ich will euch das Bild erspraren, das ich sofort mit dem Namen ihres bestellten Getränks assoziierte. Zwar wußte ich durch meine früheren Besuche, daß Vampire nicht unbedingt nur *Menschen*blut trinken. Aber alleine die Vorstellung, *irgendeine* Art von Blut trinken zu sollen, wirkte sich ziemlich dämpfend auf meinen Durst aus.

»Äh ... was gibt es denn?« fragte ich zögernd. »Ich bin eigentlich ziemlich an Wein gewöhnt.«

»Keine Sorge, der Laden hat einen Vollausschank«, informierte Cassandra mich fröhlich. »Es gibt ziemlich viel ... ach so! Verstehe!«

Sie warf den Kopf zurück und lachte, dann verpaßte sie meinem Arm einen fröhlichen Klaps.

»Nicht krampfen, Tiger. Es gibt auch Getränke für Außenweltler.«

Nun fühlte ich mich zwar etwas erleichtert, andererseits war ich aber auch nicht allzu wild darauf, ausgelacht zu werden. Irgendwie schien ich in der Abteilung ›Eindruckschinden‹ Geländeeinbußen zu verbuchen.

»Nein, ich meine es ernst, Cassandra«, wandte ich ein. »Ich habe wirklich nicht viel Erfahrung mit dem Trinken, abgesehen von Wein.«

»He, ist doch kein Problem. Dann bestelle ich eben für dich.«

Das hatte ich zwar nicht gemeint, doch bevor ich sie daran hindern konnte, hatte sie sich bereits dem Kellner zugewandt.

»Bring ihm auch eine Bloody Mary, Marley. Eine normale, nicht die heimische Variante«, sagte sie. »Ach ja, das geht übrigens auf Rechnung. Hier ist seine *Kreditkarte*, damit du sie abziehen kannst.«

Der Kellner nahm die Karte, ohne mit der Wimper zu zucken ... anscheinend lassen sich Kellner mit Kreditkarten nicht so leicht beeindrucken wie Türsteher ..., dann verschwand er durch die Menge. Und das meine ich wirklich wörtlich: *durch* die Menge nämlich.

Um die Wahrheit zu sagen, war ich so sehr damit beschäftigt gewesen, den Club zu beäugen, daß ich schon völlig vergessen hatte, daß Cassandra ja immer noch meine Karte in der Hand hielt, bis sie sie dem Kellner überreichte. Obwohl ich nicht sonderlich viel Erfahrung mit Kreditkarten besaß, wußte ich doch, daß es *nicht* das klügste ist, seine Karte aus den Augen zu verlieren, und so beschloß ich, sie sicherheitshalber zurückzufordern, sobald der Kellner wiederkam.

In der Zwischenzeit wollte ich mich noch um eine andere Kleinigkeit kümmern – nämlich um meine Aufmachung.

Vielleicht erinnert ihr euch daran, daß ich durchaus

eine gewisse Zeit darauf verwendet hatte, meine Kleidung für dieses Rendezvous zusammenzustellen, doch das war geschehen, bevor ich wußte, daß wir uns nach Vorhölle begeben würden. Die Sachen, die ich gerade anhatte, waren für Klah zwar ganz in Ordnung, vielleicht sogar für Tauf, aber hier in Vorhölle wirkten sie konservativ, ja, geradezu schäbig. Normalerweise würde ich meine Magik nicht auf solche Belanglosigkeiten vergeuden, ganz besonders nicht hier in Vorhölle, aber immerhin hatte ich ja bereits eine starke Kraftlinie direkt über dem Club ausgemacht, und ...ach, herrje, ich wollte meine Partnerin eben *immer noch* beeindrucken!

Die war im Augenblick damit beschäftigt, mit einigen Bekannten zu plaudern, die vor dem Tisch stehengeblieben waren, und so dachte ich, daß die Gelegenheit recht günstig sei. Also schloß ich die Augen und machte mich über meine Aufmachung her, indem ich mich meiner alten Standardnummer bediente – des Tarnzaubers.

Da ich ja nicht gänzlich unzufrieden mit meiner Kleidung war, peilte ich gar keine radikale Veränderung an, sondern nur ein paar Anpassungen hier und ein paar Korrekturen da. So zog ich den Ausschnitt meines Hemds und meiner Weste etwas tiefer, um etwas mehr von meiner Brust freizulegen – was man eben so Brust nennt. Dann verlängerte ich meine Kragenspitzen und verlieh den Ärmeln etwas mehr Schwung, bis sie mit den bauschigeren Kleidungsstücken harmonierten, wie sie die anderen Männer im Club trugen. Als letztes verlieh ich meinem Hemd noch einen glitzernden Schimmer, so daß es besser zum Kleid meiner Partnerin paßte ... jedenfalls von der Struktur her.

Wie ich schon sagte: keine allzugroße Veränderung,

gerade genug, um in einem Club voller modisch bewußter Vampire nicht gleich heruntergekommen auszusehen. Natürlich konnte ich die Veränderungen selbst nicht sehen: einer der wenigen Nachteile eines Tarnzaubers. Aber ich hatte genug Vertrauen in diesen, einen meiner ältesten Zauber, um zu wissen, daß er effektiv war. Ich wußte, daß meine Partnerin die Veränderungen sehen würde. Die Frage war nur, ob sie ihr auch auffielen.

Da hätte ich mir keine Sorgen zu machen brauchen.

Nicht, daß sie es sofort bemerkte. Cassandras Freunde waren zwar weitergezogen, aber sie war immer noch damit beschäftigt, anderen in der Menge zuzuwinken und zuzurufen. Offensichtlich war sie eine ziemlich beliebte junge Dame. Was eigentlich nicht weiter überraschend war.

Der Spaß fing erst an, als der Kellner uns die Getränke brachte. Nachdem er sie vorsichtig abgestellt hatte, beugte er sich vor, um mir etwas ins Ohr zu flüstern.

»Die erste Runde geht auf den Manager, *mein Herr*«, sagte er mir erkennbar größerer Ehrerbietung als bei der Bestellungsaufnahme. »Er bittet mich, Ihnen mitzuteilen, daß ihm Ihr Besuch in unserem Club eine Ehre ist, und er hofft, daß es Ihnen so gut gefällt, daß Sie einmal Stammgast bei uns werden.«

»Was?« fragte ich ehrlich verblüfft. »Ich verstehe nicht.«

»*Ich sagte, der Manager* ...« wollte das Gespenst die Botschaft wiederholen, doch ich schnitt ihm das Wort ab.

»Nein. Ich meine, *warum* spendiert er uns eine Runde Getränke?«

»Er hat Ihren Namen auf der Kreditkarte gelesen«, erklärte das Gespenst und reichte sie mir gleichzeitig zurück. »Ich selbst habe Sie nicht erkannt ... ich hoffe, Sie sind mir deswegen nicht böse.«

»Nein. Es ist ... nicht. Nicht böse«, stammelte ich und versuchte immer noch zu begreifen, was hier eigentlich vor sich ging.

»Was war denn?« fragte Cassandra und beugte sich wieder zu mir herüber. Sie hatte zwar gesehen, wie ich mit dem Kellner sprach,hatte beim Lärm der Musik aber nichts verstehen können.

»Ach, nichts«, erklärte ich. »Der Manager hat uns nur eine Runde ausgegeben.«

»Wirklich?« fragte sie stirnrunzelnd. »Das ist aber seltsam. Das machen die hier normalerweise nie ... jedenfalls nicht bei der ersten Runde. Ich frage mich, wer da wohl gerade Dienst hat?«

Dann reckte sie den Hals und versuchte, einen besseren Blick auf die Theke zu bekommen. Während sie das tat, widmete ich mich unseren Getränken.

Sie wirkten durchaus harmlos: im Prinzip eine undurchsichtige rote Flüssigkeit auf Eiswürfeln mit etwas Grünzeug. Cassandras Getränk war von dunklerem Rot als meins, doch davon abgesehen sahen sie gleich aus. Vorsichtig nahm ich einen Schluck ... und stellte zu meiner Erleichterung fest, daß es nach Tomatensaft schmeckte.

»He! Das ist ja richtig gut«, erklärte ich. »Was ist da überhaupt drin?«

»Hm?« machte Cassandra und richtete ihre Aufmerksamkeit wieder auf mich. »Ach so! Deiner besteht nur aus Tomatensaft und Wodka.«

Ich wußte zwar nicht, was Wodka ist, aber mit Tomatensaft kam ich schon klar. Mein erster Schluck hatte mich daran erinnert, wie durstig ich doch nach all unserem Herumgerenne war, und so leerte ich mit dem nächsten Zug fast das ganze Glas.

»He! Mach mal halblang, Tiger«, ermahnte mich meine Begleiterin. »Die Dinger können einem ganz schön die Birne weghauen, wenn man nicht dran gewöhnt ist ... und außerdem machen sie Flecken, also klecker lieber nichts auf dein ...«

Mitten im Satz brach sie ab und starrte auf meine Kleidung.

»Sag mal. Hast du nicht gerade noch ein anderes Hemd angehabt?«

»Och, nö, das ist immer noch dasselbe Hemd«, antwortete ich so lässig, wie ich nur konnte. »Ich habe es nur ein kleines bißchen verändert. Ich finde, das paßt besser zu diesem Laden, meinst du nicht auch?«

»Aber wie konntest du ... jetzt habe ich es kapiert! Magik!«

Ihre Reaktion war die Erfüllung meiner kühnsten Träume ... nur, daß sie noch nicht fertig war.

»Einen Augenblick mal! Du bist ein Freund von Vic aus Klah, und du kannst Magik ... richtig?« fragte sie aufgeregt. »Kennst du da vielleicht auch einen Magiker, den man den Großen Skeeve nennt?«

Das überraschte mich nun *tatsächlich,* aber langsam begannen die Mosaiksteinchen sich zusammenzufügen. Das fertige Bild war zwar schier unglaublich, aber es gelang mir immerhin, cool zu bleiben.

»Genaugenommen kenne ich ihn sogar ziemlich gut«, antwortete ich mit leisem Lächeln.

»Ist doch nicht die Möglichkeit!« erklärte Cassandra und klatschte mit der Hand flach auf den Tisch. »Ich dachte immer, Vic wollte nur Eindruck schinden, als er behauptete, daß er ihn kennt. Sag mal, wie ist er denn so?«

Das erwischte mich doch auf dem linken Fuß.

»Vic? Der ist eigentlich ganz nett. Ich dachte, du kennst ...«

»Nein, Dummchen. Ich meine Skeeve! Wie ist er denn so als Person?«

Die Sache wurde ja immer besser!

»Och, er hat ziemlich viel mit mir gemeinsam«, sagte ich. »Ich bin ein bißchen überrascht, daß du ihn überhaupt kennst.«

»Du machst wohl Witze!« verkündete sie augenrollend. »Der ist ja wohl so ziemlich die allerschärfste Nummer, die man unter Magikern findet. Hier sprechen einfach *alle* über ihn. Weißt du, daß er hier in Vorhölle einen Gefangenenausbruch organisiert hat?«

»Ich glaube, davon habe ich schon mal gehört«, gestand ich.

»Und vor kurzem ist er aus der Dimension Perv verbannt worden. Hält man so was für möglich! Ausgerechnet Perv!«

»Das war ein abgekartetes Spiel.« Ich schnitt eine Grimasse.

»Du kennst ihn ja tatsächlich! Komm, erzähl mir mehr. Als du gesagt hast, daß er wie du ist, hast du damit gemeint, daß er jung ist, oder was?«

So komisch ich die Sache auch fand, hielt ich es doch für das beste, ihr ein Ende zu setzen, bevor sie außer Kontrolle geriet.

»Cassandra«, sagte ich vorsichtig. »Hör mir gut zu. Er hat *sehr viel* Ähnlichkeit mit mir. Kapiert?«

Sie runzelte die Stirn, dann sah sie mich kopfschüttelnd an.

»Nein. Nicht kapiert. So, wie du das sagst, klingt es, als wärt ihr Zwillinge oder so was. Entweder das, oder ...«

Plötzlich sah sie mich mit weitaufgerissenen Augen an.

»*Nein*!« japste sie. »Du meinst doch wohl nicht, daß du ...«

Ich hielt ihr meine Kreditkarte vor die Nase, damit sie meinen Namen darauf lesen konnte, und gewährte ihr mein breitestes Lächeln.

»*Nein*!« kreischte sie laut genug, um die Aufmerksamkeit der Leute am Nebentisch zu erregen. »*Du bist das selbst!!!* Warum hast du mir das denn nicht *gesagt*!!!«

»Du hast mich ja nie danach gefragt«, meinte ich achselzuckend. »Eigentlich hatte ich geglaubt, daß Vic ...«

Aber da redete ich bereits mit ihrem Rücken – oder, um genauer zu sein, mit ihrem Hintern. Denn inzwischen war sie aufgesprungen und schrie den anderen Gästen triumphierend zu:

»*He, alles mal herhören! Wißt ihr, wer das hier ist? Das ist SKEEVE DER GROSSE*!!!«

Nun haben mir schon die unterschiedlichsten Leute immer wieder beizubringen versucht, daß ich im Begriff stand, mir einen dimensionsübergreifenden Ruf aufzubauen. Erst kürzlich hatte Bunny das Thema zur Sprache gebracht, als sie mir erklärte, wie sie die Preise für die Dienstleistungen der Chaos GmbH festsetzte. Ich vermute, daß mir die Sache zwar durchaus bewußt war und ich sie sogar irgendwie akzeptiert hatte, aber irgendwie konnte ich nicht erkennen, daß das für mein Alltagsleben einen nennenswerten Unterschied machte. Allerdings gehörte es durchaus nicht zu meinem Alltagsleben, in der Dimension Vorhölle im ›Holzpflock‹ zu sitzen. Und die Reaktion der Menge, nachdem sie erfahren hatte, wer ich war, war ebenfalls alles andere als gewöhnlich.

Erst drehte man sich nach uns um, dann drängte man sich in geflüsterter Konversation noch dichter zusammen, während der ganze Raum mich anzustieren begann, als hätte ich plötzlich einen zweiten Kopf bekommen.

»Ich hoffe, es ist dir nicht peinlich, Skeeve ... ich darf dich doch Skeeve nennen? Aber ich bin ja so *aufgeregt*!« Cassandra saß wieder auf ihrem Stuhl und widmete mir nun ihre gesamte Aufmerksamkeit. »Wenn ich mir das vorstelle! Da habe ich tatsächlich ein Rendezvous mit dem *Großen Skeeve*!«

»Äh ... das stimmt, Cassandra«, versicherte ich ihr, aber inzwischen hatte etwas anderes meine Aufmerksamkeit gefesselt.

Über ihre Schulter – ach was, überall um uns herum – sah ich, wie die Leute langsam auf unseren Tisch zukamen. Nun bin ich ja, wie ich bereits erwähnt habe, schon öfter von Menschenmengen verfolgt worden, aber noch nie hatte die Jagd gleich mit einer Umzingelung angefangen! Andererseits sahen die Gäste nicht besonders feindselig oder wütend aus. Vielmehr schienen sie ein übertriebenes Lächeln im Gesicht zu tragen ... was in Anbetracht der im Raum anwesenden Versammlung von Gebissen kein besonders beruhigender Anblick war.

»Entschuldigung, Cassandra«, sagte ich, während ich gleichzeitig die nahenden Leute im Auge behielt, »aber ich trinke ... ich meine, ich *denke*, wir bekommen gleich Gesellschaft.«

Mein Versprecher beruhte darauf, daß ich gerade versucht hatte, einen weiteren Schluck zu nehmen, nur um festzustellen, daß das Glas bis auf die Eiswürfel leer war – und das fand ich schon recht seltsam, weil ich mich nicht daran erinnern konnte, es ausgetrunken zu haben. Und dann erreichte der erste Gast unseren Tisch.

Es war ein männlicher Vampir in feiner Abendgarderobe, die er mit beneidenswerter Anmut zur Schau stellte.

»Entschuldigen Sie die Störung, Mr. Skeeve«, sagte

er lächelnd, »aber ich wollte Ihnen doch gern die Hand schütteln. Ich wollte Sie schon immer einmal kennenlernen, hätte aber nie geglaubt, daß sich tatsächlich einmal diese Gelegenheit bieten würde.«

»Äh, na klar«, antwortete ich, doch inzwischen hatte er bereits meine Hand ergriffen und knetete sie inbrünstig vor sich hin.

»Darf ich fragen ... könnte ich ein Autogramm haben?« fragte eine junge Dame und versuchte, sich an dem ersten Herrn vorbeizudrücken.

»Wie? Na ja, warum nicht ...«

Leider schien es mir unmöglich, dem Vampir meine Hand zu entreißen, der sie immer noch heftig schüttelte, obwohl er gerade woanders hinblickte.

»He! Kellner!« hörte ich ihn rufen. »Noch eine Runde für Mr. Skeeve und seine Begleitung ... und schreiben Sie es bei mir an!«

»Äh ... danke«, sagte ich, befreite meine Hand und wandte mich an das Mädchen, das mich um ein Autogramm gebeten hatte. »Haben Sie einen Stift?«

»Ach du liebe Güte, nein!« rief sie. »Aber ich gehe einen holen. Gehen Sie nicht weg, ich bin gleich wieder da.«

Ich wußte wirklich nicht, was ich davon halten sollte. Da hatte ich mir Sorgen gemacht, ob es angesichts meiner beinahe kriminellen Aktivitäten während meines letzten Besuchs hier wirklich ratsam sei, ausgerechnet nach Vorhölle zurückzukehren, und jetzt behandelten die mich hier wie einen Prominenten!

»Mr. Skeeve. Falls Sie nichts dagegen hätten. Es ist für meine kleine Tochter.«

Letzteres kam von einem Wertiger, der mir gleichzeitig Papier und Schreiber entgegenhielt. Glücklicherweise wußte ich nach der letzten Bitte schon, was er wollte, und kritzelte hastig meine Unterschrift.

Unser Gespensterkellner materialisierte durch die anschwellende Menge und setzte unsere Getränke auf dem Tisch ab ... nur, daß es jetzt schon drei waren! Der Farbe nach zu urteilen eins für Cassandra und zwei für mich.

»Woher kommt das dritte?« fragte ich.

»Mit besten Grüßen von dem Tisch dort drüben, mein Herr«, sagte der Kellner und zeigte irgendwohin nach links.

Ich versuchte hinzusehen – und hätte meine Nase um ein Haar in den Nabel einer weiteren jungen Dame gebohrt, die sich gerade neben mich drängte. Tatsächlich war sie eine von dreien, die unter gewöhnlichen Umständen allesamt als Augenweide durchgegangen wären, hier aber nur Teil einer Menge darstellten.

»Wo gehen Sie nachher hin, Mr. Skeeve?« schnurrte die größte der drei. »Wir geben später noch eine Party, falls Sie vorbeikommen möchten.«

»Wisch dir lieber den Geifer aus den Mundwinkeln, Süße«, meinte Cassandra lächelnd und schob den Arm um meine Schulter. »Das ist *meine* Verabredung ... und ich habe vor, ihn die ganze Nacht beschäftigt zu halten.«

Das klang irgendwie verlockend, aber ausgerechnet in diesem Augenblick begann jemand anderes, an meinem Ärmel zu zupfen.

»Entschuldigen Sie, Mr. Skeeve«, sagte ein ehrfurchtgebietendesGebiß von einem Punkt aus, der mir zu nahe war, um Genaueres ausmachen zu können. »Ich wollte Sie fragen, ob ich vielleicht irgendwann einmal ein Interview mit Ihnen machen kann? Sobald es Ihnen paßt.«

»Na ja ... im Augenblick bin ich ziemlich beschäftigt«, wich ich aus und versuchte, mich weit genug zurückzulehnen, um genauer hinsehen zu können ... womit ich jedoch unglücklicherweise nur den Hinterkopf gegen eins der Partymädchen preßte.

»Oh, ich meinte ja nicht *jetzt*«, sagten die Zähne und folgten meiner Ausweichbewegung mit einem Vorstoß, so daß ich immer noch nicht erkennen konnte, mit wem ich da eigentlich sprach. »Wenn Sie vielleicht später mal an unseren Tisch kommen möchten, können wir ja einen Termin ausmachen. Ich halte einen Drink für Sie bereit ... das war doch Bloody Mary, nicht?«

»Richtig. Ich meine, in Ordnung. Aber ...«

Doch da war die fragliche Person schon wieder verschwunden. Ich hoffe nur, daß sie mich erkennen würde, sobald ich in ihre ungefähre Gegend kam. Im Augenblick war meine Aufmerksamkeit allerdings dadurch in Anspruch genommen, daß die Person, gegen die ich gerade rückwärts drückte, sich ihrerseits nun heftig gegen meinen Hinterkopf preßte ... und zwar viel zu beharrlich, als daß es bloßer Zufall hätte sein können.

»Sag mal, Skeeve«, sagte Cassandra und bot mir damit einen Vorwand, den Kontakt zu unterbrechen. Ich gönnte mir nur eine kurze Pause, um einen Schluck zu trinken.

»Ja, Cassandra?«

»Könnten wir vielleicht gehen, wenn du ausgetrunken hast? Es gibt noch ein paar andere Läden, die ich heute nacht gern aufsuchen würde ... du weißt schon, um ein bißchen mit dir anzugeben.«

»Kein Problem«, erwiderte ich, »aber es könnte noch eine Weile dauern.«

Irgendwie waren im Laufe des Gesprächs aus meinen beiden Drinks plötzlich vier geworden.

»Och, ich hab's nicht eillig«, sagte sie und gab mir einen flüchtigen Kuß. »Ich weiß ja, daß du dich erst mit diesen Leuten beschäftigen mußt, jetzt, da sie wissen, wer du bist. So ist das eben, wenn man berüchtigt ist. Für dich ist das ja vielleicht alles nur ein alter Hut, aber ich finde es einfach riesig!«

Für mich war es, gelinde gesagt, alles andere als ein alter Hut. Wäre es das gewesen, wäre ich damit wahrscheinlich besser zurechtgekommen.

Ich erinnere mich, daß ich ziemlich häufig mit meinem Namen unterschrieben habe ... und daß noch ein paar Drinks serviert wurden ... und daß ich Cassandra küßte ... und dann war da, glaube ich, noch ein weiterer Club ... vielleicht auch zwei ... und noch ein paar Drinks ...

10

›Glück heißt: genießen können.‹

Bacchus

Als ich die Augen öffnete, litt ich einen kurzen Moment unter Desorientierung, dann schwammen sich die Dinge zurecht.

Ich war in meinem Zimmer ... in meinem eigenen Bett, um genau zu sein, obwohl die Laken ziemlich zerwühlt aussahen. Ich lag nackt unter der Bettdecke, obwohl ich mich nicht daran erinnern konnte, mich ausgezogen zu haben. Ich vermutete, daß es Morgen war, denn durch das Fenster strömte Sonnenlicht. Kurzum – alles sah ganz normal aus.

Weshalb hatte ich dann das Gefühl, daß irgend etwas nicht stimmte?

Ich lag auf der Seite und merkte, daß meine Nebenhöhlen überschwemmt waren, weshalb ich auf der Unterseite nicht durch die Nase atmen konnte. In dem Bemühen, an dieser Situation etwas zu ändern, rollte ich mich herum und ...

Da traf es mich!!!

Ein hämmernder Kopfschmerz ... ein sich umdrehender Magen ... alles komplett!

Mir war auch früher schon mal übel gewesen, doch das hier spottete jedem Vergleich! Zuerst hatte ich Angst, ich könnte sterben. Dann hatte ich Angst, ich könnte weiterleben. Ein Zustand wie der, unter dem ich gerade litt, mußte doch, verdammt noch mal, auch irgendwann ein Ende haben!

Leise stöhnend vergrub ich mich in meinem Kopfkissen und versuchte meine Gedanken zu sammeln.

Was war hier los? Was war geschehen, daß ich mich so elend fühlte ...

Plötzlich durchzuckte mich die Erinnerung an die letzte Nacht ... jedenfalls an den Anfang davon.

Das blinde Rendezvous ... der ›*Holzpflock*‹ ... die bewundernde Menge ... *Cassandra*!

Kerzengerade schoß ich in die Höhe und ...

Schlimmer Fehler! GANZ SCHLIMMER Fehler.

Jeder Schmerz und jede Wehleidigkeit, die ich bis dahin empfunden hatte, verdreifachte sich plötzlich. Mit einem Stöhnen sackte ich schlapp in mein Kissen zurück, ohne zu berücksichtigen, was für neue unangenehme Empfindungen diese Bewegung mit sich brachte. Schließlich hatte auch das Leid seine Grenzen, und die hatte ich inzwischen überschritten. Ich hätte mich nicht mehr schlimmer fühlen können! Vergessen war mein Bemühen, einen rationalen Gedanken zu fassen. Ich würde einfach hier liegenbleiben, bis mein Kopf entweder wieder frei war oder bis ich starb ... was immer von beiden als erstes geschehen mochte.

An der Tür klopfte es.

Desorientiert, wie ich war, fiel mir die Entscheidung nicht schwer, wie ich damit umzugehen hatte: Ich würde es einfach ignorieren. Auf keinen Fall war ich dazu in der Lage, irgend jemanden zu empfangen!

Wieder klopfte es, diesmal ein wenig lauter.

»Skeeve? Bist du wach?«

Das war Bunnys Stimme. Angesichts dessen, woran ich mich noch erinnern konnte, war sie im Augenblick die letzte, mit der ich sprechen wollte. Das hätte mir gerade noch gefehlt, mir ihre Vorhaltungen hinsichtlich meines Geschmacks in Sachen Verabredungen anhören zu müssen!

»Hau ab!« rief ich und machte mir nicht einmal die Mühe, höflich zu klingen.

Doch kaum hatte ich diese Worte ausgesprochen, als mir klar wurde, daß ich wohl doch besser den Mund gehalten hätte. Nicht nur, daß die Anstrengung das Hämmern in meinem Kopf verstärkte, gleichzeitig hatte ich ihr, ohne es zu wollen, mitgeteilt, daß ich tatsächlich wach war.

Wie zur Antwort auf diese Überlegung ging nun die Tür auf, und Bunny trat ein, ein riesiges Tablett mit Speisen in den Händen haltend.

»Als ich dich weder zum Frühstück noch zum Mittagessen gesehen habe, habe ich mir gedacht, daß dir die letzte Nacht vielleicht ein bißchen zugesetzt hat«, meinte sie forsch und stellte das Tablett auf meinem Schreibtisch ab. »Deshalb habe ich von der Küche ein Tablett für dich zusammenstellen lassen, um dir ins Land der Lebenden zurückzuhelfen.«

Nahrung hatte im Augenblick wirklich keine besonders hohe Priorität auf meiner Liste. Ich war viel eher mit dem Gegenteil beschäftigt: In meinem Verdauungstrakt begann es gefährlich zu rumoren. Allerdings merkte ich plötzlich, daß ich doch durstig war. Genaugenommen sogar ÄUSSERST durstig.

»Hast du irgendeinen Saft auf diesem Tablett?« brachte ich schwächlich hervor, unwillig, mich weit genug aufzusetzen, um selbst nachzusehen.

»Orange oder Tomate?«

Die Erwähnung von Tomatensaft ließ Erinnerungen an die Bloody Marys der letzten Nacht in mir aufsteigen, worauf mein Magen eine träge Rolle rückwärts machte.

»Orange ist schon in Ordnung«, preßte ich zwischen den Zähnen hervor und bemühte mich angestrengt, gleichzeitig zu reden, den Mund geschlossen zu halten und zu schlucken.

Sie gewährte mir einen abschätzigen Blick.

»Na, Screwdriver oder Mimosa war es jedenfalls nicht.«

»Wie bitte?«

»Egal. Orangensaft, kommt sofort.«

Der Saft schmeckte gut. Ich leerte ihn in zwei langen Zügen. Merkwürdigerweise fühlte ich mich danach allerdings noch durstiger. Nicht, daß der Saft mir eine *unwillkommene* Zufuhr kühler Flüssigkeit gewesen wäre. Aber ich merkte nun, wie ausgetrocknet ich tatsächlich war.

»Hast du noch mehr davon?« fragte ich hoffnungsfroh.

»Einen ganzen Eimer voll«, antwortete Bunny und zeigte auf das Tablett. »Habe mir schon gedacht, daß du mehr als ein Glas brauchen wirst. Aber übertreibe es nicht. Ich glaube nicht, daß es eine allzugute Idee wäre, jetzt schon eine riesige Menge kalter Flüssigkeit in sich hineinzuschütten.«

Ich widerstand dem Drang, ihr die Karaffe aus den Händen zu reißen, und hielt ihr statt dessen das Glas hin, damit sie es wieder auffüllte. Mit heldenhafter Selbstbeherrschung bemühte ich mich, ihrem Ratschlag zu folgen und nur langsam daran zu nippen. So hielt der Saft länger vor und schien auch tatsächlich stärker zu wirken.

»Das ist schon besser«, meinte sie und schenkte unaufgefordert das Glas wieder voll. »So. War es schön letzte Nacht?«

Ich setzte das Glas ab und versuchte mein Hirn zum Funktionieren zu zwingen.

»Ehrlich gesagt, Bunny, ich weiß es nicht«, gestand ich schließlich.

»Ich glaube, ich kapiere nicht so recht.«

»Das, woran ich mich erinnern kann, war ganz in Ordnung«, erklärte ich, »aber ab einem bestimmten Punkt ist alles wie ausgelöscht. Und ich bin mir nicht einmal sicher, ab welchem Punkt genau. Es ist alles noch ziemlich durcheinander.«

»Verstehe.«

Einen Augenblick hatte es den Anschein, als wollte Bunny noch etwas sagen, doch statt dessen schürzte sie nur die Lippen und schritt ans Fenster hinüber, wo sie stehenblieb und hinausblickte.

In meinem Kopf wurde es langsam klarer, so daß ich mich schon fast wieder lebendig fühlte, und ich beschloß, daß es an der Zeit sei, einiges richtigzustellen.

»Äh ... Bunny? Was gestern abend betrifft ... Es tut mir leid, daß ich dich einfach so habe stehenlassen, aber Vic hatte das Rendezvous für mich arrangiert, und da konnte ich schlecht wieder absagen, ohne das Gesicht zu verlieren.«

»Die Tatsache, daß sie ein ziemlich steiler Zahn war, hatte damit natürlich nicht das geringste zu tun«, bemerkte Bunny mit einem schiefen Lächeln.

»Na ja ...«

»Mach dir darüber mal keine Gedanken, Skeeve«, sagte sie schnell und winkte ab. »Deswegen mache ich mir im Augenblick sowieso keine Sorgen.«

»Weswegen denn?«

Sie drehte sich zu mir um und lehnte sich dabei ans Fenstersims.

»Wegen derselben Sache, die mir schon zu schaffen macht, seit ich hier eingetroffen bin«, antwortete sie. »Ich wollte ursprünglich nichts sagen, weil es mich eigentlich nichts angeht. Aber wenn es stimmt, was du über letzte Nacht gesagt hast ...«

Sie unterbrach sich und nagte an ihrer Unterlippe.

»Red ruhig weiter«, forderte ich sie auf.

»Na ja ... vereinfacht ausgedrückt, glaube ich, daß du langsam ein Problem mit dem Trinken entwikkelst.«

Das traf mich nun völlig überraschend. Ich hatte eigentlich eher damit gerechnet, daß sie vielleicht eine Bemerkung darüber machen würde, wie wenig ich doch zur Sanierung der Finanzen des Königreichs beitrug. Oder über die Frauen, die plötzlich bei uns Schlange standen. Nie wäre ich auf den Gedanken gekommen, daß meine persönlichen Angewohnheiten ihre Mißbilligung erregen könnten.

»Ich ... ich weiß gar nicht, was ich sagen soll, Bunny. Ich meine, klar, ich trinke. Aber jeder trinkt doch gelegentlich ein bißchen.«

»Ein bißchen?«

Mit einer einzigen geschmeidigen Bewegung kam sie vom Fenstersims herüber und setzte sich auf meine Bettkante.

»Skeeve, in letzter Zeit habe ich dich jedesmal, wenn ich dich aufsuchte, mit einem Weinkelch in der Hand vorgefunden. Es ist doch schon so weit gekommen, daß du dir unter einer Begrüßung nur noch vorstellen kannst, jemandem etwas zu Trinken anzubieten.«

Jetzt war ich wirklich verwirrt. Zuerst hatte ich ja nur gedacht, daß sie überbesorgt sei. Doch so langsam kamen mir Zweifel, ob sie nicht vielleicht doch recht haben könnte.

»Ich versuche doch bloß, gastfreundlich zu sein«, wich ich aus, um etwas Zeit zum Nachdenken zu gewinnen.

»Nicht, wenn es das erste ist, was du früh am Morgen tust«, schnauzte sie. »Und ganz bestimmt nicht, wenn du dann einfach fortfährst und dir selbst einen genehmigst, ob man sich dir nun anschließt oder nicht.«

»Aahz trinkt auch«, konterte ich und fühlte mich in die Defensive gedrängt. »Er sagt, daß man in den meisten Dimensionen dem Wasser nicht trauen darf.«

»Das hier ist deine Heimatdimension, Skeeve. An dieses Wasser solltest du eigentlich gewöhnt sein. Außerdem ist Aahz ein Perfekter. Er hat einen völlig anderen Stoffwechsel als du. Der hat keine Probleme mit dem Trinken.«

»Und ich habe welche. Ist es das, was du mir zu sagen versuchst?«

Das Leid, mit dem ich erwacht war, verwandelte sich langsam in Zorn und Verärgerung.

»Berichtige mich bitte, wenn ich etwas Falsches sage«, fuhr sie fort. »Wie ich gehört habe, bist du bei deiner letzten Reise nach Perv in eine Prügelei geraten, nicht wahr? Nachdem du getrunken hattest?«

»Hm ... na ja. Aber in Prügeleien war ich auch schon früher verwickelt.«

»Wie ich gehört habe, hättest du sie wahrscheinlich nicht überlebt, wenn Kalvin der Djinn dich nicht ausgenüchtert hätte. Stimmt's?«

Da hatte sie recht. Die Situation war *wirklich* etwas haarig gewesen. Ich mußte einräumen, daß meine Überlebenschancen bei dem Handgemenge wohl ziemlich mies ausgesehen hätten, hätte mich Kalvins Zauber nicht wieder in die Nüchternheit zurückgerissen.

Also nickte ich zustimmend.

»Und nun zu gestern abend«, fuhr sie fort. »Da wolltest du wirklich einen guten Eindruck machen. Du hast dich ordentlich in Schale geschmissen, wahrscheinlich einen guten Batzen Bargeld eingesteckt, und dann? Wie es sich anhört, hast du immer weiter gesoffen. Du weißt ja nicht mal, was passiert ist, und schon gar nicht, ob es dir oder deiner Partnerin überhaupt gefallen hat! Das hört sich nicht nach dir an ... jedenfalls nicht nach dem Skeeve, von dem du gern hättest, daß die Leute sich an ihn erinnern.«

Langsam fühlte ich mich wirklich niedergeschlagen, und das waren nicht nur die Nachwirkungen der letzten Nacht. Ich hatte immer geglaubt, mein Trinken sei nur eine harmlose Ablenkung ... oder aber, wie in letzter Zeit, eine Möglichkeit, den Druck der auf mir lastenden Probleme etwas zu lindern. Nie hatte ich darüber nachgedacht, wie sich das für andere darstellen könnte. Und jetzt, da ich es mir überlegte, schien mir das Bild nicht besonders attraktiv zu sein. Aber leider war ich immer noch nicht so recht bereit, das vor Bunny auch zuzugeben.

»An eins kann ich mich durchaus noch erinnern, daß mir die Leute nämlich ständig einen ausgegeben haben«, sagte ich abwehrend. »Das hat mich irgendwie überrascht, und ich hielt es für unhöflich, abzulehnen.«

»Selbst wenn du glaubst, einen Drink annehmen zu müssen, um höflich zu bleiben, gibt es doch keinerlei Regel, die besagt, daß es unbedingt etwas Alkoholisches sein muß«, schoß Bunny zurück. »Es gibt nämlich auch noch ein paar andere Sachen, die man trinken kann, mußt du wissen!«

Plötzlich war ich furchtbar müde. Erst mein Kater und nun diese neuen Überlegungen, die mir da aufgezwungen wurden – das hatte mich den letzten Rest Kraft gekostet.

»Bunny«, sagte ich, »im Augenblick ist mir wirklich nicht nach Streitgesprächen zumute. Du hast ein paar interessante Fragen aufgeworfen, und ich bin dir dankbar dafür. Laß mir etwas Zeit, um darüber nachzudenken, ja? Im Augenblick möchte ich mich nur zusammenkringeln und eine Weile vor mich hinsterben.«

Zu ihrer Ehre muß gesagt werden, daß Bunny mich nicht weiter bedrängte. Statt dessen wurde sie extrem fürsorglich.

»Tut mir leid, Skeeve«, sagte sie und legte eine Hand auf meinen Arm. »Ich wollte dich nicht so anraunzen, solange du noch deinen Kater auskurierst. Kann ich dir irgend etwas besorgen? Vielleicht einen nassen Waschlappen?«

Das klang geradezu wunderbar.

»Ja, wenn du so freundlich wärst. Das wäre mir wirklich sehr lieb.«

Sie sprang vom Bett und lief zur Waschschüssel, während ich versuchte, eine etwas bequemere Lage einzunehmen.

Nachdem ich die Kissen neu geordnet hatte, sah ich zu ihr hinüber, weil ich wissen wollte, was sie so lange aufhielt – und da stand sie: stocksteif und die Wand anstarrend.

»Bunny? Stimmt was nicht?« rief ich.

»Schätze, ich habe mich wohl getäuscht«, sagte sie in einem merkwürdigen Ton. Den Blick hatte sie immer noch auf die Wand geheftet.

»Wieso?«

»Als ich gesagt habe, daß du auf deine Begleiterin wahrscheinlich einen schlechten Eindruck gemacht hast ... Ich schätze, ich hätte wohl lieber den Mund halten sollen.«

»Wie kommst du darauf?«

»Offensichtlich hast du das hier noch nicht gesehen.«

Sie zeigte auf die Wand über der Waschschüssel. Ich

blinzelte etwas und richtete meine immer noch wunden Augen auf die Stelle, auf die sie zeigte.

Auf der Wand war eine Mitteilung zu lesen. Sie war in leuchtendrotem Lippenstift verfaßt:

Skeeve,
tut mir leid, daß ich schon weg muß, aber ich wollte dich nicht wecken. Die letzte Nacht war zauberhaft! Du bist wirklich so toll wie dein Ruf. Sag mir Bescheid, wenn du wieder Lust hast, mit mir zu spielen.
Cassandra

Ein breites Grinsen stahl sich ungewollt auf meine Lippen, als ich das las.

»Na, allzu sauer kann sie wegen meiner Trinkerei ja wohl nicht gewesen sein. Was, Bunny?«

Ich bekam keine Antwort.

»Bunny?«

Ich riß meinen Blick von der Nachricht und sah mich im Raum um. Das Tablett war zwar noch da, Bunny aber nicht. Da die Tür offenstand, blieb als einzige logische Folgerung, daß sie, ohne eine Wort zu sagen, weggegangen war.

Plötzlich fühlte ich mich doch nicht mehr ganz so selbstzufrieden.

11

›Wenn die Kommunikation zwischen Arbeitnehmern und Management besser funktionieren würde, gäbe es nicht so viele Entlassungen.‹

J. Hoffa

»Na, Butterblume, wie läuft's, Kamerad?«

Das Kampfeinhorn hob den Kopf und starrte mich einen Augenblick an, dann machte es sich wieder über seinen Futternapf her.

»Ach, komm schon, Kumpel! Du kennst mich doch«, setzte ich nach.

Das Einhorn fuhr fort zu fressen und ignorierte mich völlig.

»Mach dir deswegen keine Sorgen, Boß«, ertönte eine piepsige Stimme hinter mir. »Einhörner sind eben so.«

Eigentlich hätte ich mich nicht erst umzusehen brauchen, um zu wissen, wem die Stimme gehörte. Trotzdem kehrte ich mich nun meinem Leibwächter zu.

»Hallo, Nunzio«, sagte ich. »Was hast du gerade über Einhörner gesagt?«

»Die sind eben launisch«, erklärte er achselzukkend. »Da bilden Kampfeinhörner wie Butterblume keine Ausnahme. Er schneidet dich nur ein bißchen, weil du ihn nicht so oft besucht hast.«

Zu dem bunten Allerlei, das ich über Nunzios Vergangenheit in Erfahrung gebracht hatte, gehörte auch, daß er einmal Dompteur gewesen war, deshalb neigte ich dazu, ihm zu glauben. Trotzdem war ich ein wenig enttäuscht. Ich hatte eigentlich gehofft, daß

Butterblumes Reaktion auf mich eine Bestätigung dafür sein würde, was in der letzten Nacht zwischen mir und Cassandra passiert oder auch nicht passiert war. Aber es schien, als gäbe es noch andere, einleuchtendere Gründe für die Distanziertheit des Einhorns.

Natürlich folgte meiner Enttäuschung ein Anflug von Schuldgefühl dicht auf den Fersen. Ich hatte meine Haustiere in letzter Zeit *wirklich* etwas vernachlässigt ... wie auch eine Menge anderer Dinge.

»Dabei fällt mir ein, Nunzio«, sagte ich, begierig darauf, die Schuld umzulasten, »wie kommst du eigentlich mit Gliep zurecht?«

Mein Leibwächter runzelte die Stirn und fuhr sich nachdenklich mit einer riesigen Hand über Mund und Kinn.

»Ich weiß nicht so recht, Boß«, sagte er. »Irgendwie kann ich es nicht richtig festmachen. Aber irgend etwas ist da faul. Er fühlt sich einfach verkehrt an, in letzter Zeit.«

Das ergab merkwürdigerweise durchaus Sinn. Tatsächlich hatte Nunzio meine eigene vage Sorge Gliep betreffend präzise in Worte gefaßt: Er fühlte sich tatsächlich *verkehrt* an.

»Vielleicht gehen wir die ganze Sache ja falsch an«, meinte ich. »Vielleicht sollten wir nicht so sehr versuchen herauszufinden, was *jetzt* mit ihm verkehrt ist, sondern die Spur ein bißchen zurückverfolgen.«

»Das kapiere ich nicht ganz«, antwortete mein Leibwächter stirnrunzelnd.

»Denk doch mal zurück, Nunzio«, hakte ich nach. »Wann ist dir zum erstenmal aufgefallen, daß Gliep sich nicht normal verhält?«

»Na ja ... solange Markie da war, schien mit ihm noch alles in Ordnung zu sein«, meinte er nachdenklich. »Ja, wenn man es sich richtig überlegt, war er der erste von uns, der gemerkt hat, daß sie nicht ganz sauber war.«

Zusammen mit dieser Erinnerung blitzte auch noch etwas anderes in meinem Geist auf, doch Nunzio redete unbeirrt weiter, und so verflüchtigte es sich wieder.

»Ich würde sagen, daß war unmittelbar nach diesem Auftrag, wo er und ich das Warenlager bewacht haben. Weißt du noch? Das mit den gefälschten Comic-Heften?«

»War mit ihm bei diesem Auftrag denn noch alles in Ordnung?«

»Na klar. Ich erinnere mich noch, daß ich mich eine ganze Weile mit ihm unterhalten habe, als wir beide da rumsaßen und nichts zu tun hatten. Da war er noch prima in Schuß.«

»Einen Augenblick mal«, unterbrach ich. »Du hast dich mit Gliep *unterhalten*?«

»Na ja, es war wohl mehr so, daß ich *zu* ihm gesprochen habe, denn er gibt ja keine richtige Antwort«, korrigierte Nunzio sich unbekümmert. »Du weißt schon, was ich meine, Boß. Jedenfalls habe ich eine Menge Zeit damit zugebracht, *mit* ihm zu reden, und da schien er noch in Ordnung zu sein. Genaugenommen schien er sogar richtig aufmerksam zuzuhören.«

»Was hast du ihm denn alles erzählt?«

Mein Leibwächter zögerte, dann wandte er hastig den Blick ab.

»Och, so dies und das«, meinte er mit übertriebenem Achselzucken. »So ganz genau kann ich mich daran nicht mehr erinnern.«

»Nunzio«, sagte ich und ließ es zu, daß sich ein gewisser strenger Unterton in meine Stimme einschlich, »wenn es dir wieder einfällt, sag es mir! Es ist wichtig.«

»Na ja ... ich habe ihm eben ein bißchen davon erzählt, was ich mir deinetwegen für Sorgen mache, Boß«, gestand Nunzio zögernd. »Weißt du noch, wie du warst, unmittelbar nachdem wir beschlossen hatten, eine Firma zu gründen? Wie dir die Arbeit über den Kopf gewachsen ist und du kaum noch Zeit für irgend etwas oder irgend jemand anderes übrig hattest? Ich habe Gliep nur ein bißchen mein Herz ausgeschüttet, ihm gesagt, daß ich das für ungesund hielte, das ist alles. Ich dachte nicht, daß das schaden könnte. Genau deshalb habe ich ja zu ihm darüber geredet und nicht mit den anderen Leuten aus der Mannschaft ... nicht einmal mit Guido.«

Inzwischen tanzten deutliche Bilder in meinem Kopf herum: Gliep, wie er Markie mit Feuer behauchte; Markie, die dem nur knapp entging; Nunzio, der in den Kampf eingriff. Und Bilder davon, wie sich mein Haustier vor mich stürzte, als ein anderer, größerer Drache im Begriff stand, mir das Lebenslicht auszupusten.

»Denk mal gründlich nach, Nunzio!« sagte ich schleppend. »Als du mit Gliep gesprochen hast, hast du da vielleicht irgend etwas ... egal was ... über die Möglichkeit gesagt, daß Tanda oder sonst jemand aus der Mannschaft eine Gefahr für mich sein könnte?«

Mein Leibwächter runzelte einen Augenblick nachdenklich die Stirn, dann schüttelte er den Kopf.

»Ich kann mich nicht erinnern, so etwas gesagt zu haben, Boß. Warum fragst du?«

Jetzt war ich mit Zögern an der Reihe. Die Vorstellung, die gerade in meinem Geist Gestalt annahm, schien mir beinahe zu lächerlich, um sie in Worte zu kleiden. Trotzdem: Da ich mich nun schon mal an Nunzio um Rat gewandt hatte, war es nur fair, ihm auch meinen Verdacht mitzuteilen.

»Es mag ja vielleicht verrückt klingen«, sagte ich, »aber ich kriege langsam das Gefühl, daß Gliep sehr viel intelligenter ist, als wir geahnt haben. Ich meine, er hat mich ja immer schon irgendwie beschützt. Angenommen, er wäre *tatsächlich* intelligent und würde es sich in den Kopf setzen, daß jemand von der Mannschaft eine Gefahr für mich darstellt. Dann bestünde doch durchaus die Chance, daß er versuchen würde, ihn umzubringen ... so, wie er sich über Markie hergemacht hat.«

Mein Leibwächter starrte mich an, dann stieß er ein kurzes, bellendes Lachen aus.

»Du hast recht, Boß«, antwortete er. »Das klingt tatsächlich verrückt. Ich meine, Gliep ist doch ein Drache! Wenn der vorhätte, jemandem aus der Mannschaft eins zu verpassen, würden wir das ziemlich schnell spitzkriegen, wenn du verstehst, was ich meine!«

»So wie damals, als er versucht hat, Tanda zu rösten!« versetzte ich. »Denk doch mal darüber nach, Nunzio! Wenn er tatsächlich intelligent *wäre*, würde er dann nicht auch zu dem Schluß gelangen, daß ich sehr wütend würde, wenn jemandem von der Mannschaft etwas passiert? Würde er in diesem Fall nicht sein Bestes tun, um dafür zu sorgen, daß jedes Unglück nach einem Unfall aussieht und nicht nach einem gezielten Angriff? Ich gebe zu, es ist eine ziemlich abwegige Theorie, aber immerhin erklärt sie die vorliegenden Tatsachen.«

»Bis auf eine«, konterte mein Leibwächter. »Wenn er das tut, was du da sagst, wenn er einzelne Mosaiksteinchen zusammensetzt und seine eigenen Schlüsse daraus zieht, ja, wenn er sogar einen Plan entwickelt und ihn ausführt, dann ist er mehr als nur intelligent. Dann wäre er ja schlauer als wir! Vergiß nicht, für einen Drachen ist er immer noch echt jung. Ich würde sagen, das ist so, als würde ein Säugling, der kaum laufen kann, einen Bankeinbruch planen.«

»Du hast wahrscheinlich recht«, meinte ich seufzend. »Dann muß es wohl noch eine andere Erklärung geben.«

»Weißt du was, Boß?« fragte Nunzio lächelnd. »Es heißt doch, daß Haustiere mit der Zeit die Züge ihrer Besitzer annehmen und umgekehrt. Wenn man das berücksichtigt, finde ich es nur logisch, daß Gliep sich ab und zu merkwürdig benimmt.«

Aus irgendeinem Grund erinnerte mich das an mein Gespräch mit Bunny.

»Sag mal, Nunzio, findest du, daß ich in letzter Zeit zuviel trinke?«

»Es steht mir nicht zu, das zu beurteilen, Boß«, antwortete er gelassen. »Ich bin nur ein Leibwächter, kein Babysitter.«

»Ich habe dich aber gefragt, was du denkst.«

»Und ich sage dir gerade, daß es mir nicht zusteht zu denken ... jedenfalls nicht, wenn es um den geht, den ich bewachen soll«, beharrte er. »Leibwächter, die Kommentare über die Lebensgewohnheiten ihrer Kunden abgeben, halten sich nicht lange. Meine Aufgabe ist es, dich zu bewachen, während du tust, was immer du eben tust ... und nicht, dir zu sagen, was du tun sollst.«

Ich wollte ihn schon anfauchen, doch statt dessen atmete ich tief durch und versuchte, meine Verärgerung im Zaum zu halten.

»Hör mal, Nunzio«, sagte ich vorsichtig, »ich weiß ja, daß das die übliche Beziehung zwischen Leibwächtern und Kunde ist. Andererseits schmeichle ich mir gelegentlich, daß wir vielleicht schon ein bißchen über dieses Verhältnis hinaus sind. Außerdem bist du

Teilhaber bei der Chaos GmbH, folglich hast du auch ein berechtigtes Interesse an meiner Leistung als Geschäftsführer. Nun hat mir Bunny heute morgen gesagt, daß sie meint, ich würde langsam ein Alkoholproblem entwickeln. Ich glaube das zwar nicht so recht, aber ich bin mir bewußt, daß es mir wahrscheinlich zu sehr an Distanz fehlt, um ein objektives Urteil zu fällen. Deswegen bitte ich dich um deine Meinung ... als Freund und Kollege, dessen Meinung und Urteil ich zu schätzen und zu respektieren gelernt habe.«

Nunzio rieb sich nachdenklich das Kinn. Offensichtlich befand er sich in einer Zwickmühle.

»Ich weiß nicht so recht, Boß«, sagte er schließlich. »Irgendwie verstößt das gegen die Regeln ... aber andererseits hast du auch recht. Du behandelst Guido und mich wirklich ganz anders als jeder andere Boß, den wir bisher hatten. Uns hat sonst noch nie jemand um unsere Meinung gefragt.«

»Ja, und jetzt bitte ich dich gerade darum, Nunzio.«

»Ein Teil des Problems besteht darin, daß es auf diese Frage keine leichte Antwort gibt«, meinte er achselzuckend. »Klar, du trinkst. Aber trinkst du auch zuviel? Das läßt sich nicht so eindeutig sagen. Du trinkst auch mehr, seit du Aahz aus Perv zurückgeholt hast, aber ›mehr‹ heißt nicht unbedingt ›zuviel‹. Verstehst du, was ich meine?«

»Um genau zu sein, nein, ich verstehe es nicht.«

Er seufzte schwer. Als er weitersprach, mußte ich feststellen, daß sein Ton jenen geduldigen, vorsichtigen Ton angenommen hatte, den man normalerweise verwendet – oder wenigstens verwenden sollte –, wenn man einem Kind etwas erklären will.

»Schau mal, Boß«, sagte er, »das Trinken beeinflußt die Urteilskraft. Das weiß jeder. Je mehr du trinkst, um so mehr beeinflußt es dein Urteilsvermögen. Trotzdem ist es nicht leicht zu sagen, wieviel tatsächlich zuviel ist, denn das ist von Individuum zu Individuum verschieden und hängt von Faktoren wie Körpergewicht, Temperament und so weiter ab.«

»Aber wenn es die Urteilskraft beeinflußt«, wandte ich ein, »wie soll man dann feststellen, ob das eigene Urteil falsch oder richtig ist?«

»Genau das ist das Problem.« Nunzio zuckte die Achseln. »Manche Leute sagen, wenn man noch so vernünftig ist, diese Frage zu stellen, dann trinkt man auch noch nicht zuviel. Andere meinen, wenn man schon fragen muß, dann trinkt man auf jeden Fall zuviel. Eines weiß ich allerdings mit Sicherheit: daß nämlich viele Leute, die zuviel trinken, sich ganz sicher sind, daß sie damit gar kein Problem haben.«

»Und wie soll man das nun genau feststellen?«

»Na ja«, erwiderte er und rieb sich sein Kinn, »das beste ist wahrscheinlich, man fragt einen Freund, auf dessen Urteil man vertraut.«

Ich schloß die Augen und rang um Geduld.

»Ich habe gedacht, daß ich gerade GENAU DAS TUN WÜRDE, Nunzio. Ich frage gerade DICH. Meinst DU, daß ich zuviel trinke?«

»Das ist doch nicht wichtig«, versetzte er unverblümt. »Die Frage lautet doch nicht, ob ich glaube, daß du zuviel trinkst, sondern vielmehr, ob DU glaubst, daß du zuviel trinkst.«

»NUNZIO«, preßte ich zwischen den Zähnen hervor. »Ich frage dich gerade nach DEINER Meinung.«

Er wandte den Blick ab und scharrte verlegen mit den Füßen.

»Tut mir leid, Boß. Wie ich schon sagte, das fällt mir nicht leicht.« Wieder rieb er sich das Kinn. »Eins will ich dir aber tatsächlich sagen, ich finde nämlich, daß du zur falschen Zeit trinkst ... und damit meine ich nicht zu früh oder zu spät am Tag. Ich meine, zur falschen Zeit in deinem Leben.«

»Das verstehe ich nicht«, meinte ich stirnrunzelnd.

»Schau doch mal, Boß, das Trinken wirkt meistens wie eine Lupe. Es macht alles größer, übertreibt alles. Manche Leute trinken, um in eine andere Stimmung zu kommen, aber die machen sich nur was vor. So funktioniert das nämlich nicht. Es *verändert* nicht das, was da ist, es *betont* es nur. Wenn du trinkst, solange du glücklich bist, wirst du davon RICHTIG glücklich. Verstehst du, wie ich das meine? Aber wenn du trinkst, während du niedergeschlagen bist, dann wirst du erst RECHT niedergeschlagen, und zwar ECHT schnell.«

Er seufzte wieder schwer.

»Nun hast du in letzter Zeit ziemlich viel durchgemacht und mußtest einige ziemlich harte Entscheidungen treffen. Ich finde, das ist kein besonders guter Zeitpunkt, um zu trinken. Was du im Augenblick brauchst, ist ein klarer Kopf. Was du NICHT gebrauchen kannst, ist etwas, was irgendwelche Zweifel, die du über dich selbst oder dein Urteilsvermögen hegen magst, auch noch aufbläht und übertreibt.«

Jetzt war ich damit an der Reihe, mir nachdenklich das Kinn zu reiben.

»Das leuchtet ein«, sagte ich. »Danke, Nunzio.«

»He! Ich habe eine Idee!« sagte er fröhlich, offenbar beschwingt von seinem Erfolg. »Es gibt eine echt einfache Methode, um festzustellen, ob du zuviel trinkst. Laß den Fusel einfach eine Weile links liegen. Und dann stell fest, ob sich in deinem Denken oder deinem Urteilsvermögen irgend etwas ändert. Wenn ja, dann weißt du, daß es Zeit ist, kurzzutreten. Und wenn du feststellen solltest, daß es dir schwerer fällt aufzuhören, als du geglaubt hast, ist das auch ein Signal, daß du in Schwierigkeiten steckst.«

Einem Teil von mir sträubten sich bei dem Gedanken, etwas weniger zu trinken, die Haare, aber ich kämpfte diesen Teil nieder … zusammen mit meiner aufblitzenden Furcht, was dieses Sträuben tatsächlich bedeuten könnte.

»Also gut, Nunzio«, sagte ich. »Ich werde es tun. Noch mal, danke. Ich weiß, wie schwer dir das gefallen ist.«

»Keine Ursache, Boß. Freut mich, daß ich dir helfen konnte.«

Er streckte den Arm aus und legte mir mit einer seltenen Geste der Kameradschaft eine Hand auf die Schulter.

»Eigentlich glaube ich nicht, daß du dir allzugroße Sorgen zu machen brauchst. Wenn du tatsächlich ein Alkoholproblem haben solltest, dann höchstens ganz am Rande. Ich meine, es ist ja nicht so, als würden bei dir irgendwie die Lichter ausgehen oder so was.«

12

›Mal sehen, ob das noch mal klappt!‹

Sisyphos

»He, Partner! Wie läuft's?«

Ich war unterwegs zu meinem Zimmer, in der vagen Absicht, vielleicht noch eine Runde zu schlafen. Aahz' Ruf ließ meine Erfolgschancen allerdings ins Bodenlose sinken.

»Hallo, Aahz«, sagte ich und drehte mich zu ihm um. Dadurch schien mir die Sonne in die Augen, also trat ich ein Stück in den Schatten zurück.

Er kam näher und musterte mich sorgfältig. Ich für meinen Teil tat mein Bestes, entspannt und verwundert dreinzublicken.

Schließlich nickte er vor sich hin.

»Siehst ganz in Ordnung aus«, erklärte er.

»Sollte ich etwa nicht?« frage ich unschuldig.

»Wie ich höre, hast du letzte Nacht ganz schön einen draufgemacht«, erläuterte er und sah mich wieder schief von der Seite an. »Da dachte ich mir, ich schau' besser mal nach und begutachte den Schaden. Ich gabe zu, daß du dem Sturm offenbar ganz gut getrotzt hast. Die Widerstandsfähigkeit der Jugend, vermute ich.«

»Vielleicht waren die Berichte ja auch nur etwas übertrieben«, schlug ich hoffnungsfroh vor.

»Reichlich unwahrscheinlich«, schnaubte er. »Chumly hat erzählt, daß er gesehen hat, wie du und deine Begleiterin ins Schloß zurückgerollt seid, und der neigt ja wohl eher zur Untertreibung, wie du weißt.«

Ich nickte stumm. Wenn er nicht gerade seine Arbeitsmaske des Großen Knacks aufhatte, war der Troll bemerkenswert präzise in all seinen Berichten und Beobachtungen.

»Wie auch immer«, winkte Aahz ab. »Ich sagte ja, du scheinst es ziemlich gut überstanden zu haben.«

Ich erkämpfte mir ein schwaches Lächeln.

»Wie wär's mit einem kleinen Katerkiller? Nur mal schnell einen heben, damit du wieder in Stimmung kommst«, schlug er vor. »Komm schon, Partner. Ich gebe einen aus. Huschen wir kurz in die Stadt und machen einen drauf.«

Ich brauchte nur einen kurzen Augenblick der Überlegung, bis ich begriffen hatte, daß ein Bummel durch die Stadt, die das Schloß umgab, sich richtig gut anhörte. Sogar hervorragend, solange Bunny auf dem Kriegspfad war.

»Na schön, Aahz. Ich bin dabei«, sagte ich. »Aber was den Katerkiller angeht ... da bleibe ich lieber beim Üblichen, wenn du nichts dagegen hast. Merkwürdige Drinks hatte ich letzte Nacht genug.«

Er gab wieder eins von diesen erstickten Geräuschen von sich, die er während meiner Lehrzeit stets hervorgebracht hatte, wenn ich etwas richtig Dämliches gesagt hatte, aber als ich ihn ansah, spielte auf seinen Lippen nicht die leiseste Andeutung eines Lächelns.

»Hast du nicht etwas vergessen, Partner?« fragte er, ohne mich anzublicken.

»Was denn?«

»Wenn wir uns unter das gemeine Volk mischen, wäre ein Tarnzauber vielleicht ganz nett.«

Er hatte natürlich recht. Auch wenn ich es gewohnt war, ihn so zu sehen, wie er wirklich war – eben ein Perfekter mit grünen Schuppen und gelben Augen –, neigte der Durchschnittsbürger von Possiltum doch immer noch dazu, bei seinem Anblick in Entsetzen und Panik auszubrechen ... was auch ziemlich genau meine eigene Reaktion beschreibt, als ich ihm das erstemal begegnete.

»Tut mir leid, Aahz.«

Also schloß ich die Augen und führte schnell die erforderlichen Einstellungen durch. Indem ich sein Abbild im Geiste manipulierte, verlieh ich ihm das Aussehen einer gewöhnlichen Schloßwache. Ja, ich ließ ihn sogar etwas schwächlicher und ausgemergelter erscheinen als der Durchschnitt. Schließlich ging es ja darum, die Leute nicht einzuschüchtern, nicht wahr?

Aahz machte sich nicht einmal die Mühe, sein Spiegelbild in den Fenstern zu überprüfen, an denen wir vorbeikamen. Er schien sich weitaus mehr dafür zu interessieren, mir Einzelheiten über mein Rendezvous aus der Nase zu ziehen.

»Wo seid ihr in dieser Hinterhofdimension überhaupt hingegangen?« fragte er.

»Och, wir sind nicht hiergeblieben«, erklärte ich herablassend. »Wir sind mal auf einen Sprung nach Vorhölle. Cassandra kannte da ein paar Clubs, und da haben wir ...«

Plötzlich fiel mir auf, daß Aahz nicht mehr neben mir ging. Als ich zurückblickte, merkte ich, daß er wie angewurzelt stehengeblieben war. Seine Kieferlade malmte, aber es kam kein Geräusch hervor.

»Vorhölle?« stieß er schließlich aus. »Du hast eine Kneipentour auf Vorhölle veranstaltet? Entschuldige, Partner, aber ich hatte eigentlich den Eindruck, daß wir in diesem Teil des Waldes *Persona non grata* sind.«

»Am Anfang habe ich mir auch ein bißchen Sorgen gemacht«, gestand ich beiläufig. Es war ja nur eine geringfügige Lüge. Wie ihr euch erinnern werdet, hatte ich mir nämlich FÜRCHTERLICH VIEL Sorgen deswegen gemacht! »Aber Cassandra meinte, sie könnte uns dort schnell wieder rausbringen, falls es Schwierigkeiten gibt, und da dachte ich mir, was soll's. Wie sich herausstellte, scheint dort aber niemand einen Groll gegen uns zu hegen. Tatsächlich sieht es so aus, als ob ich ... ich meine, als ob *wir* ... dort richtig prominent sind. Das ist auch teilweise der Grund, wieso der Abend dann so verlaufen ist. Die Hälfte der Leute, denen wir dort begegnet sind, wollte mir unbedingt einen dafür ausgeben, daß ich den örtlichen Behörden eins übergebraten habe.«

»Ach ja!« machte Aahz finster und setzte sich wieder in Bewegung. »Wer ist denn diese Cassandra überhaupt? Klingt mir nicht gerade nach einer Einheimischen von hier.«

»Ist sie auch nicht«, bestätigte ich. »Vic hat mich mit ihr verkuppelt. Sie ist eine Freundin von ihm.«

»Nett zu wissen, daß er dich nicht mit einem Feind von sich verkuppelt hat«, scherzte mein Partner. »Aber trotzdem, irgendwie habe ich den Eindruck ...«

Er verstummte und fuhr plötzlich schon wieder zusammen.

»Einen Augenblick mal! Vic? Ist das der Vampir Vic, mit dem du drüben im Bazar immer rumhängst? Willst du damit sagen, daß diese Cassandra-Mieze ein ...«

»Ein Vampir ist«, ergänzte ich seinen Satz mit ungerührtem Schulterzucken. Um der Wahrheit die Ehre zu geben, begann ich es langsam zu genießen, Aahz ein bißchen zu schockieren. »Ach, die ist ganz in Ordnung. Vielleicht niemand, den man unbedingt zu Hause seiner Mami vorstellt, aber ... was ist denn?«

Er hatte den Kopf gereckt, um meinen Hals aus verschiedenen Winkeln zu begutachten.

»Schaue nur nach Bißwunden«, meinte er.

»Komm schon, Aahz! Da bestand nun wirklich keine Gefahr. Die hat ihr Blut letzte Nacht aus dem Glas getrunken.«

»Nach dieser Art von Bißwunden habe ich auch nicht Ausschau gehalten«, meinte er grinsend. »Vamps haben schließlich den Ruf, ziemlich wilde Weiber zu sein.«

»Äh ... da wir gerade von Zielen reden«, bemühte ich mich, das Thema zu wechseln, »wo gehen wir überhaupt hin?«

»Nirgendwo im besonderen«, erwiderte mein Partner. »Diese Bars und Gasthöfe hier sind sich doch fast alle gleich. Der hier dürfte genügen.«

Damit schwenkte er auch schon in die Wirtschaft ein, an der wir gerade vorbeikamen, so daß mir nichts anderes übrigblieb, als ihm zu folgen.

Verglichen mit dem, was in meiner Erinnerung von den surrealen Clubs auf Vorhölle übriggeblieben war, wirkte dieser Gasthof erfrischend normal. Normal und mehr als nur ein bißchen langweilig.

Dunkle Holztische und -stühle prägten das Dekor, und hier und dort waren Kerzen verteilt, die das Licht ergänzten, das durch die Fenster und die offene Tür einströmte.

»Was nimmst du, Skeeve?« rief Aahz mir auf seinem Weg zur Theke zu.

Ich wollte gerade »Wein« sagen, doch dann überlegte ich es mir wieder. Egal, ob Bunny, was meine unkontrollierte Trinkerei anging, nun recht hatte oder nicht, könnte es nicht schaden, ein bißchen kurzzutreten: Außerdem hatte mir Nunzios Bemerkung zum

Thema Gedächtnisverlust doch ziemlich Unbehagen bereitet.

»Für mich nur einen Fruchtsaft«, erwiderte ich abwinkend.

Aahz blieb stehen und sah mich mit schräggelegtem Kopf an.

»Bist du sicher, daß es dir gutgeht, Partner?« fragte er.

»Na klar. Warum fragst du?«

»Gerade eben hast du noch davon gesprochen, daß du dich auf das Übliche freust, und jetzt wechselst du plötzlich das Getränk.«

»Na schön. Wie du willst«, antwortete ich und schnitt eine Grimasse. »Also einen Schoppen Wein. Deswegen braucht man ja nicht gleich einen Aufstand zu machen.«

Ich lehnte mich zurück und ließ den Blick durch den Raum schweifen, was allerdings hauptsächlich geschah, um den Augenkontakt mit Aahz abzubrechen, bevor er bemerken konnte, wie aufgewühlt ich war. Es war komisch, aber aus irgendeinem Grund mochte ich meinem Partner nichts von meinen Sorgen, was das Trinken betraf, offenbaren. Andererseits war es nicht gerade einfach, meine Trinkgewohnheiten in seiner Gegenwart zu ändern, ohne damit Fragen zu provozieren, die auch nach Antworten verlangten. So überlegte ich mir, daß es im Augenblick wohl das leichteste sei, weiterzumachen wie bisher ... jedenfalls in Aahz' Gesellschaft. Später, wenn ich etwas ungestörter war, würde ich mich dann etwas mehr zügeln.

An dem Gasthof fiel mir auf, daß unter den Gästen eine Menge junger Leute waren. Na ja, um ehrlich zu sein, waren sie ungefähr in meinem Alter, aber weil ich soviel Zeit mit der Mannschaft zubringe, neige ich dazu, mich selbst als etwas älter einzustufen.

Vor allem ein Tisch voller Mädchen erregte meine Aufmerksamkeit, wohl hauptsächlich deswegen, weil sie über mich zu reden schienen. Jedenfalls vermutete ich das, da sie ständig zu mir herüberblickten, dann die Köpfe zusammensteckten, kicherten, und erneut zu mir herübersahen.

Vor gar nicht allzulanger Zeit hätte mich so etwas nervös gemacht. Seit meinem letzten Ausflug nach Vorhölle jedoch hatte ich mich ein wenig an meine Berühmtheit gewöhnt.

Als sie das nächstemal herüberblickten, sah ich sie direkt an und nickte ihnen kurz und höflich zu. Daraufhin steckten sie natürlich sofort wieder die Köpfe zusammen und kicherten lautstark.

Ach ja, der Ruhm!

»Was lächelst du?« fragte Aahz, als er meinen Wein vor mir abstellte und auf die Bank hinter dem Tisch rutschte, sein eigenes überdimensionales Getränk in den Händen haltend.

»Ach, nichts«, antwortete ich lächelnd. »Ich habe nur gerade den Tisch mit den Mädchen dort drüben beobachtet.«

Ich wies mit dem Kopf in die entsprechende Richtung, worauf er sich seitlich vorbeugte, um sie selbst zu begutachten.

»Ein bißchen jung für dich, oder nicht, Partner?«

»Die sind doch nicht viel jünger als ich«, protestierte ich und nahm einen tiefen Schluck Wein.

»Hast du nicht schon genug Probleme?« fragte Aahz, während er sich wieder zurücklehnte. »Als ich beim letztenmal Inventur gemacht habe, da hast du eher unter Frauenüberschuß gelitten ... nicht unter Frauenmangel.«

»Ach, nun reg dich mal ab«, lachte ich. »Ich hatte doch gar nicht vor, irgendwas mit denen anzustellen. Ich amüsiere mich nur etwas, das ist alles. Sie haben mich angeschaut, also habe ich zurückgeblickt.«

»Na, dann blick jetzt mal lieber nicht hin«, erwiderte er grinsend, »denn mindestens eine von denen tut gerade ein bißchen mehr, als nur hinzusehen.«

Es bedarf wohl keiner besonderen Erwähnung, daß ich natürlich sofort hinsah.

Eins der Mädchen war aufgestanden und kam auf unseren Tisch zu. Als sie mich in ihre Richtung blicken sah, schien sie all ihren Mut zusammenzunehmen und die verbliebene Strecke im Sprung zurückzulegen.

»Hallo«, sagte sie fröhlich. »Du bist es doch, oder? Der Zauberer aus dem Schloß?«

»Das ist richtig.« Ich nickte. »Wie hast du das rausbekommen?«

»Ich meine, gehört zu haben, wie er dich Skeeve nannte, als er dir deinen Drink holte«, platzte es aus ihr hervor.

»Das hat er wahrscheinlich getan, weil ich so heiße.« Ich lächelte.

Na schön, ich war auch schon mal witziger. Tatsächlich war das ziemlich lahm, wenn man es mit dem verbalen Schlagabtausch vergleicht, der in unserer Truppe die Regel ist. Aber ihre Reaktion legte das nicht gerade nahe.

Sie fuhr sich mit einer Hand über den Mund und kreischte vor Lachen laut genug auf, um die Aufmerksamkeit des ganzen Raums auf sich zu lenken ... ja der ganzen Stadt, um genau zu sein.

»Ach! Das ist ja *unbezahlbar*!« verkündete sie.

»Da hast du völlig recht«, bestätigte ich. »Meine Tarife sind wirklich ziemlich hoch.«

Das löste natürlich einen weiteren Lachanfall aus. Ich fing Aahz' Blick auf und zwinkerte ihm zu. Er ließ angewidert die Augen rollen und widmete sich seinem Getränk. Das schien mir eine gute Idee zu sein, doch als ich von meinem Wein trinken wollte, war der Schoppen leer. Gerade wollte ich Aahz bitten, mir einen zweiten zu holen, da überlegte ich es mir anders. Der erste Wein war doch mit beunruhigender Geschwindigkeit verschwunden.

»Und, was kann ich für dich tun?« fragte ich, ebensosehr, um mich von dem Wein abzulenken, wie um ihr zu antworten.

»Na ja, in der Stadt reden alle über dich«, zirpte das Mädchen, »und meine Freundin ... die Süße da drüben ... fliegt wirklich *fürchterlich* auf dich, seit sie dich zum erstenmal am Hof gesehen hat. Jedenfalls würde es ihr die ganze Inkarnation versüßen, wenn du mal rüber zu unserem Tisch kommen könntest, damit sie dich persönlich kennenlernt.«

»Ich weiß nicht«, erwiderte ich. »Es hat auch etwas für sich, Leute unpersönlich kennenzulernen.«

»Hä?« machte sie und gewährte mir einen verständnislosen Blick, so daß ich merkte, daß ich ihren Humor überfordert hatte.

»Sag ihr einfach, daß ich gleich rüberkomme, sobald ich mein Gespräch hier beendet habe.«

»Großartig! Die kriegt vor Freude einen Blutsturz!«

Ich sah ihr nach, wie sie davonhuschte, um es ihren Freundinnen zu erzählen, dann wandte ich mich wieder Aahz zu.

»Es *könnte* sein, daß ich mich gleich übergebe«, verkündete dieser.

»Du bist doch bloß neidisch«, grinste ich. »Paß mal kurz auf meinen Drink auf, ja?«

Mit diesen Worten stand ich auf und machte mich auf den Weg zum Tisch der Mädchen. Jedenfalls fing ich an, das zu tun.

Ein schlaksiger Jüngling baute sich vor mir auf. Ich wollte an ihm vorbeigehen, doch da machte er einen Schritt zur Seite, um mir gezielt den Weg zu versperren.

Ich blieb stehen und musterte ihn.

Ich war schon öfter in Prügeleien verwickelt. Manchmal mit einigen ziemlich miesen Kunden, bei denen ich mir ganz und gar nicht sicher gewesen war, ob ich die Sache überleben würde. Aber diese Witzfigur war etwas anderes.

Er konnte kaum älter sein als ich. Eher wohl einige Jahre jünger. Außerdem hatte er nicht die selbstsichere Haltung eines Schlägers oder auch nur eines Soldaten. Tatsächlich wirkte er eher verängstigt.

»Laß sie in Ruhe«, sagte er mit zittriger Stimme.

»Wie bitte?«

»Ich sagte, laß sie in Ruhe!« wiederholte er, und seine Stimme wurde etwas fester.

Ich ließ den Hauch eines Lächelns um meine Lippen spielen.

»Junger Mann«, sagte ich sanft, »weißt du, wer ich bin?«

»Ja, das weiß ich sehr wohl«, bestätigte er nickend. »Du bist Skeeve. Der große, böse Zauberer vom Schloß. Und ich weiß auch, daß du dafür sorgen kannst, daß ich es noch bereuen werde, jemals geatmet oder mich dir in den Weg gestellt zu haben. Du kannst mich in eine Kröte verwandeln oder mein Haar in Flammen aufgehen lassen. Du kannst sogar irgendeine fiese Kreatur herbeipfeifen, um mich in Stücke zu reißen, wenn du dir selbst nicht die Hände schmutzig machen willst. Du kannst mich zerquetschen und jeden anderen auch, nur um deinen Kopf durchzusetzen ... aber dadurch wird es noch nicht richtig. Vielleicht wird es langsam mal Zeit, daß dir jemand die Stirn bietet, selbst wenn es bedeutet, schon wegen des bloßen Versuchs umgebracht zu werden.«

Ich bemerkte einigermaßen überrascht, daß einige Leute an den anderen Tischen im Gasthof nickten und dem Jüngling murmelnd ihre Anerkennung aussprachen. Außerdem wurde eine nicht unbeträchtliche Anzahl böser Blicke in meine Richtung geworfen.

»Also gut«, erwiderte ich gelassen. »Jetzt bietest du mir also die Stirn. Dann sag an, was Sache ist.«

»Sache ist, daß du hier nicht einfach hereinschneien kannst, um unsere Frauen anzumachen. Und solltest du das trotzdem versuchen, wird es dir noch leid tun.«

Um seine Worte zu unterstreichen, streckte er den Arm aus und verpaßte mir einen Stoß, der mich ein Stück zurückwarf, so daß ich einen Ausfallschritt machen mußte, um mein Gleichgewicht wiederzugewinnen.

Plötzlich war es sehr still im Gasthof. Der Augenblick schien wie festgefroren in der Luft zu hängen, als alle Anwesenden gespannt abwarteten, was als nächstes geschehen würde.

Blut pochte in meinen Ohren.

Ich hörte die Bank hinter mir zurückgleiten, als Aahz Anstalten machte, sich zu erheben, und ich gab ihm hinter dem Rücken ein Handzeichen, sich aus der Sache herauszuhalten.

»Ich habe keinerlei Absicht, diese Frauen ›anzumachen‹, weder jetzt noch in Zukunft«, sagte ich vorsichtig. »Die junge Dame dort ist an *meinen* Tisch gekommen und hat gesagt, daß ihre Freundin mich kennenlernen möchte. Dieser Bitte wollte ich gerade entsprechen. Punkt. Das ist alles. Es war mein Versuch, höflich zu sein. Sollte das dich oder irgend jemanden sonst hier verärgern, will ich gern auf dieses Vergnügen verzichten.«

Ich blickte an ihm vorbei zu den Mädchen, die das ganze Geschehen beobachteten.

»Meine Damen«, sagte ich mit einer kurzen Verneigung, »vielleicht ein anderes Mal.«

Dann machte ich auf dem Absatz kehrt und marschierte hinaus ... wütend und verlegen, aber davon überzeugt, daß ich eine heikle Situation richtig gehandhabt hatte.

Es war allerdings keine allzu große Hilfe, daß mir der Jüngling, als ich gerade durch die Tür trat, hinterherrief:

»Und komm bloß nicht wieder!«

13

›Das Geheimnis der Popularität ist einfach nur gesundes Selbstvertrauen.‹

W. Allen

»Nun warte doch mal einen Augenblick, Partner. Wir gehören immer noch zusammen, weißt du.«

Ich verlangsamte meinen Schritt ein wenig, bis Aahz mich eingeholt hatte.

»Wenn du mir die Bemerkung gestattest«, sagte er, »scheint dich diese kleine Szene eben ein bißchen erregt zu haben.«

»Und sollte sie das nicht?« knurrte ich.

»Nimm es dir nicht zu Herzen«, meinte mein Partner lässig. »Einheimische regen sich immer über Außenstehende auf ... vor allem dann, wenn ihre Frauen anfangen, mit ihnen zu flirten. Dieses Problem ist doch so alt wie die Berge. Da kannst du jeden Soldaten oder Reisenden fragen. Nimm's nicht persönlich.«

Er verpaßte mir einen spielerischen Hieb auf den Arm, aber ausnahmsweise beruhigte mich das nicht.

»Die haben aber gar nicht auf einen Außenstehenden reagiert, Aahz. Die haben auf *mich* reagiert. Ich lebe schließlich auch hier. Außerdem wußten sie das. Sie wußten, wer ich bin und daß ich im Schloß arbeite, und trotzdem haben sie mich wie einen Außenseiter behandelt.«

»Für die bist du ja auch einer.«

Ich blieb stehen.

»Wieso das denn?«

»Schau den Tatsachen doch mal ins Auge, Skeeve«,

erwiderte Aahz etwas ernster. »Selbst wenn wir einmal deine Dimensionsreisen außer acht lassen, bist du trotzdem nicht derselbe wie sie. Wie du schon sagtest, du arbeitest im Schloß ... und nicht etwa als Kammerzofe oder Küchenjunge. Du bist einer der Hauptberater der Königin, möglicherweise sogar ihr Prinzgemahl ... obwohl ich bezweifle, daß sie das wissen. Alles, was du an einem deiner ganz gewöhnlichen Tage sagst und tust, betrifft jeden einzelnen Bewohner dieses Königreiches. Das allein genügt schon, um dich auf eine andere gesellschaftliche Ebene zu heben – ganz zu schweigen von der wirtschaftlichen.«

Das machte mich nachdenklich.

Mein neues Leben und mein neuer Lebensstil waren im Laufe der Jahre einfach irgendwie um mich herum entstanden. Gesellschaftlicher Umgang und/oder Streitereien mit Königen oder Bürgermeistern waren mir zu etwas recht Alltäglichem geworden, auch wenn ich noch nie groß darüber nachgedacht hatte. Ich hatte vielmehr immer angenommen, daß es einfach dazugehörte, wenn man Magiker war. Aber wie vielen Magikern war ich denn schon begegnet?

Aahz hatte recht. Meine Arbeit mit der Mannschaft hatte mich tatsächlich so weit abseits vom Rest der Gesellschaft gestellt, daß ich vieles schon für selbstverständlich erachtete. Das Außergewöhnliche war für mich so alltäglich geworden, daß ich schon gar nicht mehr merkte oder auch nur darüber nachdachte, wie es sich wohl für einen gewöhnlichen Bürger darstellte.

Ich schüttelte abrupt den Kopf.

»Nein. Da steckt noch mehr dahinter, Aahz. Die Leute dort mochten mich nicht.«

»Sicher«, bestätigte mein Partner nickend. »Und worauf willst du hinaus?«

»Worauf ich hinaus will?« wiederholte ich etwas

schrill. »Vielleicht hast du mich nicht richtig verstanden. Ich habe gesagt ...«

»... daß sie dich nicht mochten«, vollendete Aahz den Satz. »Na und?«

»Was soll das heißen, ›Na und‹?« fragte ich. »Willst du denn gar nicht gemocht werden?«

Mein alter Mentor runzelte schweigend die Stirn, dann zuckte er die Achseln.

»Ich schätze, es wäre schon ganz nett«, meinte er. »Aber ich vergeude nicht allzu viele Gedanken darauf.«

»Aber ...«

»Und du solltest das auch nicht tun.«

In seinem Ton schwang eine Gradlinigkeit und Festigkeit mit, beinahe eine Warnung, daß ich wieder wie angewurzelt stehenblieb.

Anstatt gleich loszuprotestieren, bemühte ich mich einige Augenblicke lang, zu verstehen, was er mir mitteilen wollte, bis ich es schließlich kopfschüttelnd aufgab.

»Ich begreife es nicht, Aahz. Wollen denn nicht alle gemocht werden?«

»Vielleicht auf einer bestimmten Ebene«, räumte mein Partner ein. »Aber die meisten Leute wissen, daß das im besten Fall nur Hoffnung bleibt ... so, wie es ganz schön wäre, wenn es immer nur dann regnete, wenn wir uns das gerade wünschen. Die Wirklichkeit sieht aber so aus, daß es immer nur dann regnet, wenn dem blöden Regen danach ist, und daß manche Leute dich nicht mögen werden, egal was du tust. Und auf der Haben-Seite steht dafür, daß es auch Leute gibt, die dich *mögen*, egal was du tust.«

»Das kann ich nicht akzeptieren«, antwortete ich kopfschüttelnd. »Das ist mir zu fatalistisch. Wenn du recht hättest, brauchte man sich doch überhaupt keine Mühe mehr zu geben.«

»Natürlich muß man das tun«, fauchte Aahz. »Aber treib nicht immer alles auf die Spitze! Kapiert? Die Wirklichkeit liegt irgendwo zwischen den Extremen. Sich überhaupt keine Mühe zu geben, daß die Leute einen mögen, ist genauso albern, wie sich zu sehr anzustrengen.«

»Habe ich das getan? Mich zu sehr angestrengt?«

Mein Partner wedelte unbestimmt mit der Hand.

»Manchmal bist du gefährlich nahe dran«, antwortete er. »Ich finde, daß du deinen Wunsch, gemocht zu werden, manchmal überborden läßt. Und immer wenn das passiert, verstellt es dir die Sicht, was dich selbst und die Welt betrifft.«

»Könntest du mir vielleicht ein paar Beispiele dafür nennen?«

»Na klar doch«, sagte er locker. »Fangen wir mit einem ganz einfachen an ... zum Beispiel Steuern. Ein Teil deiner jetzigen Aufgabe besteht darin, Ratschläge für die Besteuerung der Bürger zu geben. Richtig?«

Ich nickte.

»... nur, daß die Bürger es überhaupt nicht *mögen*, Steuern zu zahlen. Wenn es nach denen ginge, würden sie den Schutz und die Dienstleistungen des Königreichs glatt in Anspruch nehmen, ohne einen einzigen Pfennig dafür zu berappen. Natürlich wissen sie auch, daß es unrealistisch ist, etwas umsonst haben zu wollen, deshalb akzeptieren sie eben das notwendige Übel der Steuern. Sie akzeptieren es zwar, aber sie mögen es nicht. Und weil sie es nicht *mögen*, gibt es deswegen unentwegt eine Menge Groll und Geknurre. Egal, wie niedrig die Steuern tatsächlich sind – sie sind immer zu hoch! Und egal, wie gut die Dienstleistungen sind – sie sind immer zu schlecht! Und dieser Groll richtet sich natürlich gegen jeden, der mit der Erhebung von Steuern zu tun hat, und dazu gehörst du und alle anderen, die im Schloß arbeiten.«

Er schüttelte den Kopf.

»Damit will ich sagen, daß du, wenn du eine Position innehältst, in der du Entscheidungen treffen und Macht ausüben mußt, wie du es gerade tust, dir am besten gar nicht erst Gedanken darüber machen solltest, ob dich die Leute, die deine Entscheidungen betreffen, deswegen *mögen*. Das Beste, worauf du hoffen kannst, ist *Respekt*.«

»Einen Augenblick mal«, warf ich ein, »willst du etwa behaupten, daß die Leute jemanden respektieren können, ohne ihn zu mögen?«

»Natürlich«, erwiderte Aahz gelassen. »Dafür kann ich dir gleich Dutzende von Beispielen liefern. Da wir gerade über Steuern und Finanzen reden, denk doch mal an Grimble. Du respektierst doch auch seine Kompetenz und Hingabe, obwohl du ihn als Person nicht sonderlich magst. Oder?«

Ich mußte einräumen, daß er recht hatte.

»Oder, noch besser«, fuhr er fort, »denk doch mal an die Zeit zurück, als wir beide uns zusammengetan haben. Ich war ziemlich streng mit dir, was die Magik-Lektionen anging, und habe dich selbst dann üben lassen, als dir gerade nicht danach zumute war. Du hast mich nicht gemocht, weil ich dich ständig gedrillt habe, aber respektiert hast du mich trotzdem.«

»Hm ... na ja, damals kannte ich dich ja auch noch nicht so gut wie heute«, antwortete ich etwas verlegen. »Ich schätze, ich mußte wohl einfach davon ausgehen, daß du wußtest, was du tust, und daß du mir aufgebrummt hast, was für die Ausbildung eben erforderlich war ... ob es mir gefiel oder nicht.«

»Ganz genau«, bekräftigte Aahz nickend. »Also schmoll nicht. Das ist eine ganz normale Reaktion auf eine Autoritätsfigur, ob es die Eltern sind, ein Lehrer, ein Chef oder ein Regierungsvertreter. Wir *mögen* vielleicht nicht immer, wozu sie uns zwingen, aber selbst wenn wir deswegen grollen, können wir doch immer noch die Fairneß und den Sachverstand bewundern und respektieren, mit denen sie ihre Aufgabe erledigen.«

Er zuckte gelassen mit den Schultern.

»Schätze, das war's, kurz zusammengefaßt«, sagte er. »Du bist ein liebenswerter junger Mann, Skeeve, aber ich finde, manchmal solltest du dir weniger Sorgen darüber machen, gemocht zu werden, und dich mehr darum kümmern, daß man dich respektiert. So oder so ist es jedenfalls ein sehr viel realistischeres Ziel.«

Darüber dachte ich einige Minuten nach.

»Du hast recht, Aahz«, entschied ich schließlich. »Respektiert zu werden, ist wichtiger, als gemocht zu werden.«

Sprachs, drehte mich um und schlug eine andere Richtung ein.

»Wo gehst du denn hin, Partner?«

»Ich gehe zu Bunny«, rief ich zurück. »Wir haben heute morgen ein Gespräch begonnen, von dem ich meine, daß wir es noch zu Ende führen sollten.«

Auf dem Weg zu Bunnys Zimmer gingen mir eine Menge Gedanken durch den Kopf, was genau ich ihr sagen könnte. Doch das war keine Hilfe. Als ich dort eintraf, war ich immer noch genauso schlau wie vorher.

Ich blieb einige Augenblicke stehen, dann kopfte ich ganz leise an ihre Tür, ehe ich den Mut dazu verlor.

Um die Wahrheit zu sagen, hoffte ich, daß sie ausgegangen sei oder schliefe.

»Wer ist da?«

Soviel zum Thema halbe Hoffnungen. Vielleicht sollte ich es beim nächsten Mal lieber mit einer ganzen versuchen.

»Ich bin es, Bunny, Skeeve.«

»Was willst du?«

»Ich möchte gern mit dir sprechen, wenn du nichts dagegen hast.«

Es folgte ein Schweigen von hinreichender Dauer, um gleichzeitig neue Hoffnung zu schöpfen und mir ernste Sorgen zu machen.

»Einen Augenblick.«

Beim Warten vernahm ich gelegentlich das Geräusch scheppernden Metalls, als würde jemand stapelweise Eisenplatten bewegen ... *äußerst schwere* Eisenplatten, dem Lärm nach zu urteilen. Das verwunderte mich, denn ich konnte mir beim besten Willen nicht vorstellen, weshalb Bunny Metallplatten in ihrem Zimmer lagern sollte.

Dann fiel mir ein, daß sie ja möglicherweise Besuch haben könnte.

»Ich kann auch später wiederkommen, falls es im Augenblick ungünstig sein sollte«, rief ich und verbot mir selbst jegliche Spekulation darüber, wer sich wohl zu dieser Uhrzeit in den Gemächern meiner Assistentin aufhalten könnte ... und aus welchem Grund.

Da flog die Tür auf und Bunny stand im Rahmen.

»Komm rein, Skeeve«, sagte sie ziemlich atemlos. »Das ist aber eine Überraschung!«

Das war es in der Tat.

Da sie nur umrißhaft vom Licht beschienen war, glaubte ich erst, sie sei splitternackt. Doch als sie sich umdrehte, stellte ich fest, daß sie in Wirklichkeit etwas

Grelles, Enges anhatte, das sich wie aufgemalt an ihre Haut schmiegte.

»Äh ...«, sagte ich redegewandt, unfähig, den Blick von ihr zu reißen.

»Tut mir leid, wenn ich so furchtbar aussehe«, erwiderte sie, grabschte ein Handtuch und fing an, sich damit den Schweiß von Gesicht und Hals zu wischen. »Habe gerade ein bißchen trainiert.«

Dann setzte sie sich auf die Bettkante. »Und, was gibt's?« fragte sie.

»Im Prinzip bin ich gekommen«, erklärte ich, »um mich bei dir zu entschuldigen, Bunny.«

»Wofür?« Sie wirkte aufrichtig überrascht.

»Dafür, wie ich mich heute morgen benommen habe ... oder wann immer ich aufgewacht bin.«

»Ach so, das«, meinte sie und wandte den Blick ab. »Dafür brauchst du dich nicht zu entschuldigen. Wenn man einen Kater hat, hängt man immer ein bißchen durch.«

Es war zwar nett von ihr, das so auszudrücken, doch wollte ich es dabei nicht bewenden lassen.

»Nein, es ist noch mehr als das, Bunny. Du hast versucht, einige berechtigte Sorgen wegen meiner Gesundheit und Verfassung vorzubringen, und ich habe es dir schwergemacht, weil ich nicht bereit für das war, das du mir gesagt hast. Ich schätze, ich wollte es gar nicht hören. Bei all den vielen Dingen, die ich gerade auf die Reihe zu bekommen versuche, hatte ich wirklich keine Lust auf ein weiteres Problem, das alles noch komplizierter macht.«

Ich hielt inne und schüttelte den Kopf.

»Ich wollte dir nur mitteilen, daß ich seitdem darüber nachgedacht habe, was du mir erzählt hast, und ich bin zu dem Schluß gelangt, daß du vielleicht recht hast, was mein Alkoholproblem angeht. Ich bin mir zwar nicht ganz sicher, das will ich auch nicht verschweigen, aber ich habe genügend berechtigte Zweifel, um es für eine Weile erst einmal etwas ruhiger anzugehen.«

Ich setzte mich neben sie aufs Bett und legte ihr den Arm um die Schulter.

»Aber ob du nun recht hast oder nicht, auf jeden Fall möchte ich dir für deine Anteilnahme und Fürsorge danken. Und *das* ist es, was ich dir heute morgen hätte sagen sollen, anstatt in die Defensive zu gehen.«

Plötzlich umarmte sie mich und vergrub das Gesicht in meiner Brust.

»Ach, Skeeve«, ertönte ihre gedämpfte Stimme. »Ich mache mir halt solche Sorgen um dich. Ich weiß ja, daß du mitten in einigen schweren Entscheidungen steckst, und ich möchte deine Probleme nicht noch vergrößern. Ich wünschte nur, es gäbe noch mehr, was ich tun könnte, um es dir leichter zu machen. Aber es sieht so aus, als würde ich immer alles nur schlimmer machen, wenn ich mal versuche, dir zu helfen.«

Langsam wurde ich mir bewußt, daß sie leise vor sich hin weinte, obwohl ich nicht so sicher war, warum. Außerdem wurde mir *äußerst* bewußt, daß zwischen mir und dem Körper, den sie da gerade an mich preßte, nicht allzu viele Kleidungsstücke waren ... und daß wir auf einem Bett saßen ... und ...

Ich versagte mir diesen Gedankengang, schämte mich irgendwie meiner selbst. Bunny war offenkundig meinetwegen aufgewühlt und besorgt. Da wäre es unanständig von mir gewesen, diesen Augenblick zu beflecken, indem ich Gedanken an ...

Ich vertrieb mir die Gedanken aufs neue.

»Komm schon, Bunny«, sagte ich leise und streichelte ihr Haar mit einer Hand. »Du bist mir doch schon eine Riesenhilfe! Du weißt genau – und ich weiß das auch –, daß ich völlig aufgeschmissen wäre, wenn ich ohne dein Fachwissen die Finanzen des Königreichs sanieren sollte. Das hast du alles ganz allein auf dich genommen.«

Ich nahm sie bei den Schultern und drückte sie sanft ein Stück von mir ab, um ihr in die Augen blicken zu können.

»Und darüber hinaus«, fuhr ich fort, »bemühst du dich ja schon nach Kräften, mehr als das zu tun. Und das ist vermutlich auch klug so. So wie heute morgen, als du mit mir über mein Alkoholproblem gesprochen hast. Das weiß ich zu schätzen ... ganz bestimmt. Einige Sachen muß ich allerdings allein bewältigen. So sollte es ja auch sein. Niemand kann oder sollte meine Entscheidungen für mich treffen, denn schließlich muß ich ja auch mit den Folgen leben. Alles, was du tun kannst ... was überhaupt irgend jemand tun kann ... um mir zu helfen, ist, Geduld mit mir zu haben. In Ordnung?«

Sie nickte und wischte sich die Tränen aus den Augen.

»Tut mir leid, dieser Wasserfall«, sagte sie reumütig. »Herrje! Das erste Mal, daß du auf mein Zimmer kommst, und ich sehe ganz furchtbar aus!«

»Also das ist nun *wirklich* albern«, meinte ich lächelnd und stupste ihre Nase in gespielter Strenge mit der Fingerspitze. »Du siehst phantastisch aus ... wie immer. Falls du *das* noch nicht wissen solltest, sei es dir hiermit kundgetan.«

Danach war es nur natürlich, sie zu küssen ... ein kurzer, freundlicher Kuß. So fing es jedenfalls an. Dann wurde er immer länger und länger, und ihr Körper schien an meinem dahinzuschmelzen.

»Na ja, ich glaube, ich sage jetzt wohl besser mal gute Nacht«, meinte ich schließlich und löste mich von ihr. »Morgen ist ein großer Tag.«

Das war eine freche Lüge, denn der morgige Tag versprach nicht mehr und nicht weniger arbeitsreich zu werden als jeder andere auch. Doch war mir klar geworden, daß ich der Sache ein Ende setzen mußte. Sollte sich unsere ... äh körperliche Verbindung nämlich weiterentwickeln, würde ich Schwierigkeiten bekommen, mich selbst davon zu überzeugen, daß ich allein aus dem Grund auf Bunnys Zimmer gekommen war, um mich bei ihr zu entschuldigen und mich für ihre Fürsorglichkeit zu bedanken.

Einen verrückten Augenblick lang kam es mir noch so vor, als würde sie gegen mein Gehen protestieren. Hätte sie das getan, ich weiß nicht, ob meine Entschlußkraft gereicht hätte, mich wirklich durch die Tür hinauszuverfügen.

Sie wollte irgend etwas sagen, doch dann unterbrach sie sich selbst und atmete statt dessen tief durch.

»Gute Nacht, Skeeve«, meinte sie schließlich. »Besuch mich ruhig mal wieder ... bald.«

Es ist eine Untertreibung, wenn ich sage, daß mir auf dem Weg zu meinem Zimmer eine Menge Gedanken durch den Kopf gingen.

Bunny hatte sich bei unserer ersten Begegnung reichlich eindeutig an mich herangemacht, und ich hatte sie damals mit großem Tamtam abgewiesen, darauf bestanden, unsere Beziehung rein beruflicher Natur bleiben zu lassen. Konnte ich da jetzt tatsächlich einen Kurswechsel vertreten, ohne mich völlig lächerlich zu machen? Würde sie es überhaupt zulassen? Sicher, sie schien durchaus interessiert zu sein, aber möglicherweise machte ich mir selbst ja nur etwas vor.

Außerdem war da noch die Frage, ob ich überhaupt das Recht hatte, Ausschau nach einer neuen Partnerin zu halten, während ich noch mit der Entscheidung beschäftigt war, wie ich auf Königin Schierlingsflecks Antrag reagieren sollte. Die Nacht mit Cassandra war zwar ein Abenteuer und eine lehrreiche Erfahrung gewesen, aber nicht einmal ich konnte mir vormachen, daß mit Bunny eine solche belanglose Kurzbeziehung möglich gewesen wäre.

Was wollte ich denn nun genau ... und von wem?

Immer noch in Gedanken versunken, öffnete ich die Tür zu meinem Zimmer ... und fand dort einen wartenden Dämon vor.

14

›Es geht doch nichts über eine geistvolle Unterhaltung!‹

Hamlet

Nun wissen ja jene unter euch, die meine Abenteuer mitverfolgt haben, daß es nichts Neues für mich ist, einen Dämon in meinem Zimmer vorzufinden. Tatsächlich ist das heutzutage gar nicht mal so selten, obwohl ich gelegentlich immer noch meine liebe Mühe damit habe, mich daran zu gewöhnen.

Natürlich sind mir auch manche Dämonenbesucher lieber als andere.

Dieses Exemplar war ein süßes kleines Ding. Sie hatte kurzgeschnittenes braunes Haar, das ein rundes Gesicht mit großen, weit auseinanderliegenden Mandelaugen einrahmte, eine Stupsnase und kleine, herzförmige Lippen. Außerdem verfügte sie über eine großzügige Anzahl von Kurven, alle an der richtigen Stelle, die von ihrer Haremsausstattung mit irritierender Deutlichkeit hervorgehoben wurde. Das Problem war nur, daß sie winzig war. Nicht etwa »klein«, nein, wirklich ... *winzig*.

So appetitlich die vor mir schwebende Gestalt auch sein mochte, war sie doch kaum vier Zoll hoch.

»Hallo!« zirpte die winzige Dame mit melodischer Stimme. »Du mußt Skeeve sein. Ich bin Daphnie.«

Es gab eine Zeit, da hätte mich das noch aus der Fassung gebracht. Durch meine jüngsten Reisen allerdings, auf denen ich so etwas schon gesehen hatte, war ich dagegen gewappnet.

»Sag nichts, laß mich lieber raten«, sagte ich mit meinem gelassensten, weltmännischsten Gebaren. »Du bist ein Djinn. Richtig? Aus Djinger?«

»Na ja ... genaugenommen eine Djeanie. Aber wenn wir Freunde werden wollen, verbitte ich mir irgendwelche Anzüglichkeiten wegen der Djeanie mit dem hellbraunen Haar. Okay?«

Ich musterte sie einen Augenblick und wartete darauf, daß sie noch den Rest dessen nachlieferte, was offensichtlich ein Witz hatte werden sollen. Doch anstatt weiterzusprechen, sah sie mich nur erwartungsvoll an.

»Okay«, willigte ich schließlich ein. »Das dürfte nicht allzu schwierig sein.«

Sie beäugte mich noch eine Weile und schüttelte schließlich den Kopf.

»Du bist wahrscheinlich der einzige in sämtlichen bekannten Dimensionen, der dieses Land nicht kennt«, sagte sie. »Bist du *sicher,* daß du Skeeve bist? Der Große Skeeve?«

»Hm ... schon. Kennen wir uns?«

Als ich merkte, wie dämlich meine Frage war, beeilte ich mich, sie umzuformulieren, bevor ich eine entsprechend dämliche Antwort erhielt.

»Nein. Ich bin sicher, daran hätte ich mich erinnert, wenn wir uns schon einmal begegnet wären.«

Aus irgendeinem Grund schien ihr meine tolpatschige Richtigstellung zu behagen.

»Das ist aber lieb«, meinte sie und schwebte heran, um mir mit einer weichen Hand die Wange entlangzufahren. Es fühlte sich so sanft wie die Berührung eines Schmetterlings an. »Nein. Ich hatte noch nicht das Vergnügen. Aber wir haben einen gemeinsamen Bekannten. Erinnerst du dich noch an einen Djinn namens Kalvin?«

»Kalvin? Na klar. Er hat mir vor einer Weile mal geholfen, als ich auf Perv war.«

»Auf Perv, wie?« wiederholte sie und wirkte für einen Augenblick verwirrt, bis sich ihre Miene wieder aufhellte. »Na ja, jedenfalls hat er dich erwähnt und gesagt, daß ich mal vorbeischauen und dich von ihm grüßen soll, falls ich hier in der Gegend wäre.«

»Wirklich? Das ist aber nett von ihm ... ich meine, von dir.«

Ich war angenehm überrascht von Kalvins Aufmerksamkeit. Ich bekomme nicht allzuviel Besuch aus anderen Welten, und meistens sind es nur Leute, die in der einen oder anderen Sache Hilfe haben wollen. Dabei fiel mir auch auf, daß mir selbst noch nie der Gedanke gekommen war, mal eben bei den vielen Leute vorbeizuschauen, denen ich im Zuge meiner zahlreichen Abenteuer begegnet war, und so machte ich mir im Geiste eine Notiz, diesen Zustand später bei Gelegenheit zu korrigieren.

»Und, wie geht es Kalvin denn so? Hat er sich wieder auf Djinger eingelebt, nachdem er so lange fort war?«

»Och, er kommt schon zurecht«, sagte die Djeanie und zuckte dabei mit den Schultern ... was bei einem derart wohlgeformten Körper in Haremsausstattung zu interessanten Effekten führte. »Du weißt ja, wie das ist. Es dauert immer ein Weilchen, sich wieder an den alten Trott zu gewöhnen, wenn man eine Zeitlang ausgespannt hat.«

»Sag mal ... wenn wir uns noch ein bißchen unterhalten wollen, hättest du vielleicht etwas dagegen, meine Größe anzunehmen? Das würde mir das Gespräch doch sehr erleichtern.«

Um ehrlich zu sein, nachdem ich gesehen hatte, was passiert war, als sie mit den Schultern zuckte, wuchs mein Interesse, ihren Körper auch einmal in größerem Maßstab zu betrachten. Und wenn es mir nur das unbehagliche Gefühl vertrieb, daß ich mich körperlich für eine sprechende Puppe zu interessieren begann.

»Kein Problem«, meinte sie und wedelte mit den Armen.

Die Luft waberte und schimmerte, dann stand sie in meiner Größe vor mir. Na ja, sie war immer noch einen knappen Kopf kürzer als ich, was mich in die aufregende Position versetzte, auf sie hinunterzuschauen.

»Sag mal, ist das hier ein Kloster oder so was?«

»Was? O nein, das ist der königliche Palast von Possiltum«, antwortete ich. »Warum? Sehe ich aus wie ein Mönch?«

Das sollte natürlich eine Fangfrage sein. Ich war dieser Tage doch ziemlich stolz auf meine Garderobe, und jeder Mönch, der sich so gekleidet hätte wie ich, hätte damit gegen jedes Armutsgelübde verstoßen.

»Eigentlich nicht«, räumte sie ein. »Aber für jemanden, der so weitgereist sein soll wie der Große Skeeve, zeigst du ein reichlich großes Interesse an meinem Dekolleté. Gibt es denn in dieser Dimension keine Frauen?«

Ich schätze, ich hatte wohl wirklich etwas aufdringlich hingestiert, aber nicht damit gerechnet, daß sie es bemerken würde ... oder falls doch, daß sie einen Kommentar dazu abgeben würde. Aber wenn ich in den Jahren mit Aahz eins gelernt habe, dann ist es das wortreiche Überspielen meiner Mängel.

»Doch, wir haben hier durchaus Frauen«, sagte ich mit lockerem Lächeln. »Aber ehrlich gesagt glaube ich, daß man deinen Ausschnitt überall anstieren dürfte, egal welche Dimension du gerade aufsuchst.«

Sie errötete erkennbar.

»Doch so anstierenswert, wie er auch ist«, fuhr ich

gelassen fort, »war mein Interesse tatsächlich eher beruflicher Art. Abgesehen von Kalvin bist du die einzige Bewohnerin von Djinger, der ich je begegnet bin, und ich habe mich gerade gefragt, ob deine Nummer mit der Größenveränderung nur ein Tarnzauber oder echte Gestaltwandlung ist.«

Auch wenn ich es selbst behaupte: gar nicht so schlecht, wie ich mich da aus einer peinlichen Situation elegant herausgeredet hatte. Jedenfalls schien Daphnie es zu akzeptieren.

»Ach, das«, meinte sie unter erneutem Achselzukken. Diesmal schaffte ich es allerdings, den Blickkontakt zu halten. Es hatte keinen Sinn, mein Glück zu strapazieren. »Das ist schon echt ... eine Gestaltwandlung, meine ich. Es gehört zu den ersten Dingen, die ein Djinn ... oder besonders eine Djeanie ... lernen muß. Wenn deine ganze Dimension im Wunscherfüllungsgeschäft ist, mußt du einfach in der Lage sein, alle Arten von Phantasien zu bedienen.«

Mein Verstand geriet für eine Weile etwas aus den Fugen, als er eine ganze Reihe nicht druckfähiger Phantasien durchging, die alle mit Daphnie zu tun hatten; aber sie war noch nicht fertig.

»Es ist nicht nur die Größe ... na ja, die Höhe, meine ich. Wir können uns auch in alle beliebigen Proportionen verschieben, je nachdem, wie das örtliche Pin-up-Ideal aussieht. Schau doch mal!«

Mit diesen Worten begann sie, mir die beeindrukkendste Parade weiblicher Körper vorzuführen, die ich je gesehen hatte – nur daß es immer sie selbst war! In schneller Folge wurde sie erst hager, dann üppig, dann langbeinig, während sie zugleich Haarlänge und -farbe veränderte und ihr Teint von zarter Bleiche über eine dunklere Tönung bis zu ihrer normalen Zimtfarbe spielte. In diesem Augenblick beschloß ich, daß ich diese Dimension Pin-up auf jeden Fall mal aufsuchen wollte – und zwar möglichst bald!

Meine zweite Reaktion war weitaus wenige berechenbar. Vielleicht lag es ja daran, daß ich in letzter Zeit so viel über die Frauen und das Heiraten nachgedacht hatte, doch während ich die Vorführung ihrer Gestaltwandlungskünste bewunderte, kam mir der Gedanke, daß sie eine interessante Ehefau abgeben würde. Ich meine, daß muß man sich doch einmal überlegen: eine Frau, die jede beliebige Größe, Form oder Persönlichkeit annehmen konnte, wie sie gerade wollte! Das würde mit Sicherheit der Furcht Paroli bieten, sich den Rest seines Lebens mit einer einzigen Frau langweilen zu müssen.

»Sehr beeindruckend«, bemerkte ich und zwang mich zur Unterbrechung meines vorhergehenden Gedankengangs. »Sag mal, hast du dir eigentlich schon mal eine Karriere als Model überlegt?«

Daphnies Augen verengten sich kurz, dann entspannte sich ihre Miene wieder.

»Ich will mal annehmen, das war als Kompliment gemeint. Richtig?« fragte sie.

Das verwirrte mich nun echt.

»Natürlich«, erwiderte ich. »Warum? Ist es etwa keins?«

»Ich bin so attraktiv, daß ich meinen Lebensunterhalt damit verdienen könnte – ist es das, woran du gedacht hast?«

»Hm ... ja. Aber so, wie du es ausdrückst, klingt es plötzlich *doch* etwas dubios.«

»Du hast ja keine Ahnung«, meinte die Djeanie augenrollend. »Hör zu, Skeeve. Ich habe es tatsächlich mal mit diesem Spiel versucht ... und du hast recht, ich kann das gut, und es gibt auch gutes Geld dafür. Furchtbar ist nur, was damit alles zusammenhängt.«

»Das verstehe ich nicht«, gestand ich.

»Zum ersten mag der Job von außen betrachtet ja ganz toll wirken, aber das ist er in Wirklichkeit nicht. Er bedeutet nur Überstunden unter unbequemen Bedingungen, verstehst du? Ich meine, für die meisten Leute ist ein Strandbesuch wahrscheinlich ein Vergnügen, aber versuch mal, sechs Stunden lang am selben Fleck zu sitzen, während sich die Wellen über dir brechen, nur damit der blöde Fotograf ›genau die richtige Einstellung und Beleuchtung‹ bekommt ... und dann wird der Schuß hinterher meistens nicht einmal verwendet.«

Ich nickte mitfühlend, während ich mich zugleich fragte, was wohl ein Fotograf war und weshalb sie stillhielt, während er auf sie schoß.

»Und dann meinen die Leute auch noch, daß man als Model einen tollen gesellschaftlichen Status hätte«, fuhr sie fort. »In Wirklichkeit hat man ungefähr so viel Status wie eine Rinderhälfte am Fleischerhaken. Du stehst vielleicht im Mittelpunkt der Aufmerksamkeit, aber für die Leute, die mit dir zusammenarbeiten, bestehst du nur aus soundso viel Pfund Fleisch, das in Stellung gebracht und vermarktet werden muß. Versteh mich nicht falsch, ich habe es genauso gern, wenn man meinen Körper berührt, wie jede andere Frau auch, aber irgendwie möchte ich dann auch, daß derjenige, der es gerade tut, dabei an *mich* denkt. Tatsächlich aber bist du da nur eine bessere Marionette, die man um des Effekts willen herumscheucht.«

»Aha«, sagte ich und nahm mir vor, daß ich, sollte ich jemals Gelegenheit bekommen, ihren Körper anzufassen, ganz bestimmt dabei an sie denken würde.

»Und dann ist da natürlich noch die Mühe, die

ganze Ausrüstung in Schuß zu halten. Die meisten Frauen finden, daß sie besser aussehen, wenn sie ein paar Pfunde abnehmen oder den Muskeltonus festigen ... und manchmal arbeiten sie sogar daran. Na, ich kann dir eins sagen, wenn dein ganzer Lebensunterhalt von deinem Aussehen abhängt, ist es sehr viel mehr als ein bloßes Freizeithobby, den Körper zu pflegen. Das ist eine Vollzeitbeschäftigung! Dein ganzes Leben dreht sich nur um Diät und Sport, ganz zu schweigen vom Teint und den Haaren. Klar, ich habe einen gewissen Vorteil, weil ich gestaltwandeln kann. Aber du kannst mir glauben, je weniger du magisch tun mußt, um so weniger belastest du den Organismus und um so länger hält die Maschine durch.

Was noch ein weiteres Problem aufwirft: Was immer du tust, um dein Aussehen zu pflegen, es ist und bleibt ein Kampf mit der Zeit, den du früher oder später verlieren mußt. Djeanies mögen zwar länger leben als einige der Frauen aus anderen Dimensionen, aber irgendwann wird jeder vom Alter eingeholt. Lebenswichtige Merkmale, die früher ein Augenfänger waren, fangen an zu erschlaffen und abzusacken, die Haut an Hals und Händen sieht immer mehr aus wie nasse Papiertaschentücher, und dann bist du plötzlich raus aus dem Geschäft, bevor du auch nur ›Vettel‹ sagen kannst, um von irgend jemandem aus der nicht enden wollenden Schar junger Aufsteigerinnen ersetzt zu werden. Klasse, wie?«

Das machte mich nachdenklich. Im Leben eines Magikers spielt das Alter keine besonders große Rolle. Ja, zu Anfang habe ich meinen Tarnzauber sogar dazu eingesetzt, mich älter aussehen zu lassen, weil niemand glauben mochte, daß ein junger Zauberer auch etwas konnte. Die Vorstellung, seine Stellung verlieren zu können, nur weil man älter geworden war, fand ich gräßlich. Und so war ich froh, daß die meisten Berufe nicht dieselben Altersgrenzen kannten wie eine Karriere als Model.

»Und um die Sache abzurunden«, fuhr Djeanie fort, »ist da noch die kleine Frage, wie die Leute einen behandeln. Die meisten Männer fühlen sich von deinem Aussehen eingeschüchtert und machen einen weiten Bogen um dich. Klar, sie gaffen dich an und geifern, vielleicht haben sie auch ein paar schmutzige Phantasien, aber verabreden tun sie sich nicht mit dir. Wenn sie nicht gerade selbst phantastisch aussehen oder ihr Ego in einer Eisenpanzerung steckt, haben sie Angst, sie könnten in einen Vergleich vom Typ ›die Schöne und das Biest‹ hineingezogen werden. Und jene, die dann tatsächlich kommen, tun es mit ganz bestimmten Vorstellungen – und zu denen gehört ganz bestimmt nicht, daß du redest oder auch nur einen vernünftigen, eigenständigen Gedanken hast. Die wollen nur eine Dekoration, und wenn sich herausstellt, daß in der glänzenden Verpackung tatsächlich eine Persönlichkeit steckt, reagieren sie nicht etwa nur überrascht, sondern regelrecht verärgert.«

Sie seufzte und schüttelte den Kopf.

»Tut mir leid, daß ich so in Fahrt geraten bin, aber es ist nun mal mein Lieblingsärgernis. Wenn man genauer darüber nachdenkt, ist es eigentlich ziemlich traurig, daß Frauen überhaupt das Gefühl entwickeln können, ihr Aussehen sei das einzige, was sie der Welt zu bieten hätten. Ich persönlich schmeichle mir lieber, daß ich noch etwas mehr auf dem Kasten habe als nur das.«

Sie zog die Luft tief ein, atmete laut aus, dann lächelte sie und sah mich mit schräggelegtem Kopf an.

»Hm ... Wie wäre es denn«, fragte ich vorsichtig, »wenn ich nur sagte, daß du phantastisch aussiehst, und alle Spekulationen über dein Potential als Model einstelle?«

»Dann würde ich sagen: ›Danke, zu gütig, der Herr‹. Du selbst siehst ja auch nicht gerade schlecht aus.«

Sie lächelte wieder und machte einen kleinen Knicks. Ich widerstand erfolgreich der Versuchung, es mit einer Verbeugung zu erwidern.

Statt dessen war ich weitgehend damit beschäftigt, mir zu überlegen, worüber wir wohl als nächstes sprechen könnten, nachdem wir das Thema »Schönheit« erschöpft hatten.

»Und, wie hast du Kalvin eigentlich kennengelernt?« fragte Daphnie, womit sie dieses Problem für mich gleich löste. »Er hat sich so angehört, als wärt ihr beide alte Kumpel.«

Jetzt bewegten wir uns wieder auf vertrautem Terrain.

»Ach, ich habe ihn drüben im Bazar von Tauf gekauft. Na ja, um ganz genau zu sein, ich habe seine Flasche gekauft. Ich hatte nur Anspruch auf die Erfüllung eines einzigen Wunschs durch ihn ... aber das brauche ich dir ja wohl kaum zu erklären. Vermutlich kennst du die Routine sehr viel besser als ich. Ich habe ihn aber erst zwei Jahre später kennengelernt, als ich endlich dazu kam, die Flasche zu öffnen.«

»Das begreife ich nicht«, erwiderte sie mit einem allerliebsten Stirnrunzeln. »Warum hast du denn seine Flasche gekauft, wenn du sie erst Jahre später benutzen wolltest?«

»Der Grund, weshalb ich sie gekauft habe, ist eine lange Geschichte«, erwiderte ich und rollte dabei scherzhaft die Augen. »Und der Grund, weshalb ich sie so lange nicht benutzt habe, ist der, daß ich zu einer ziemlich beeindruckenden Gruppe von Magikanwendern gehöre … genaugenommen stehe ich ihr sogar vor. Die meisten Probleme lösen wir ganz gut aus eigener Kraft und ohne Hilfe von außen.«

Na schön, da habe ich eben ein bißchen aufgeschnitten! Zwar wußte ich nicht, ob sich zwischen uns jemals etwas entwickeln würde, aber ich fand sie süß genug, um der Ansicht zu sein, daß es nicht schaden könnte, sie ein wenig zu beeindrucken.

»Dann war er also die ganze Zeit mit dir zusammen? Vom Kauf seiner Flasche bis zur Erledigung seiner Pflicht auf Perv? Wann war das denn genau?«

Sie schien nicht sonderlich beeindruckt zu sein. Kalvin interessierte sie wohl mehr als ich – eine Situation, die ich etwas ärgerlich fand.

»Och, das ist noch nicht allzu lange her«, meinte ich. »Erst ein paar Wochen. Natürlich verläuft die Zeit nicht in allen Dimensionen im selben Tempo … aber das weißt du sicherlich selbst.«

»Schon«, erwiderte sie nachdenklich. »Sag mir eins, hat er gesagt, daß er sofort nach Djinger zurückkehren würde? Oder wollte er vorher noch irgendwo haltmachen?«

»Laß mich nachdenken. Soweit ich mich erinnere, hat er nicht … einen Augenblick mal! Hat er es denn nicht nach Djinger geschafft? Ich dachte, er hätte dir aufgetragen, mich zu besuchen.«

Ich war sowohl besorgt als auch verwirrt. Wenn Daphnie nach Kalvin suchte, wie hatte sie dann überhaupt von mir erfahren? Ich kannte keine anderen Djinnis … und auch sonst niemanden, der regelmäßig nach Djinger reiste.

»Ach, zurückgekommen ist er durchaus«, sagte sie achselzuckend. »Ich war nur ein bißchen neugierig, was …«

Da ertönte ein leises BAMPF, und ein zweiter Djinn materialisierte im Zimmer. Diesen erkannte ich sofort als Kalvin wieder, über den ich ja gerade mit Daphnie gesprochen hatte. Allerdings sah ich auch auf den ersten Blick, daß irgend etwas nicht stimmte.

15

›Selig sind die Friedensstifter, denn sie kriegen gleich von beiden Seiten eins auf die Nuß.‹

Inoffizielles UNO-Motto

Während meines Besuchs auf Perv hatte ich Kalvin ganz gut kennengelernt, und im Laufe jenes Abenteuers hatte er sich so unerschütterlich und krisenfest gezeigt wie niemand sonst, dem ich bisher begegnet war. Jetzt dagegen wies er sämtliche klassischen Symptome einer Person auf, die im Begriff stand, ihre Beherrschung zu verlieren: zusammengebissene Zähne, gerunzelte Stirn, verspannte Miene – einfach alles.

Glücklicherweise schien sich sein Zorn nicht gegen mich, sondern gegen meine Besucherin zu richten.

»Das hätte ich mir doch denken können!« knurrte er und gewährte mir nicht einmal die Andeutung eines Nickens zur Begrüßung. »Ich hätte gleich als erstes hier nachsehen sollen, als du verschwunden bist.«

Mir fiel ein, daß ich nicht allzuviel über Djinnis wußte, daß es aber ganz unzweifelhaft ungesund werden konnte, wenn sie sich über einen ärgerten. In Anbetracht der Tatsache, daß die Magik – wie ein Messer – sowohl zu förderlichen als auch vernichtenden Zwecken verwendet werden kann, hätte mein erster Reflex eigentlich dem Versuch gelten müssen, Kalvin so schnell wie möglich zu beruhigen ... oder das Weite zu suchen.

Zu meiner Überraschung jedoch wirbelte Djeanie herum und schleuderte ihm eine Masse an Wut entgegen, die seiner durchaus ebenbürtig zu sein schien.

»Ach ja, verstehe«, fauchte sie ihn an. »Wenn *du* manchmal jahrelang weg bleibst, ist das völlig in Ordnung; aber sobald ich auch nur mal vor die Tür gehe, kommst du mich gleich suchen!«

Das Interesse, das ich an Daphnie entwickelt hatte, vollführte eine kreischende Vollbremsung. Innerhalb weniger Sekunden hatte sich ihre Persönlichkeit von einer flirtenden Kokotte in die einer schrillen Xanthippe verwandelt. Und außerdem schien ihre Beziehung zu Kalvin weit über die »Bekanntschaft« hinauszugehen, von der sie ursprünglich gesprochen hatte.

»Das war geschäftlich«, erwiderte der Djinn gerade. Er schwebte noch immer Nase an Nase vor meiner Besucherin. »Schon mal gehört? Das ist diese komische Tätigkeit, durch die in unserer ganzen Dimension das Essen auf den Tisch kommt? Und außerdem, wenn du dir nur mal die Füße vertreten wolltest, wäre mir das egal. Aber ich habe WIRKLICH etwas dagegen, wenn du dich davonstiehlst, um mir nachzuspionieren!«

»Was ist denn schon dabei? Das dürfte dich doch nicht weiter stören ... es sei denn, du hast mir nicht *alles* gesagt.«

»Mich stört, daß du es nicht fertigbringst, mir zu glauben«, schoß Kalvin zurück. »Warum machst du dir überhaupt die Mühe, mir Fragen zu stellen, wenn du mir die Wahrheit dann doch nicht glaubst?«

»*Früher* habe ich dir mal alles geglaubt. Aber DU warst es ja, der mich eines Besseren belehren mußte. Erinnerst du dich nicht mehr?«

Das Gespräch schien nicht vom Fleck zu kommen, und so nahm ich meinen Mut zusammen und trat vor, um einzugreifen.

»Entschuldigt mal, aber ich dachte eigentlich, ihr beide wärt Freunde.«

Kalvin brach sein Streitgespräch ab, um mir einen vernichtenden Blick zuzuwerfen.

»Freunde? Hat *sie* dir das erzählt?«

Dann stürzte er sich wieder auf die Djeanie.

»Weißt du, Mädchen, für jemanden, der mich ständig bezichtigt, ich würde lügen, gehst du ziemlich lässig und unbekümmert mit der Wahrheit um!«

»Werd nicht albern«, versetzte die Djeanie. »Wenn ich ihm erzählt hätte, daß ich deine Frau bin, hätte er dir doch nur den Rücken gedeckt. Denkst du etwa, ich wüßte nicht, wie ihr Männer das Blaue vom Himmel runterlügt, um euch gegenseitig zu schützen?«

»Einen Augenblick mal«, unterbrach ich. »Hast du ›Frau‹ gesagt? Seid ihr beide verheiratet?«

Was immer von meinem Interesse an Daphnie noch übriggeblieben sein mochte, verabschiedete sich nun ohne einen Piepser.

»Na klar«, erwiderte Kalvin mit einer Grimasse. »Siehst du denn nicht, wie wir uns gegenseitig mit Liebe und Zuneigung förmlich überschütten? Natürlich sind wir verheiratet! Glaubst du etwa, einer von uns würde sich so etwas von einem Fremden gefallen lassen?«

Er schüttelte den Kopf und schien für einen Augenblick beinahe wieder zu seinem alten Ich zurückzufinden.

»Ach, übrigens, Skeeve, nett, dich wiederzusehen«, sagte er und ließ ein gequältes Lächeln aufblitzen. »Tut mir leid, daß ich meine Manieren vergessen habe, aber ich rege ... egal, auch wenn es schon ein bißchen zu spät dafür ist, möchte ich dir meine Frau Daphnie vorstellen.«

»Na, jetzt weiß ich wenigstens, was ich tun muß, damit du mich mal einem deiner Geschäftsfreunde vorstellst!«

Und schon gerieten die beiden wieder in Fahrt.

Es klopfte an der Tür.

Ich machte auf und dachte, daß es doch nett sei, wenigstens ein paar Leute zu kennen, die auf ganz normale Weise in mein Zimmer kamen ... will sagen, durch die Tür ... anstatt einfach unangekündigt aus dem Nichts zu erscheinen.

»Ist alles in Ordnung, Boß? Ich dachte, ich hätte Stimmen gehört.«

»Na klar«, erwiderte ich. »Es ist nur ... Guido?«

Mein Gehirn mußte mit mehreren Bildern und Vorstellungen gleichzeitig fertig werden, und darin war es nicht unbedingt eine heiße Nummer. Als erstes kam die Erkenntnis, daß Guido von seiner Mission als Spezialsteuereintreiber zurückgekehrt war. Und als zweites, daß er den Arm in einer Schlinge trug.

Letzteres überraschte mich wohl mehr als ersteres. Nachdem wir schon so viel Zeit miteinander zugebracht hatten, war in mir der Glaube entstanden, daß meine Leibwächter unverwundbar seien. Da war es doch ein wenig beunruhigend, daran erinnert zu werden, daß man ihnen ebensosehr körperlichen Schaden zufügen konnte wie jedem anderen.

»Wieso bist du denn zurück?« fragte ich. »Und was ist mit deinem Arm passiert?«

Anstatt zu antworten, spähte er mißtrauisch an mir vorbei zu den sich streitenden Djinnis hinüber.

»Was ist denn da los, Boß?« wollte er wissen. »Wer sind diese beiden Komiker überhaupt?«

Ich war ein wenig überrascht, daß er meine Besucher überhaupt sehen und hören konnte, aber dann fiel mir wieder ein, daß ein Djinn nur dann allein vom Besitzer seiner Flasche gesehen und gehört werden kann, wenn er vertraglich entsprechend gebunden ist.

»Och, das sind nur zwei Freunde von mir«, erwiderte ich. »Na ja ... so was Ähnliches jedenfalls.

Ich dachte eigentlich, sie seien nur vorbeigekommen, um mal hallo zu sagen, aber wie du siehst, ist die Sache ein bißchen aus dem Ruder gelaufen. Der mit dem Bart ist Kalvin, und die Dame, mit der er sich gerade streitet, ist seine Frau Daphnie.«

Das hielt ich eigentlich für eine ziemlich unverfängliche Erklärung, aber Guido fuhr zurück, als hätte ich ihn geschlagen.

»Hast du gesagt ›seine Frau‹?«

»Ja, genau. Warum?«

Mein Leibwächter trat vor, um sich zwischen mir und dem streitenden Paar aufzubauen.

»Geh raus, Boß«, sagte er tonlos.

»Was?« Ich glaubte erst, ihn mißverstanden zu haben.

»Boß«, zischte er erregt. »Ich bin dein Leibwächter. Stimmt's? Schön, als dein Leibwächter, der im Augenblick für die Aufrechterhaltung deiner Gesundheit verantwortlich ist, sage ich dir – raus hier!«

»Aber …«

Guido war anscheinend nicht dazu bereit, die Sache noch weiter zu diskutieren. Statt dessen riß er mich mit seinem heilen Arm von den Beinen und trug mich hinaus in den Gang, wo er mich nicht allzu sanft an der Wand neben der Tür deponierte.

»Und jetzt bleibst du hier«, sagte er und wackelte mit einem massiven Finger vor meiner Nase. »Kapiert? *Hiergeblieben*!«

Ich erkannte den Ton in seiner Stimme wieder. Es war genau der gleiche, wie ich ihn benutzte, wenn ich versuchte, Gliep einen einfachen Befehl zu geben … zum dritten- oder viertenmal, nachdem er mich beharrlich ignoriert hatte. Ich beschloß zu beweisen, daß ich klüger war als mein Haustier, indem ich dem Befehl tatsächlich gehorchte.

»In Ordnung, Guido«, sagte ich mit knappem Nikken. »Ich bleibe genau hier.«

Er zögerte einen Moment, musterte mich, um abzuschätzen, ob ich wohl einen Fluchtversuch in Richtung Tür unternehmen würde. Dann nickte er befriedigt, drehte sich um und kehrte ins Zimmer zurück, wobei er die Tür hinter sich schloß.

Zwar konnte ich in der Folge das Gesagte nicht genau verstehen, doch hörte ich, wie die zankenden Stimmen einen Moment verstummten. Dann ertönten sie wieder in wütendem Chor, unterbrochen durch Guidos Stimme, und schließlich – Stille.

Nach einigen weiteren, langen Augenblicken des Schweigens ging die Tür wieder auf.

»Du kannst jetzt wieder reinkommen, Boß«, verkündete mein Leibwächter. »Sie sind weg.«

Ich verließ meinen Posten an der Wand und betrat wieder mein Zimmer. Ein kurzer Blick bestätigte mir, was mein Leibwächter schon behauptet hatte: Die Djinnis waren mit unbekanntem Ziel abgereist. Überraschenderweise reagierte ich mit leisem Verdruß darauf, daß sie sich nicht einmal die Mühe gemacht hatten, sich ordnungsgemäß zu verabschieden.

Und ich merkte auch, daß ich gern einen Kelch Wein zu mir genommen hätte, unterdrückte dieses Verlangen aber. Statt dessen nahm ich auf der Bettkante Platz.

»Also gut, Guido«, sagte ich. »Was sollte das alles?«

»Tut mir leid, daß ich so reingeplatzt bin, Boß«, erwiderte mein Leibwächter, der dabei allerdings überhaupt nicht so aussah, als täte ihm irgend etwas leid. »Du weißt ja, daß das eigentlich nicht mein Stil ist.«

»Warum hast du es dann getan?«

»Was ich getan habe, war, meiner Pflicht nachzukommen«, versetzte er. »Als dein Leibwächter habe ich versucht, dich davor zu schützen, verletzt oder möglicherweise sogar umgebracht zu werden. Dafür bezahlst du mich, jedenfalls entspricht das meinem offiziellen Tätigkeitsprofil.«

»Mich schützen? Vor den beiden? Ach, komm schon, Guido! Die haben sich doch bloß gestritten. Ja, sie haben sich nicht einmal *mit mir* gezankt. Das war nur ein kleiner, harmloser Familienkrach.«

»Bloß gestritten!« sagte mein Leibwächter und baute sich vor mir auf. *»Was bildest du dir ...«*

Plötzlich verstummte er wieder und trat einen Schritt zurück. Er keuchte schwer.

Ich war ehrlich verwirrt. Noch nie hatte ich Guido erregter erlebt, und ich hatte keinerlei Ahnung, was ihn so sehr aufwühlte.

»Tut mir leid, Boß«, sagte er schließlich in einem etwas normaleren Ton. »Nach dieser knappen Sache bin ich immer noch ein bißchen in Fahrt. Ist gleich vorbei.«

»Was für eine knappe Sache?« hakte ich nach. »Die haben sich doch bloß ...«

»Ich weiß, ich weiß«, antwortete er und winkte ab. »Sie haben sich doch *bloß gestritten*.«

Er atmete tief durch und streckte Arme und Hände aus.

»Weißt du, Boß, ich vergesse immer wieder, wie unerfahren du noch bist. Ich meine, in der Magikabteilung magst du vielleicht Spitze sein, aber wenn es um meine Spezialität geht, also um das Grobe und das Zeug für den Alltag, da bist du immer noch das reinste Wickelkind.«

Ein Teil von mir hätte dem gern widersprochen, da ich im Laufe der Jahre schon in einige ziemlich haarige Situationen geraten war, doch ich hielt lieber den

Mund. Guido und sein Vetter Nunzio waren Spezialisten, und wenn ich eins im besagten Laufe besagter Jahre gelernt hatte, dann war es, ihr Fachwissen zu respektieren.

»Verstehst du, Boß, die Leute sagen, daß Burschen wie ich und Nunzio gar nicht viel anders sind als die Bullen ... daß es dasselbe Spiel, nur auf entgegengesetzten Seiten, ist. Ich weiß nicht, vielleicht stimmt das ja sogar. Aber eins weiß ich mit Sicherheit: daß wir und unsere Kollegen von der anderen Seite uns in einem Punkt einig sind: Die Situation, die dich am schnellsten totmachen kann, das ist keine Schießerei oder ein Bandenkrieg. Sondern das ganz gewöhnliche HK-Szenario.«

»HK-Szenario«, wiederholte ich stirnrunzelnd. »Was meinst du damit?«

»Damit meine ich einen ›Hauskrach‹. Einen Familienstreit ... genau wie du ihn gerade miterlebt hast, als ich hereinkam. Die sind einfach tödlich, Boß. Vor allem zwischen Mann und Frau.«

Eigentlich wollte ich jetzt laut loslachen, aber er schien es so erbarmungslos ernst zu meinen, daß ich es mir lieber verkniff.

»Machst du Witze, Guido?« fragte ich also. »Was hätte denn da schon Gefährliches passieren sollen?«

»Mehr, als du dir vorstellen kannst«, versetzte er. »Das macht die HKs ja gerade so gefährlich. Bei einem gewöhnlichen Handgemenge kann man den Verlauf ziemlich genau verfolgen und sich ausrechnen, was als nächstes kommt. Aber Streitereien zwischen Eheleuten sind völlig unberechenbar. Da weißt du nie, wer gleich auf wen eindrischt, wann, warum oder womit, weil sie es nämlich selbst nicht wissen.«

Langsam begann ich zu verstehen – und ihm zu

glauben! So verliefen also HKs? Eine Vorstellung, die zugleich faszinierend und beängstigend war.

»Weshalb, glaubst du, ist das so, Guido? Was macht denn Streitereien zwischen Ehepaaren so explosiv?«

Mein Leibwächter runzelte die Stirn und kratzte sich am Kopf.

»Darüber habe ich noch nie viel nachgedacht«, antwortete er. »Wenn ich meine Meinung dazu abgeben müßte, würde ich sagen, daß es an der Motivik liegt.«

»An der Motivation?« korrigierte ich ihn reflexartig, ohne nachzudenken.

»Das auch«, bestätigte er nickend. »Verstehst du, Boß, die geschäftlichen Auseinandersetzungen, die in Gewalttätigkeit ausbrechen, also die, mit denen ich mich normalerweise befassen muß, haben meistens leicht verständliche Ursachen – Habgier, zum Beispiel, oder Angst. Das heißt, der Boß A will irgendwas haben, was der Boß B nicht so gern abgeben möchte, zum Beispiel einen ordentlichen Brocken von einem Revier, das eine Menge abwirft; oder Boß B hat Angst, daß Boß A ihm eins über die Rübe geben könnte, und beschließt, ihn fertigzumachen. In solchen Situationen geht es um ein klar bestimmbares Ziel, und deshalb ist es auch relativ einfach, den Verlauf vorherzusagen und entsprechende Gegenmaßnahmen zu treffen. Verstehst du, was ich meine?«

»Ich glaube schon«, erwiderte ich. »Und beim Hauskrach?«

»Genau da kann es ziemlich häßlich werden«, meinte er und schnitt eine Grimasse. »Das fängt schon damit an, daß sie nicht einmal wissen, weshalb sie sich streiten. Dabei stehen Emotionen und gekränkte Gefühle auf dem Spiel, nicht das Geld. Das Problem besteht darin, daß es kein klar definiertes Ziel gibt, und deshalb weiß man auch nicht, wann der Kampf aufhören soll. Also steigert sich das alles immer mehr, und beide Seiten teilen ständig aus und stecken immer mehr ein, bis sie so schwer verletzt sind, daß es nur noch darum geht, dem anderen eins überzubraten.«

Er klatschte laut mit der Faust in die Hand und zuckte leise zusammen, als er seinen verletzten Arm bewegte.

»Wenn es dann explodiert«, fuhr er fort, »sollte man sich besser nicht einmal andeutungsweise in der Nähe des Detonationspunkts aufhalten. Dann stürzt sich einer von beiden auf den anderen, oder sie fallen beide übereinander her, und zwar mit allem, was gerade zur Hand ist. Und der Grund, weshalb weder wir noch die Bullen uns da einmischen, ist gleichzeitig auch das Schlimmste an der Sache: Wenn du nämlich versuchst, den Streit zu beenden, kann es passieren, daß sich beide über *dich* hermachen. Du mußt nämlich wissen, daß sie noch so wütend sein können, trotzdem werden sie einander vor Außenstehenden schützen ... und dazu gehört dann jeder, der versucht, sich einzumischen. Deshalb ist es auch die beste Taktik, wenn möglich sofort das Weite zu suchen und abzuwarten, bis der Wirbel sich gelegt hat.«

Das fand ich alles hochinteressant, vor allem in Hinblick darauf, daß ich selbst gerade in Heiratsüberlegungen steckte. Andererseits erinnerte mich das Zusammenzucken meines Leibwächters daran, daß meine Fragen zu seinem Befinden immer noch unbeantwortet waren.

»Ich glaube, ich habe es jetzt verstanden, Guido«, sagte ich. »Danke. Und nun erzähl mir mal, was mit deinem Arm passiert ist. Und wieso bist du überhaupt schon wieder im Palast?«

Der plötzliche Themenwechsel schien Guido etwas aus der Fassung zu bringen.

»Tut mir leid, daß ich mich nicht sofort zurückgemeldet habe, Boß«, antwortete er verlegen. »Es war schon spät, und ich dachte, du würdest schon schlafen ... daß heißt, bis ich diesen Streit hörte. Ich hätte es dir gleich als erstes morgen früh erzählt.«

»Na klar«, meinte ich. »Kein Problem. Aber da wir nun schon mal darüber reden, was ist denn nun passiert?«

»Wir hatten nur ein bißchen Ärger, das ist alles«, antwortete er und wandte den Blick ab. »Nichts Ernstes.«

»Ernst genug, daß du den Arm in einer Schlinge trägst«, bemerkte ich. »Also, was war los?«

»Wenn du nichts dagegen hast, Boß, würde ich mir die Einzelheiten lieber ersparen. Um die Wahrheit zu sagen, es ist mir reichlich peinlich.«

Ich wollte erst darauf bestehen, doch dann überlegte ich es mir anders. Guido hatte mich bisher sehr selten um etwas gebeten. Das Wenigste, was ich tun konnte, war, seine Intimsphäre zu respektieren.

»Na gut«, sagte ich schleppend. »Lassen wir das fürs erste. Bist du mit diesem Arm überhaupt arbeitsfähig?«

»Wahrscheinlich schon bald wieder. Aber nicht mit voller Leistungskraft«, räumte er ein. »Und das ist auch der eigentliche Grund, weshalb ich mit dir sprechen wollte, Boß. Wäre es vielleicht möglich, Nunzio als Verstärkung für Pookie abzustellen, während ich hier seine Aufgaben übernehme?«

Da ich wußte, wie sehr sich Guido von Pookie angezogen fühlte, war das eine ganz schön überraschende Bitte, die er sich wohl überlegt haben mußte. Trotzdem zögerte ich, ihr zu entsprechen.

»Ich weiß nicht so recht, Guido«, erwiderte ich. »Nunzio hat mit Gliep gearbeitet, um rauszubekommen, was mit ihm los ist. Da möchte ich ihn ungern abziehen, bevor wir nicht ein paar Antworten haben. Ich will dir was vorschlagen: Was hältst du davon, wenn ich mit Chumly rede, damit der für dich einspringt?«

»Chumly?« Mein Leibwächter legte die Stirn in Falten. »Ich weiß nicht, Boß. Findest du nicht, daß er als Troll die Leute hier in der Gegend ziemlich verschrekken könnte?«

In Anbetracht der Tatsache, daß sowohl Guido als auch Nunzio bei ihrer Arbeit sehr stark auf Einschüchterung setzten, war das ein interessanter Einwand. Trotzdem hatte er nicht ganz unrecht.

»Hat Pookie keinen Tarnzauber oder so etwas Ähnliches, womit man Chumlys Äußeres etwas gefälliger machen könnte?« schlug ich vor. »Ich bin eigentlich nicht davon ausgegangen, daß sie selbst mit den grünen Schuppen eines Perfekters durch die Landschaft läuft.«

»He! Stimmt ja! Gute Idee, Boß«, meinte Guido und wurde merklich fröhlicher. »In dem Fall ist das wirklich kein Problem. Und Chumly ist hart im Austeilen und im Einstecken, wie es sich gehört.«

»Also gut, dann werde ich gleich morgen früh mit ihm reden.«

»Eigentlich ist Chumly sogar eine bessere Wahl als Nunzio«, fuhr mein Leibwächter fort. Er schien allerdings mehr mit sich selbst als mit mir zu reden. »Pookie ist immer noch ziemlich aufgebracht, weil sie mich angeschossen hat, und Nunzio würde wahrscheinlich ...«

»Hoppla! Einen Augenblick mal! Hast du gerade gesagt, daß *Pookie* auf dich geschossen hat?«

Guido blickte einen Moment erschrocken drein,

dann richtete er sich zu einem wahren Bollwerk empörter Rechtschaffenheit auf.

»Also wirklich, Boß«, meinte er, »ich dachte, wir wären uns einig, daß wir darüber nicht mehr reden wollten. Jedenfalls nicht für eine Weile.«

16

›Die Ehe ist eine hervorragende Institution ...
sofern man sich denn institutionalisieren lassen möchte.‹
S. Freud

»Hallo, Chumly. Darf ich eintreten?«

Der Troll hob den Blick von seinem Buch, und sein kolossaler Mund verzerrte sich sofort zu einem erfreuten Grinsen.

»Skeeve, alter Junge!« sagte er. »Na klar doch. Ich habe dich übrigens schon erwartet.«

»Wirklich?« fragte ich und trat in sein Zimmer, wo ich mich nach einer Sitzgelegenheit umsah.

»Ja. Ich habe Guido heute morgen getroffen, und der hat mir die Situation erklärt. Er sagte, du würdest auf mich zukommen, damit ich einen Teil seiner Arbeit übernehme. Ich war nur damit beschäftigt, etwas Zeit totzuschlagen, bis ich die offizielle Benachrichtigung erhalte.«

Ich fragte mich, ob die Einweisung, die mein Leibwächter Chumly gegeben hatte, vielleicht etwas detailierter ausgefallen war, als das, was er mir erzählt hatte.

»Dann hast du also nichts dagegen?« fragte ich. »Es ist dir recht?«

»Papperlapapp. Mach dir nichts daraus«, erwiderte der Troll. »Um ehrlich zu sein, ich bin ganz froh, wenn ich mal wieder einen klar umrissenen Auftrag habe. In letzter Zeit komme ich mir nämlich ein bißchen überflüssig vor. Habe sogar schon angefangen, mich zu fragen, warum ich überhaupt noch hierbleibe.«

Damit legte er bei mir den Finger auf eine Wunde. Es

war schon eine Weile her, seit ich bei Chumly vorbeigekommen war, um einfach mal Hallo zu sagen.

»Tut mir leid, daß ich ein bißchen distanziert war«, sagte ich geknickt. »Ich war einfach ... zu beschäftigt ... und ...«

»Und wie!« versetzte Chumly mit einem Grinsen und Augenzwinkern. »Einen Teil deiner Arbeitslast habe ich neulich nachts gesehen, als ihr euch regelrecht in den Palast *hereingewälzt* habt. Wirklich nicht übel!«

Ich glaube, ich errötete richtig.

»Nein, wirklich«, stammelte ich, »ich war ...«

»Nun beruhige dich doch, alter Knabe«, winkte der Troll ab. »Habe dich nur ein bißchen aufgezogen. Ich weiß doch, was dir alles am Bein klebt, mit der Königin auf den Fersen und so. Dazu habe ich mir übrigens auch schon meine Gedanken gemacht, aber ich fand, es wäre unhöflich, Rat anzubieten, wo keiner verlangt wird.«

»Wirklich? Das ist ja hervorragend«, sagte ich, und das meinte ich auch so. »Ich wollte dich nämlich schon nach deiner Meinung fragen, wußte nur nicht so recht, wie ich es zur Sprache bringen sollte.«

»Ich glaube, das hast du hiermit getan«, grinste Chumly. »Nimm dir einen Stuhl.«

Ich leistete seiner Anweisung Folge, während er weiterredete.

»Ratschläge zur Ehe sollte man lieber für sich behalten, vor allem, wenn es um die Wahl des Partners geht. Die Empfänger solcher Ratschläge haben sich meistens schon entschieden, und eine gegenteilige Meinung zu äußern, kann gesundheitsschädlich werden. Aber da du dich nun schon mal dazu durchgerungen hast ... nur fürchte ich, daß dir meine Gedanken zum

Thema vielleicht etwas überraschend vorkommen werden.«

»Wieso?«

»Na ja, die meisten Burschen, die mich kennen ... mein richtiges Ich, meine ich, nicht den Großen Knacks ... finden, daß ich ein bißchen romantisch bin.«

Ich mußte zwar etwas blinzeln, behielt aber ansonsten eine ausdruckslose Miene bei.

Zwar hege ich den allergrößten Respekt für Chumly, doch habe ich ihn nie als einen Romantiker gesehen ... was möglicherweise mit seinem grünen Filzhaar und den unterschiedlich großen, riesigen Augen zusammenhängt. Wiewohl ich durchaus annehme, daß auch Trolle ein Liebesleben haben (woher sollten sonst auch die kleinen Trolle kommen?). Allerdings hätte ich ihre Attraktivität im Vergleich zu den Bewohnern anderer Dimensionen doch ziemlich tief unten auf der Skala angesiedelt. Ihre weiblichen Gegenstücke, also die Trollinnen wie etwa seine Schwester Tanda, waren natürlich etwas gänzlich anderes. Aber die Trolle selbst ... Ich glaube, auf einer Werteskala von eins bis zehn hätte ich ihnen großzügigerweise minus achtzehn eingeräumt.

Dieser besondere Troll jedoch saß mir, wenn er auch ein alter Freund sein mochte, gegenwärtig auf Armlänge gegenüber – bezogen auf seinen Arm, nicht auf meinen –, und da besagter Arm weitaus stärker war als zwei Arme des allerstärksten Menschen – der ich nun auch nicht gerade bin –, entschied ich mich, ihm in dieser Angelegenheit lieber nicht zu widersprechen. Herrje, ich würde ihm wahrscheinlich selbst dann noch zustimmen, wenn er sich zur Maikönigin erklärte ...

»Im großen und ganzen haben die Leute ja recht«,

sagte Chumly gerade, »aber was das Thema Ehe angeht, bin ich sicherlich genauso kalt und berechnend eingestellt wie die meisten von ihnen.«

»Hervorragend«, meinte ich. »Genau darauf habe ich auch gehofft ... auf eine unemotionale, unvoreingenommene Meinung.«

»Laß mich dir zuerst ein paar Fragen stellen«, sagte der Troll.

»Na gut.«

»Liebst du sie?«

Ich hielt inne, um ehrlich darüber nachzudenken.

»Ich glaube nicht«, meinte ich schließlich. »Allerdings verstehe ich natürlich nicht allzuviel von der Liebe.«

»Liebt sie dich?«

»Das glaube ich auch nicht«, antwortete ich.

Eigentlich macht mir das Ganze Spaß. Chumly brachte die Dinge so weit herunter, daß selbst ich seiner Logik zu folgen vermochte.

»Na, hat sie denn behauptet, daß sie sich liebt?«

Darüber brauchte ich nicht nachzudenken.

»Nein.«

»Da bist du dir ganz sicher?« hakte der Troll nach.

»Völlig sicher«, bestätigte ich. »Einer Liebeserklärung am nächsten ist sie vielleicht gekommen, als sie mal sagte, daß sie glaubt, wir würden ein gutes Paar abgeben. Ich *vermute*, daß sie es als Kompliment meinte.«

»Gut«, sagte mein Freund und lehnte sich in seinem Stuhl zurück.

»Wie bitte?« Ich blinzelte. »Einen Augenblick habe ich gedacht, du hast ...«

»Ich habe ›gut‹ gesagt, und so meine ich es auch«, wiederholte der Troll.

»Da kann ich dir nicht folgen«, warf ich ein. »Ich dachte immer, die Grundlage für eine Ehe sollte ...«

»... die Liebe sein?« beendete Chumly meinen Satz. »Das meinen die meisten jungen Leute. Und das ist auch der Grund, weshalb so viele dieser Ehen scheitern.«

Obwohl er mich gewissermaßen vorgewarnt hatte, empfand ich die Einstellung des Trolls tatsächlich als etwas irritierend.

»Äh, Chumly? Differenzieren wir denn gerade auch wirklich sorgfältig genug zwischen ›berechnend‹ und ›zynisch‹?«

»Es ist nicht wirklich so gefühllos, wie es sich anhört, Skeeve«, sagte der Troll lachend. Offenbar kränkte ihn mein Kommentar nicht. »Weißt du, wenn du jung bist und voll von Hormonen und zum erstenmal in engeren Kontakt zu jemandem vom anderen Geschlecht kommst, der nicht mit dir verwandt ist, dann machst du Gefühle und Triebe durch, die dir bis dahin völlig fremd waren. Und da die meisten Leute, auch wenn sie mit dem Gegenteil prahlen, so erzogen werden, sich für gut und anständig zu halten, verpassen sie diesen Gefühlen automatisch das gesellschaftlich korrekte Etikett: Liebe. Und natürlich gibt es auch eine gesellschaftlich korrekte Reaktion, wenn zwei Leute so etwas füreinander empfinden ... um genau zu sein: die Ehe.«

»Aber ist das nicht ...«, fing ich an, doch der Troll zügelte mich durch Heben seiner Hand.

»Hör mir erst zu«, sagte er. »Wenn wir unsere kleine Saga weiterverfolgen, stellen wir fest, daß die Leidenschaften sich irgendwann abkühlen und die Faszination verschwunden ist. Es mag vielleicht Jahre dauern, aber irgendwann stellt unser Pärchen dann fest, daß es nicht genügt, einfach nur ›zusammenzusein‹.

Dann wird es Zeit, mit dem Leben weiterzumachen. Leider entdecken sie aber auch just zu diesem Zeitpunkt, daß sie nur wenig gemeinsam haben, falls überhaupt. Allzu häufig stellt sich dann heraus, daß sie unterschiedliche Lebensziele verfolgen oder sich zumindest ihre Pläne zur Erreichung dieser Ziele nicht miteinander decken. Und dann machen sie die Feststellung, daß sie es nicht etwa mit dem Idealpartner zu tun haben, mit dem sie Rücken an Rücken dastehen, während sie es mit der ganzen Welt aufnehmen, sondern in Wirklichkeit eine zweite Front eröffnet haben. Will sagen, daß sie genausoviel oder noch mehr Zeit damit zubringen müssen, miteinander klarzukommen, wie mit dem Rest der Welt.«

Ich spürte, wie ich trotz meines Widerstands geradezu elektrisiert seinem Vortrag lauschte.

»Und was passiert dann?« fragte ich.

»Wenn sie vernünftig sind – und beachte bitte, daß ich ›vernünftig‹ gesagt habe, nicht ›intelligent‹ –, geht jeder seiner Wege. Aber allzuoft kleben sie an ihrer Vorstellung von ›Liebe‹ und versuchen ›daran zu arbeiten‹, bis es ›klappt‹. Wenn das geschieht, bekommt man es mit einem Heerlager zu tun, das einen ungewissen Waffenstillstand einhält ... und dann ist niemand glücklich, und keiner verwirklicht sein volles Potential.«

Ich dachte an das Gezänk zwischen Kalvin und Daphnie und daran, was mir Guido zum Thema »Hauskrach« erzählt hatte und wie daraus leicht eine Explosion der Gewalt werden konnte. Ich schüttelte mich unwillkürlich.

»Klingt ja ziemlich trostlos«, bemerkte ich.

»Ist es auch«, bestätigte der Troll nickend. »Der Versuch, ›daran zu arbeiten‹, ist so ziemlich die frustrierendste, deprimierendste Freizeitbeschäftigung, die jemals erfunden wurde. Das eigentliche Problem besteht darin, daß jeder beim falschen Partner gelandet ist, aber anstatt sich das einzugestehen, versuchen sie es mit Kosmetik.«

»Kosmetik?«

»Oberflächlichen Veränderungen. Dinge, die nicht wirklich greifen.«

»Das kapiere ich nicht.«

»Also gut«, sagte der Troll, »dann will ich dir ein Beispiel geben. Die Frau sagt, daß sie etwas zum Anziehen braucht, also gibt ihr der Mann Geld. Klingt doch eigentlich nach einer ziemlich simplen und unkomplizierten Transaktion, meinst du nicht auch?«

»Hm ... ja.«

»Aber eben nur an der Oberfläche«, erklärte Chumly. »Und jetzt schau dir die Sache einmal etwas genauer an ... nämlich das, was dabei *tatsächlich* abläuft. Der Mann ist beruflich ziemlich angespannt ... das ist übrigens eine ganz normale Reaktion für einen Mann, wenn er heiratet und anfängt, ›Verantwortungsgefühl‹ zu entwickeln ... und seine Frau fühlt sich unglücklich und übergangen. Ihre Lösung sieht nun so aus, daß sie ein paar neue Kleider braucht, um attraktiver zu werden, damit ihr Mann ihr wieder mehr Aufmerksamkeit widmet. Eine oberflächliche Lösung für ihr Unglück. Wenn sie nun sagt, daß sie etwas Neues zum Anziehen braucht, ist der Mann verärgert, weil er den Eindruck hat, daß ihr Kleiderschrank voll von Sachen hängt, die sie sowieso nie anzieht. Aber anstatt sich mit ihr zu streiten, gibt er ihr eben das Geld für den Einkauf ... schon wieder eine Oberflächenlösung. Es wird dir aufgefallen sein, daß er ihr einfach nur das Geld gibt. Er *führt* sie nicht etwa zum Einkaufen aus und hilft ihr dabei, sich etwas Neues auszusuchen.«

Der Troll lehnte sich wieder in seinem Stuhl zurück und verschränkte die Arme.

»Damit geht die Sache den Bach herunter. Sie bekommt ein paar neue Kleider und trägt sie auch, aber der Mann bemerkt es entweder nicht oder sagt nichts dazu – wahrscheinlich, weil er immer noch verärgert ist, für etwas bezahlen zu müssen, das er für eine nutzlose Anschaffung hält. Der Kauf neuer Kleider – ihre Oberflächenlösung – funktioniert also nicht, denn sie fühlt sich immer noch ignoriert und unglücklich ... und auch ein bißchen wütend und frustriert, weil ihr Mann sie offenbar nicht wertschätzt, egal, wie sehr sie sich anstrengt. In der Zwischenzeit spürt ihr Mann, daß sie immer noch unglücklich ist, also hat *seine* Oberflächenlösung, ihr nämlich Geld zu geben, auch nicht funktioniert. Jetzt ist er noch verbitterter und böser, weil er den Eindruck hat, daß seine Frau immer noch verärgert und unzufrieden ist, obwohl er ihr doch alles gibt, worum sie ihn *bittet*. Du siehst also: Indem sie versuchen, das Problem mit oberflächlichen, kosmetischen Gesten anzugehen, ohne sich einzugestehen, worum es wirklich geht, machen sie alles nur noch schlimmer statt besser.«

Er lächelte triumphierend, während ich über seine Theorie nachdachte.

»Du sagst also, daß Ehen nicht funktionieren«, bemerkte ich vorsichtig, »Daß das ganze Konzept an sich schon fehlerhaft ist.«

»Überhaupt nicht«, berichtigte mich der Troll kopfschüttelnd. »Ich habe nur gesagt, daß das Heiraten in dem Irrglauben, die Liebe würde schon alle Probleme meistern, nur Katastrophen provoziert. Eine kluge Verbindung zwischen zwei Leuten, die frei von romantischen Verkennungen die Ehe miteinander eingehen, kann zu einem sehr viel glücklicheren Leben in

Gemeinsamkeit führen, als sie es jemals für sich allein zuwege gebracht hätten.«

»Also gut«, sagte ich. »Wenn Liebe und Romantik eine schlechte Entscheidungsgrundlage für die Eheschließung darstellen, weil man sich einfach zu leicht selbst etwas vormacht, was wäre denn dann deiner Meinung nach ein *geeigneter* Heiratsgrund?«

»Da gibt es viele«, meinte Chumly achselzuckend. »Erinnerst du dich noch, wie Schierlingsfleck hier eintraf? Ihre Ehe mit Roderick war ein Vertrag und ein Zusammenschluß zweier Königreiche. So etwas ist in königlichen Familien weit verbreitet, aber du wirst auch im Geschäftsleben ähnliche Schulterschlüsse finden. Da wußten beide Seiten von Anfang an, was sie wollten und was sie erwarten durften, und deshalb hat es auch gut funktioniert.«

»Tut mir leid, aber das klingt mir doch ziemlich kalt«, warf ich kopfschüttelnd ein.

»Wirklich?« Der Troll legte den Kopf schräg. »Vielleicht drücke ich mich ja falsch aus. Nun, es ist doch so: Was man *ganz bestimmt* nicht haben will, das ist eine Situation, wo beide Seiten einem heimlichen Terminkalender folgen. Die Karten sollten alle offen auf den Tisch gelegt werden ... wie bei der Heirat zwischen Schierlingsfleck und Roderick.«

»Was ist denn ein heimlicher Terminkalender?«

»Hm ... Das läßt sich nicht so leicht erklären. Sag mir eins: Wenn du Königin Schierlingsfleck heiraten solltest, was würdest du dir dann erwarten?«

Die Frage traf mich völlig unvorbereitet.

»Ich ... ich weiß nicht so recht ... eigentlich nichts«, stammelte ich. »Ich schätze, es wäre wahrscheinlich nur eine Ehe auf dem Papier, bei der sie ihrer Wege geht und ich meiner.«

»Gut«, bekräftigte der Troll.

»Gut?« wiederholte ich. »Ach, komm schon, Chumly!«

»Gut in dem Sinne, daß du dir nichts von der Ehe versprichst. Du gehst nicht mit der Vorstellung hinein, Königin Schierlingsfleck zu ändern. Auch nimmst du nicht an, daß sie ihren Thron aufgeben würde, um dich bewundernd zu umwuseln, noch hast du irgendeine andere der Zehntausenden von falschen Hoffnungen und Annahmen, die den meisten Bräutigamen auf dem Weg zum Altar im Kopf herumspuken.«

»Ja, das ist wahrscheinlich gut«, meinte ich.

»Gut? Lebenswichtig ist das!« betonte der Troll. »Viel zu viele Leute heiraten eine Persönlichkeit, von der sie bloß annehmen, daß ihr Partner sich einmal zu ihr entwickeln könnte. Sie haben irgendso eine vage Vorstellung, daß eine Hochzeitszeremonie magische Kraft hätte. Daß sie alle zweifelhaften Charakterzüge und Gewohnheiten ausmerzt, die ihr Partner noch hatte, als er allein lebte. Das ist ungefähr so unrealistisch, als hättest du von Aahz erwartet, daß er kein Raffzahn mehr sein würde, oder sein aufbrausendes Temperament ablegen würde, nur weil du bei ihm als Lehrling angefangen hast. Na ja, und wenn die Partner dann weiterhin dieselbe Personen bleiben, die sie schon die ganze Zeit waren, sind sie schnell verletzt und fühlen sich verraten. Weil sie aber glauben, daß doch eine Veränderung hätte stattfinden *müssen*, lautet ihre einzige Schlußfolgerung, daß ihre Liebe nicht genügte, um diese Veränderung auszulösen … oder, wahrscheinlicher: daß mit ihrem Partner irgend etwas nicht stimmt. Und ab diesem Punkt wird die Ehe zur Hölle. Königin Schierlingsflecks Vorschlag hat wenigstens den Vorteil, daß keiner dem anderen etwas darüber vormacht, was geschehen wird.«

Ich dachte eine Weile über das Gesagte nach.

»Du meinst also, ich sollte Königin Schierlingsfleck heiraten«, folgerte ich schließlich.

»Halt, einen Moment mal!« sagte der Troll und hob abwehrend die Hände. »Davon habe ich kein Wort gesagt. Das ist eine Entscheidung, die du nur allein treffen kannst. Ich habe lediglich einige Bemerkungen über die gängigeren Fallstricke der Ehe gemacht. Solltest du dich tatsächlich dazu entscheiden, die Königin zu heiraten, gäbe es einiges, was für einen Erfolg spräche ... Aber du bist derjenige, der entscheiden muß, was er von einer Ehe erwartet, und ob es das in diesem Fall wert ist oder nicht.«

Klasse! Da hatte ich gehofft, daß Chumly analytisches Vorgehen mir die Sache vereinfachen würde! Statt dessen hatte er nur eine ganze Wagenladung weiterer Faktoren angekarrt, die es jetzt auch noch zu bedenken galt – etwas, das ich ungefähr so gut gebrauchen konnte wie der Bazar von Tauf einen Schwung zusätzlicher Händler.

»Na ja, ich weiß deine Überlegungen zu schätzen, Chumly«, sagte ich und stand auf. »Du hast mir eine Menge Stoff zum Nachdenken gegeben.«

»Nicht der Rede wert, alter Knabe. Freut mich, dir geholfen zu haben.«

»Und zu dem Auftrag bist du tatsächlich bereit? Guido hat dir schon erzählt, daß es darum geht, dich mit Pookie kurzzuschließen?«

»Alles klar!«

Ich wollte gerade gehen, da fiel mir noch eine weitere Frage ein.

»Ach, übrigens, Chumly. Warst du eigentlich schon mal verheiratet?«

»Ich?« Der Troll wirkte richtig überrascht. »Ach du liebe Güte, nein! Warum fragst du?«

»Och, war nur neugierig«, sagte ich und trat durch die Tür.

17

›*Was soll ich denn bloß mit dem ganzen Gold anfangen?*‹

Midas, König

Inzwischen war ich, wie ich mir eingestehen mußte, verwirrter denn je. Mir schien, daß jeder, mit dem ich darüber sprach, eine andere Auffassung von der Ehe hatte, was mir meine Entscheidung nicht gerade erleichterte. In einem Punkt schienen sich freilich alle einig zu sein: Eine schlechte Ehe konnte die reinste Hölle sein.

Natürlich ließ sich die Frage, was denn eine gute Ehe war und wie man eine schlechte vermeiden konnte, nicht so einfach beantworten ... jedenfalls nicht einfach genug, daß ich es kapiert hätte.

Das Problem bestand darin, daß nicht nur meine Erfahrung mit dem anderen Geschlecht sehr begrenzt war, sondern daß mein Wissen um – gute wie schlechte – Ehen noch viel skizzenhafter zu sein schien. Ich konnte mich kaum noch an meine eigene Familie erinnern, so lange war ich schon von zu Hause fort. Das einzige Ehepaar, dem ich im Zuge meiner Abenteuer begegnet war, waren die Kläffer gewesen, und angesichts der Tatsache, daß es sich bei ihnen um Werwölfe gehandelt hatte, bezweifelte ich, daß ich sie mir wirklich zum Vorbild nehmen könnte. Andererseits sprachen Massha und Badaxe auch gerade vom Heiraten. Vielleicht würden die mir ja ein paar entsprechende Einsichten vermitteln können.

Eben grübelte ich über diese Möglichkeit nach, als eine Stimme meinen Gedankengang unterbrach.

»He, Partner!«

Ich schlenderte gerade über den Palasthof und mußte meinen Blick erst einen Moment umherschweifen lassen, bis ich Aahz entdeckte, der mir aus einem der oberen Palastfenster zuwinkte.

»Wo warst du denn heute morgen? Wir haben dich bei der Besprechung mit Grimble vermißt.«

»Ich mußte mit Chumly reden«, rief ich zurück. »Guido ist verletzt, und ich mußte Chumly bitten, für ihn einzuspringen.«

»Wie auch immer«, mein Partner winkte ab. »Geh und such Grimble auf! Es ist wichtig!«

Das hörte sich irgendwie ominös an, aber Aahz sah eigentlich durchaus frohgemut aus.

»Was ist denn los?«

»Tag des Adlers«, brüllte er und verschwand.

Klasse!

Als ich meine Schritte in Richtung von Grimbles Büro umlenkte, konnte ich mir nicht helfen: Ich war doch ein bißchen verärgert. Ich meine, bei all den vielen anderen Problemen hatte es mir gerade noch gefehlt, mich von Grimble mit einer Plauderei über irgendeinen dämlichen Vogelhort aufhalten zu lassen.

»Guten Tag, Grimble. Aahz sagte, Ihr wolltet mich sprechen?«

Der Schatzmeister blickte zu mir herüber, als ich mich in den Türrahmen lehnte.

»Ah! Edler Skeeve«, meinte er nickend. »Ja. Kommt herein! Es dürfte nicht allzu lange dauern.«

Ich begab mich zögernd in den Raum und ließ mich in den angebotenen Sessel fallen.

»Was gibt es für Probleme? Aahz hat irgend etwas von einem Adler erzählt?«

»Adler? Was er damit wohl gemeint haben mag ...? Nein, es gibt keine Probleme«, widersprach Grimble. »Eher das Gegenteil. Tatsächlich funktioniert das neue Steuereintreibungsverfahren so gut, daß wir inzwischen wieder liquide sind. Darüber hinaus glaube ich, daß wir – bis auf das eine oder andere i-Tüpfelchen – den neuen Etat so ziemlich stehen haben.«

Er lehnte sich zurück und gönnte mir eines seiner seltenen Lächeln.

»Übrigens muß ich zugeben, daß Ihr da wirklich ein Prachtexemplar von einer Assistentin habt. Sie beeindruckt mich auf *ganzer* Linie. Beherzigt meinen Rat und laßt sie nie mehr gehen ... als wenn ich Euch das noch sagen müßte!«

Das wurde natürlich von einem Feixen und Blinzeln begleitet.

Obwohl ich mich inzwischen daran gewöhnt hatte, daß Grimble ständig solche Kommentare von sich gab, sobald es um Bunny ging, stellte ich fest, daß es mir noch immer nicht behagen wollte. Wenigstens enthielt er sich inzwischen solcher Anzüglichkeiten, wenn Bunny anwesend war ... was wohl auch schon eine Art von Fortschritt darstellte. Trotzdem war ich verärgert und beschloß, die Sache noch einmal aufs Tablett zu bringen.

»Ich bin überrascht, Euch derart reden zu hören, Grimble«, warf ich ein. »Leidet Ihr tatsächlich unter einem solchen Hormonstau, daß Ihr Bunnys Wert als Kollegin nicht einfach anerkennen könnt, ohne dabei gleich sexuell anzüglich zu werden?«

»Na ja ... ich ...«, fing der Schatzmeister an, doch ich schnitt ihm das Wort ab.

»... vor allem in Anbetracht der Tatsache, daß die Königin ... Ihr wißt doch, Eure Arbeitgeberin? ... ebenfalls weiblichen Geschlechts ist. Ich frage mich gerade, ob sie wohl von Eurer verbogenen Meinung über ihr Geschlecht weiß, oder, sollte dem nicht so sein, wie sie wohl darauf reagieren würde, falls sie davon erführe. Was glaubt Ihr: Würde sie Euch einfach nur feuern, oder würde sie erst die Probe aufs Exempel machen, ob Ihr vielleicht nur blufft? Nach allem, was ich darüber weiß, ist sie mindestens ebensosehr an solchen Spielchen interessiert, wie Ihr es zu sein vorgebt.«

Grimble wurde tatsächlich bleich, was angesichts seiner normalen Blässe ein ganz schön beeindruckender Anblick war.

»Das würdet Ihr der Königin doch nicht erzählen, oder, edler Skeeve?« stammelte er. »Ich wollte Bunny nicht herabwürdigen. Wirklich nicht! Sie verfügt sicherlich über den besten finanziellen Sachverstand, mit dem zusammenzuarbeiten ich bisher das Privileg hatte ... gleich, ob männlich oder weiblich. Ich wollte doch nur einen kleinen Scherz machen. Ihr wißt schon, so von Mann zu Mann. Das gehört doch zu den Ritualen männlicher Verbundenheit.«

»Nicht unter allen Männern«, wies ich ihn zurecht. »Aber beruhigt Euch. Ihr solltet mich inzwischen eigentlich gut genug kennen, um zu wissen, daß es nicht mein Stil ist, mit Meldungen oder Beschwerden zur Königin zu laufen. Aber haltet Euch in Zukunft ein wenig zurück. In Ordnung?«

»Danke, edler Skeeve. Ich ... danke. Ich werde es mir merken.«

»Also dann«, sagte ich und begann mich zu erheben. »Ich nehme an, wir sind fertig? Dieser Bericht über die Einnahmen und den Etat war auch der Grund, weshalb Ihr mich sprechen wolltet?«

»Nein, das war nur eine beiläufige Information, um Euch auf den neuesten Stand zu bringen«, berichtigte mich Grimble, als er wieder festen Boden unter den Füßen bekam. »Der eigentliche Grund, weshalb ich mit Euch sprechen muß, ist dieser.«

Er griff hinter sich auf den Boden und holte einen großen Sack hervor, der lautstark klimperte, als er ihn auf seinen Schreibtisch hievte.

»Das verstehe ich nicht«, sagte ich und warf einen Blick darauf. »Was ist denn das?«

»Das ist Euer Gehalt«, erwiderte er lächelnd. »Ich weiß ja, daß Ihr solche Dinge normalerweise von Euren Gehilfen erledigen laßt, aber angesichts der Höhe der Summe dachte ich mir, daß Ihr Euch vielleicht lieber persönlich darum kümmern wollt.«

Ich starrte den Sack voller Unbehagen an. Es war ein sehr großer Sack.

Auch wenn Aahz und Bunny mich dazu überredet hatten, einen erklecklichen Lohn für meine Dienste zu akzeptieren, war es doch etwas völlig anderes, das ganze Bargeld tatsächlich vor sich zu haben, als bloß ein paar Zahlen auf einem Lohnstreifen zu sehen.

Aber vielleicht war es ja gar nicht einmal so viel, nachdem ich den anderen ihren Anteil ausbezahlt hatte …

»Eure Gehilfen haben sich ihren jeweiligen Lohn bereits abgeholt«, sagte Grimble, »es handelt sich also gewissermaßen um die letzte Zahlung dieser Lohnrunde. Wenn Ihr hier bitte unterschreiben wollt?«

Er schob mir ein Blatt Papier über den Schreibtisch zu, aber ich ignorierte es und begaffte weiterhin den Geldsack.

Es war ein wirklich sehr, sehr großer Sack. Vor allem in Anbetracht der Tatsache, wie wenig ich dafür eigentlich tat.

»Stimmt etwas nicht, edler Skeeve?«

Einen Augenblick lang dachte ich tatsächlich daran,

ihm mitzuteilen, was mir zu schaffen machte, woran man sehen kann, wie aufgewühlt ich war. Grimble ist niemand, dem man sich sonst anvertrauen würde.

»Nein. Nichts«, sagte ich statt dessen.

»Möchtet Ihr es vielleicht zählen?« hakte er, offenbar immer noch unüberzeugt, nach.

»Weshalb? Habt Ihr es denn nicht getan?«

»Natürlich habe ich das!« knurrte der Schatzmeister, dem diese Vorstellung gegen seinen Berufsstolz ging. Ich quälte mir ein Lächeln ab.

»Das genügt mir. Wäre doch für uns beide die reinste Zeitverschwendung, Eure Arbeit noch einmal einer Überprüfung zu unterziehen, meint Ihr nicht auch?«

Ich kritzelte schnell meine Unterschrift auf die Quittung, nahm den Sack und ging, wobei ich Grimbles verblüfften Blick sorgfältig ignorierte.

»Brauchst du uns noch, Boß? Sollen wir hier draußen rumlungern?«

»Wie ihr wollt, Guido.« Ich winkte zerstreut, während ich die Tür schloß. »Aber ich werde eine Weile hierbleiben. Falls ihr essen gehen wollt, tut das ruhig. Ich muß über eine Menge nachdenken.«

»Och, wir haben schon gegessen. Also werden wir einfach ...«

Die Tür ging zu und schnitt ihm das Wort ab.

Irgendwann waren Guido und Nunzio auf meinem Rückweg aus Grimbles Büro neben mir materialisiert. Ich wußte selbst nicht mehr so genau, wann, denn ich war tief in Gedanken versunken gewesen, und sie hatten keinen Ton gesagt, bis wir vor meinen Gemächern standen. Hätte ich gemerkt, daß sie da waren, hätte ich wahrscheinlich einen von ihnen den Geldsack für mich tragen lassen. Der war nämlich schwer.

Sehr schwer.

Ich stellte die Last auf meinem Schreibtisch ab, ließ mich in einen Sessel sinken und starrte sie an. Ich hatte zwar schon davon gehört, daß ›schmutziges‹ Geld wieder zurückkehren konnte, um einen heimzusuchen, aber das hier war wirklich zu albern.

Ich war so sehr damit beschäftigt gewesen, eine Entscheidung wegen Königin Schierlingsfleck zu fällen, daß ich darüber völlig meine mir selbst auferlegte Aufgabe vernachlässigt hatte, entweder mein Personal zu reduzieren oder die Kosten zu senken, die die Chaos GmbH dem Königreich bereitete. Und jetzt, da ich das Geld in den Händen hielt, fühlte ich mich einfach nur schuldig.

Egal, was Aahz und Bunny gesagt haten, ich empfand es immer noch als Unrecht. Da waren wir nun damit beschäftigt, den Etat aufzupolieren und der Bevölkerung die Steuern aus dem Knochenmark zu pressen, um die finanzielle Misere des Königreichs zu beheben, und ich zapfte Geld aus der Schatztruhe ab, das ich gar nicht wirklich brauchte. Und da es gerade mein Versäumnis, die Personalkosten zu senken, gewesen war, was überhaupt zu diesem inflationären Zahltag geführt hatte, konnte ich mich nun wirklich nicht zu der Überzeugung durchringen, das Geld tatsächlich verdient zu haben.

Je länger ich darüber nachdachte, um so entschlossener war ich, eine Möglichkeit zu suchen, das Geld zurückzugeben. Das würde natürlich in aller Stille geschehen müssen, beinahe heimlich, sonst hätte ich unter dem Zorn von Aahz und Bunny zu leiden gehabt. Trotzdem – für mich war es die schiere

Notwendigkeit, sofern ich meine Selbstachtung noch retten wollte.

Außerdem war da immer noch das Problem, wie wir unsere Kosten senken könnten. Falls das, was Grimble mir soeben erzählt hatte, stimmte, würde sich die Sache allerdings vielleicht auch von allein erledigen. Wenn wir erst einmal einen ausgewogenen Etat aufgestellt hatten und die Einnahmequellen wieder ungehindert sprudelten, könnte ich Bunny wahrscheinlich nach Tauf zurückschicken, vielleicht auch den einen oder anderen meiner Leibwächter. Außerdem könnte ich dann darauf bestehen, mein eigenes Gehalt als Finanzberater ersatzlos zu streichen. Das würde die Belastung durch die Chaos GmbH erheblich reduzieren.

Somit blieb nur noch die Frage, was ich mit der überhöhten Bezahlung anfangen sollte, die ich soeben erhalten hatte.

Dann hatte ich plötzlich eine Idee. Ich würde tun, was jede andere Führungskraft getan hätte, wenn sie mit einem Problem konfrontiert worden wäre: ich würde das Problem an jemanden anderen delegieren!

Ich ging zur Tür, öffnete sie und blickte in den Gang hinaus. Tatsächlich, meine beiden Leibwächter waren immer noch da. Anscheinend waren sie miteinander im Gespräch vertieft.

»Guido! Nunzio!« rief ich. »Kommt doch mal kurz her.«

Ich kehrte ins Zimmer an meinen Schreibtisch zurück, ohne ihre Reaktion abzuwarten. Doch ich hätte mir ohnehin keine Sorgen zu machen brauchen.

Als ich mich wieder gesetzt hatte, standen sie bereits vor mir.

»Ich habe einen kleinen Auftrag für euch, Jungs«, sagte ich lächelnd.

»Na klar, Boß«, flöteten sie im Chor.

»Aber vorher möchte ich noch etwas überprüfen. Seit ich euch kenne, habt ihr beide es immer wieder deutlich gemacht, daß ihr keinerlei Skrupel habt, gegen die Spielregeln zu verstoßen, euch also gewissermaßen außerhalb des Gesetzes zu stellen, wenn die Situation es verlangt. Ist das so richtig?«

»Das ist richtig.«

»Kein Problem.«

Mir fiel auf, daß sie zwar bejahende Antworten gaben, diese aber doch schon etwas langsamer und weniger begeistert hervorkamen als zuvor.

»Also schön. Der Job, den ich für euch habe, muß im geheimen ausgeführt werden. Niemand darf erfahren, daß ich dahinterstecke. Nicht einmal Aahz oder Bunny. Kapiert?«

Jetzt blickten meine Leibwächter sogar noch unbehaglicher drein als zuvor, taten aber immerhin durch Nicken ihre Einwilligung kund.

»Gut, hier ist der Job«, sagte ich und schob ihnen den Geldsack zu. »Ich will, daß ihr dieses Geld loswerdet.«

Die beiden Männer gafften mich an, dann tauschten sie erstaunte Blicke aus.

»Ich verstehe wohl nicht recht, Boß«, meinte Guido schließlich. »Was sollen wir damit machen?«

»Das ist mir egal, und ich will es auch gar nicht wissen«, antwortete ich. »Ich will nur, daß dieses Geld wieder im Königreich zirkulieren kann. Haut es von mir aus auf den Kopf oder spendet es irgendeiner wohltätigen Stiftung.« Da hatte ich schon wieder eine Idee. »Noch besser, denkt euch irgend etwas aus, wie ihr es jenen Leuten zukommen lassen könnt, die sich darüber beschwert haben, daß sie ihre Steuern nicht aufbringen könnten.«

Guido runzelte die Stirn und blickte wieder seinen Vetter an.

»Ich weiß ja nicht, Boß«, sagte er vorsichtig. »Irgendwie fühlt sich das verkehrt an. Ich meine, eigentlich sollten wir doch bei den Leuten die Steuern eintreiben und sie ihnen nicht aushändigen ...«

»Was Guido damit meint ...«, warf Nunzio ein, »ist folgendes: Wir sind zwar darauf spezialisiert, aus Leuten und Institutionen Gelder herauszuholen. Sie zurückzugeben, liegt ein bißchen außerhalb unseres Aufgabenspektrums.«

»Dann wird es wohl mal Zeit, daß ihr euren Horizont erweitert«, erwiderte ich ungerührt. »Jedenfalls ist das jetzt euer Auftrag. Verstanden?«

»Jawohl, Boß« antworteten sie im Chor, sahen dabei aber immer noch betreten drein.

»Und vergeßt nicht – kein Wort davon zum Rest der Mannschaft.«

»Wie du meinst, Boß.«

Ich sagte ja schon, daß der Sack schwer genug war, um mir beim Tragen eine Menge Schwierigkeiten zu machen, aber Guido nahm ihn mühelos mit seiner heilen Hand auf, um dann noch einmal kurz innezuhalten.

»Äh ... bist du ganz *sicher*, daß du das tun willst, Boß?« fragte er. »Irgendwie klingt das nicht richtig. Die meisten Leute müßten ein Leben lang schuften, um soviel Geld zu verdienen.«

»Genau darum geht es ja«, brummte ich.

»Hä?«

»Egal«, sagte ich. »Ja, ich bin mir sicher! Und jetzt tut es gefälligst! Okay?«

»Schon passiert.«

Sie salutierten zwar nicht gerade, nahmen aber eine etwas steifere Haltung an und nickten, bevor sie auf die Tür zugingen. Mir fiel ein, daß sie ja eine Weile in der Armee tätig gewesen waren, und ich vermutete, daß diese Zeit wohl stärker auf sie abgefärbt hatte, als ihnen selbst klar war.

Nachdem sie fort waren, lehnte ich mich zurück und genoß den Augenblick.

Ich fühlte mich tatsächlich *gut*! Es schien, als hätte ich wenigstens für eines meiner Probleme eine Lösung gefunden.

Vielleicht war das ja während all dieser Zeit meine eigentliche Schwierigkeit gewesen: Ich hatte versucht, mich auf viel zu viele unzusammenhängende Probleme gleichzeitig zu konzentrieren. Jetzt, da ich die ganze Geldangelegenheit vom Hals hatte, würde ich meine ganze Aufmerksamkeit auf die Sache mit Königin Schierlingsfleck richten können, ohne mich ablenken oder unterbrechen zu lassen.

Zum erstenmal seit langem sah ich meine Aussicht, zu einer Entscheidung zu gelangen, in einem optimistischen Licht.

18

›Alles ist ganz kinderleicht!‹

Haftungsausschlußklausel
sämtlicher Selbstbau-Sätze

»Bla bla bla Blumen ... bla bla bla Protokoll ... Verstanden?«

»Mhm«, sagte ich und blickte aus dem Fenster.

Als ich eingewilligt hatte, mir die Planung für die bevorstehende Heirat zwischen Massha und General Badaxe anzuhören, war mir nicht klar gewesen, wie lang das dauern oder wie kompliziert diese Zeremonie sein würde. Nach inzwischen einigen Stunden hatte ich allerdings begriffen, daß meine eigene Rolle eher unbedeutend sein würde, so daß es mir mittlerweile außerordentlich schwerfiel, den Zehntausenden von Einzelheiten meine volle Aufmerksamkeit zu widmen.

»Natürlich bla bla bla ...«

Und schon legten sie wieder los.

Draußen vor dem Fenster setzte sich ein Vogel auf einem Zweig nieder und begann einen Wurm zu verschlucken. Ich ertappte mich dabei, wie ich ihn beneidete. Nicht, daß ich besonders hungrig gewesen wäre, das will ich damit überhaupt nicht sagen. Doch in Anbetracht dessen, wie mein Leben in letzter Zeit verlaufen war, erschien mir der Verzehr eines Wurms wie eine verlockende Alternative.

»Hast du das verstanden? Skeeve?«

Ich riß mich aus meinen Gedanken, nur um zu entdecken, daß mein massiger Lehrling mich gerade eindringlich musterte. Offenbar war mir etwas entgangen, auf das ich hätte antworten müssen.

»Äh ... eigentlich nicht, Massha. Könntest du es vielleicht noch einmal kurz zusammenfassen, damit ich sicher sein kann, alles kapiert zu haben?«

Eigentlich hatte ich das Wort »kurz« gar nicht sonderlich betonen wollen, aber sie begriff es trotzdem.

»Hm«, meinte sie und fixierte mich mit einem mißtrauischen Blick. »Vielleicht sollten wir ja eine kleine Pause einlegen«, schlug sie vor. »Ich denke, es würde uns allen guttun, uns mal die Beine zu vertreten.«

»Wie du meinst, meine Liebe«, sagte der General und erhob sich gehorsam.

Ich bewunderte sein Durchhaltevermögen ... und seine Geduld. Ich war mir sicher, daß die ganze Angelegenheit für ihn mindestens ebenso öde und langweilig war wie für mich, aber man konnte es ihm beim besten Willen nicht anmerken.

Ich wollte mich ebenfalls gerade erheben, doch sackte ich wieder in meinen Sitz zurück. Eine Woge des Schwindels überfiel mich.

»He, Skeeve! Geht es dir nicht gut?«

Plötzlich wirkte Massha um einiges besorgter.

»Alles in Ordnung«, erwiderte ich und kämpfte um einen scharfen Blick.

»Möchtest du vielleicht einen Schluck Wein?«

»*Nein!!* Ich meine, mir geht es gut. Wirklich. Ich habe letzte Nacht nur ziemlich wenig geschlafen, das ist alles.«

»Ja, ja. Warst wohl wieder pimpern, wie, heißer Matz?«

Normalerweise liebe ich Masshas Neckerei. Aber heute war ich einfach zu müde, um mitzuspielen.

»Genaugenommen bin ich ziemlich früh ins Bett gegangen«, erwiderte ich steif. »Ich hatte nur große

Mühe einzuschlafen. Wahrscheinlich sind mir zuviel Dinge durch den Kopf geschwirrt, um mich zu entspannen.«

Das war in gewissem Sinne eine Untertreibung. Tatsächlich hatte ich mich die ganze letzte Nacht im Bett gewälzt ... genau wie die beiden Nächte davor. Ich hatte ursprünglich die Hoffnung gehegt, daß ich mich, nachdem ich erst einmal die finanziellen Probleme bewältigt hatte, voll und ganz auf die Frage würde konzentrieren können, ob ich nun Königin Schierlingsfleck heiraten sollte oder nicht. Statt dessen hatten alle damit zusammenhängenden Faktoren und Komplikationen in meinem Kopf einen Tanzmarathon veranstaltet und um die Vorherrschaft gekämpft, bis ich mich nicht einmal mehr auch nur mit einem einzigen davon hatte befassen können. Leider war ich aber auch ebensowenig dazu in der Lage gewesen, sie allesamt beiseite zu schieben.

»So, so«, meinte sie und musterte mich mit einem durchdringenden Blick.

Was immer sie zu sehen bekam, es schien ihr nicht zu gefallen. Sie schob zwei Stühle zusammen, setzte sich neben mich und legte mir eine mütterliche Hand auf die Schulter.

»Komm schon, Skeeve«, sagte sie. »Erzähl Massha mal alles. Was brennt dir denn in letzter Zeit so schwer auf der Seele?«

»Diese ganze Geschichte, ob ich Königin Schierlingsfleck nun heiraten soll oder nicht«, antwortete ich. »Ich kann mich einfach nicht entscheiden. Soweit ich das begriffen habe, gibt es darauf auch keine einfache, klare Antwort. Jede Option, die ich habe, scheint mit negativen Lasten behaftet zu sein. Was immer ich tue, es wird für derart viele Leute Folgen haben, daß ich fast gelähmt bin vor Angst, ich könnte mich für das

Falsche entscheiden. Ich habe eine solche Angst, etwas falsch zu machen, daß ich inzwischen überhaupt nichts mehr tue.«

Massha stieß ein gewaltiges Seufzen aus.

»Tja, diese Entscheidung kann ich dir auch nicht abnehmen, Skeeve. Das kann niemand. Aber wenn es dir eine Hilfe ist, solltest du wissen, daß du geliebt wirst und daß deine Freunde zu dir halten werden, egal welche Entscheidung du triffst. Ich weiß, daß es im Augenblick sehr schwer für dich ist, aber wir vertrauen alle voll darauf, daß du schon das Richtige tun wirst.«

Ich vermute, das sollte mir Mut machen. Allerdings half es mir nicht im geringsten, daran erinnert zu werden, wie sehr doch alle damit rechneten, daß ich die richtige Entscheidung treffen würde ... nachdem ich doch nach wochenlanger Überlegung nicht die leiseste Ahnung hatte, welche Entscheidung denn die richtige sein könnte! Aber mein Lehrling versuchte ja auch nur, mir zu helfen, so gut sie konnte, deshalb wollte ich sie mit einer entsprechenden Bemerkung auch nicht verletzen.

»Danke, Massha«, sagte ich mit gequältem Lächeln. »Das hilft mir schon ein wenig weiter.«

»Ahem.«

Ich blickte auf und sah, wie General Badaxe vortrat. Er hatte sich so still verhalten, daß ich schon ganz vergessen hatte, daß er überhaupt im Raum war.

»Würdest du uns vielleicht für einen Augenblick entschuldigen, meine Liebe? Ich möchte gern ein paar Worte mit Herrn Skeeve wechseln.«

Massha ließ ihren Blick zwischen dem General und mir hin und her schweifen, dann zuckte sie mit den Schultern.

»Na klar doch, Hugh. Ich habe weiß Gott noch eine Menge zu tun. Bis später, heißer Matz.«

Der General schloß die Tür hinter ihr, dann blieb er stehen und musterte mich einige Augenblicke. Schließlich kam er zu mir herüber und legte mir beide Hände auf die Schultern.

»Herr Skeeve«, sagte er. »Darf ich um das Privileg bitten, frei zu Euch zu sprechen; Euch für einige Augenblicke so zu behandeln, als wäret Ihr mein eigener Sohn ... oder ein unter meinem Befehl stehender Mann in der Armee?«

»Gewiß doch, General«, sagte ich ehrlich gerührt.

»Hervorragend«, sagte er lächelnd. »Umdrehen!«

»Wie bitte?«

»Ich sagte ›umdrehen‹. Dreht Euch bitte mit dem Gesicht in die andere Richtung, wenn Ihr so freundlich sein wollt.«

Verwundert kehrte ich ihm den Rücken zu und wartete.

Plötzlich krachte etwas in mein Hinterteil und schleuderte mich mit solcher Gewalt nach vorn, daß ich fast zu Boden gestürzt wäre, hätte ich mich nicht rechtzeitig mit den Händen und einem Knie abgestützt.

Ich war schockiert.

So unglaublich es auch schien, hatte ich doch jeden Grund zu der Annahme, daß der General mir soeben einen Tritt in den Hintern verpaßt hatte!

»Ihr habt mich getreten!« sagte ich und konnte es immer noch nicht fassen.

»Das ist richtig«, erwiderte Badaxe ruhig. »Ehrlich gesagt, das war schon lange überfällig. Ich hatte eigentlich erst daran gedacht, Euch eins auf den Kopf zu geben, aber in letzter Zeit habe ich den Eindruck, daß Ihr Euer Gehirn am anderen Ende tragt.«

Grollend fing ich an, es doch zu glauben.

»Aber weshalb?« wollte ich wissen.

»Weil, Herr Skeeve, bei allem Respekt und der Eurer Position und Eurem Rang gebührenden Höflichkeit, es meine wohlüberlegte Meinung ist, daß Ihr Euch in letzter Zeit betragt, wie das Nordende eines nach Süden gewandten Pferdes.«

Das war deutlich genug. Überraschend poetisch für einen Militär, aber deutlich.

»Könntet Ihr wohl etwas genauer werden?« fragte ich so würdevoll, wie es mir noch möglich war.

»Natürlich beziehe ich mich dabei auf Eure mögliche Heirat mit Königin Schierlingsfleck«, sagte er. »Oder, etwas genauer, auf Eure Schwierigkeiten, Euch zu entscheiden. Ihr quält Euch mit dieser Entscheidung ab, wo es doch selbst dem unaufmerksamsten Beobachter deutlich sein müßte, daß Ihr sie gar nicht heiraten wollt.«

»Es stehen hier einige wichtigere Dinge auf dem Spiel als das, was ich will oder nicht, General«, versetzte ich matt.

»Bullenscheiße«, antwortete Badaxe forsch.

»Was?«

»Ich sagte ›Bullenscheiße‹«, wiederholte der General, »und so meine ich es auch. Das einzige, worüber es sich nachzudenken lohnt, ist, was Ihr wollt.«

Trotz meiner Depression ertappte ich mich beim Lächeln.

»Verzeiht mir, General, aber findet Ihr nicht auch, daß das ausgerechnet aus Eurem Mund etwas merkwürdig klingt?«

»Wieso das?«

»Nun, als Soldat habt Ihr Euer Leben doch der harten Disziplin der Ausbildung und des Kampfes verschrieben. Beruht denn nicht das ganze Militärsystem auf Selbstaufopferung und Selbstverleugnung?«

»Vielleicht«, meinte Badaxe. »Aber ist Euch vielleicht auch einmal aufgefallen, daß das alles nur ein Mittel zum Zweck ist? Der ganze Gedanke, der hinter der Vorbereitung auf den Kampf steht, ist doch wohl folgender: was *Ihr* wollt, gegen das durchzusetzen oder zu verteidigen, was andere wollen.«

Ich fuhr auf.

»So habe ich das noch nie betrachtet.«

»Anders kann man das überhaupt nicht betrachten«, versetzte der General entschieden. »Sicher, ich weiß, daß viele Leute das Soldatenleben als eine Übung in Unterordnung begreifen. Daß es dabei angeblich darum geht, geistlose Roboter den unsinnigen Befehlen und Launen ihrer vorgesetzten Offiziere auszuliefern ... darunter auch Generäle. Tatsache ist aber, daß eine Armee ein gemeinsames Ziel verfolgen muß, sonst bleibt sie unwirksam. Jeder, der zu ihr gehört, erklärt sich *freiwillig* dazu bereit, der Befehlskette zu folgen, weil *das die effektivste Möglichkeit ist, ein gemeinsames Ziel zu erreichen*. Ein Soldat, der nicht weiß, was er will oder wofür er kämpft, ist wertlos. Ja, noch schlimmer, er stellt sogar eine Gefahr für alle dar, die auf ihn zählen.«

Er machte eine kurze Pause, schüttelte dann den Kopf.

»Aber betrachten wir die Sache mal für einen Augenblick in einem etwas überschaubareren Maßstab. Stellt Euch einen jungen Mann vor, der trainiert, damit er nicht von älteren, größeren Männern herumgeschubst wird. Er hebt Gewichte, um seine Muskeln zu entwickeln, studiert verschiedene Formen des bewaffneten und unbewaffneten Kampfs und übt viele lange, anstrengende Stunden mit einem einzigen Ziel: sich soweit abzuhärten, bis er sich niemandem mehr unterwerfen *muß*.«

Der General lächelte.

»Was würdet Ihr wohl sagen, wenn derselbe junge Mann sich danach von jedem Aufschneider herumschubsen ließe, nur weil er sich davor fürchtet, ihm weh zu tun, falls er sich wehren sollte?«

»Ich würde sagen, daß er ein kompletter Idiot ist.«

»Ja«, meinte Badaxe nickend. »Das seid Ihr auch.«

»Ich?«

»Aber gewiß doch«, antwortete der General und wirkte langsam etwas verärgert. »Habt Ihr Euch etwa nicht in dem Bild wiedererkannt, daß ich soeben gezeichnet habe?«

»General«, sagte ich matt, »ich habe jetzt schon seit einigen Tagen nicht mehr geschlafen. Verzeiht mir, wenn ich im Augenblick nicht so schnell begreife wie sonst, aber Ihr werdet mir es wohl doch erklären müssen.«

»Also gut. Ich sprach von einem jungen Mann, der seinen Körper stählt. Nun, Ihr, mein junger Freund, seid körperlich wahrscheinlich der stattlichste Mann, den ich kenne.«

»Bin ich das?«

»Ohne jeden Zweifel. Darüber hinaus habt Ihr Euch, genau wie der junge Mann in meinem Beispiel, im Laufe der Jahre selbst aufgebaut. Bei Euren magischen Fähigkeiten und Eurem Reichtum, ganz zu schweigen von Euren Verbündeten, Unterstützungskräften und Kontakten, *braucht* Ihr überhaupt nichts zu tun, was Ihr nicht wollt. Außerdem habt Ihr das immer wieder gegen durchaus beeindruckenden Widerstand unter Beweis gestellt.«

Er lächelte und legte mir eine überraschend sanfte Hand auf die Schulter.

»Und jetzt wollt Ihr mir erzählen, daß Ihr Schierlingsfleck heiraten müßt, obwohl Ihr gar nicht wollt? Das kann ich einfach nicht glauben.«

»Na ja, die Alternative sieht so aus, daß sie dann abdankt und das Königtum an mir hängenbleibt«, sagte ich verbittert. »Und das möchte ich noch viel weniger.«

»Dann tut Ihr das eben auch nicht«, meinte der General achselzuckend. »Wie soll Euch irgend jemand dazu zwingen, wenn Ihr nicht freiwillig mitmacht? Ich weiß jedenfalls genau, daß ich diesen Job auch nicht haben wollte.«

Seine schlichte Analyse ließ einen Hoffnungsschimmer am Horizont erscheinen, doch ich zögerte noch immer, die Hand danach auszustrecken.

»Aber die Leute zählen auf mich«, protestierte ich.

»Die Leute zählen darauf, daß Ihr tut, was für *Euch* das Richtige ist«, versetzte Badaxe entschieden. »Auch wenn es Euch schwerfällt, das zu erkennen, aber die Leute *gehen sowieso davon aus*, daß Ihr tun werdet, *was Ihr wollt*. Ihr hättet etwas genauer zuhören sollen, als meine Braut mit Euch sprach. Wenn Ihr Königin Schierlingsfleck heiraten *wollt*, werden Eure Freunde Euch unterstützen, indem sie sich Euch nicht in den Weg stellen oder Euch Kummer bereiten. Aber glaubt Ihr denn im Ernst, daß sie, solltet Ihr in aller Entschiedenheit erklären, daß Ihr weiterhin mit ihnen zusammenarbeiten *wollt*, daß sie das nicht mit derselben oder sogar noch größerer Begeisterung unterstützen würden? Genau *das* war es, was Massha versucht hat, Euch zu sagen. Aber ich glaube, sie hat es zu sanft getan. Bisher sind doch alle immer nur zu sanft mit Euch umgesprungen. Da Ihr nicht zu wissen scheint, was Ihr wollt, sind alle wie auf Eiern um Euch herumgeschlichen, damit Ihr Eure Entscheidung in

Ruhe fällen könnt. Und Ihr hattet nichts anders zu tun, als danach zu gieren, in Erfahrung zu bringen, was alle anderen wollen, anstatt Euch einfach zu entspannen und einzugestehen, was *Ihr* eigentlich wollt.«

Ich konnte mir mein Lächeln nicht verkneifen.

»Nun, General«, sagte ich, »eins kann man Euch bestimmt nicht vorwerfen: daß Ihr allzu sanft mit mir umgesprungen seid.«

»Es schien mir angebracht.«

»Das war doch gar keine Beschwerde!« lachte ich. Inzwischen fühlte ich mich richtig gut und bemühte mich gar nicht darum, es zu verbergen. »Es war Ausdruck meiner Bewunderung! Und vielen Dank auch!«

Ich gab ihm die Hand. Er nahm sie, und wir tauschten einen einzigen, kurzen Händedruck aus, der eine neue Stufe unserer Freundschaft besiegelte.

»Dann gehe ich wohl recht in der Annahme, daß Ihr Eure Entscheidung getroffen habt?« fragte Badaxe mit erhobener Augenbraue.

»Bestätigung«, sagte ich lächelnd. »Und Eure Vermutung, wie sie ausfallen dürfte, ist richtig. Danke, mein Herr. Es bedarf wohl keiner gesonderten Erwähnung, daß ich mich für Eure Hilfe gern einmal revanchieren möchte, sollte sich Gelegenheit dazu bieten.«

»Hm ... Wenn Ihr vielleicht etwas größeres Interesse an den Hochzeitsvorbereitungen zeigen könntet«, warf der General ein. »Und vor allem, wenn Ihr eine Möglichkeit fändet, die Planung ein wenig abzukürzen?«

»Die heutige Sitzung kann ich durchaus abkürzen«, erwiderte ich. »Richtet Massha mein Bedauern aus, aber ich verspüre das Verlangen, mit Königin Schierlingsfleck zu reden. Vielleicht können wir die Besprechung morgen fortsetzen.«

»Das ist keine Abkürzung der Prozedur«, knurrte Badaxe, »es ist nur ein Hinauszögern.«

»Tut mir leid, General«, lachte ich auf dem Weg durch die Hintertür. »Der einzige andere Vorschlag, den ich Euch machen könnte, wäre der, Massha dazu zu überreden, mit Euch durchzubrennen. Ich halte auch gern die Leiter.«

19

›Es gibt mindestens fünfzig verschiedene Möglichkeiten, seiner Geliebten den Laufpaß zu geben!‹

Casanova

Nachdem ich mich nun endlich entschieden hatte, wollte ich Königin Schierlingsfleck entsprechend benachrichtigen. Ich meine, da sie schon so lange auf eine Entscheidung von mir wartete, wäre es doch wohl nicht recht gewesen, ihr diese nicht sofort mitzuteilen. Nicht wahr? Die Tatsache, daß ich, sollte ich die Angelegenheit allzu lange hinauszögern, mich möglicherweise wieder davor drücken könnte, hatte damit nicht das geringste zu tun. Nicht wahr?

Plötzlich war ich mir der Abwesenheit meiner Leibwächter nur zu bewußt. Als ich ihnen den Auftrag erteilt hatte, mein Bargeld unter die Leute zu bringen, war ich von der Annahme ausgegangen, daß ich hier im Palast keiner besonderen Gefahr ausgesetzt sei.

Jetzt war ich mir da nicht mehr so sicher!

Schon bei unserer ersten Begegnung, als ich mich für König Roderick ausgegeben hatte, war mir aufgefallen, daß Königin Schierlingsfleck eine bösartige, möglicherweise sogar mörderische Ader hatte. In letzter Zeit hatte es dafür zwar keine Anhaltspunkte mehr gegeben, andererseits wußte ich aber auch um keinen Vorfall, da ihr auch nur annähernd so schlechte Nachrichten überbracht worden waren, wie ich sie jetzt für sie hatte.

Ich schüttelte den Kopf und ermahnte mich selbst, nicht albern zu werden. Sogar wenn es zum Schlimmsten käme, neigte die Königin doch nicht zur offenen, unüberlegten Gewalt. Sollte es den Anschein haben, daß sie die Nachricht ungnädig aufnahm, könnte ich immer noch die Mannschaft zusammenrufen und mit ihr in eine andere Dimension abhauen, bevor Schierlingsfleck einen Racheplan geschmiedet hatte. Folglich gab es auch nicht den geringsten Grund, meine Leibwächter dabeizuhaben. Nicht wahr?

Ich war immer noch damit beschäftigt, mir das einzureden, als ich vor den Gemächern der Königin eintraf. Die Ehrenwache vor ihrer Tür nahm zackig Haltung an, und so war es für einen ehrenvollen Rückzug auch prompt zu spät.

Mit einer Gelassenheit, die ich gar nicht empfand, klopfte ich an ihre Tür.

»Wer ist da?«

»Ich bin es, Euer Majestät. Skeeve. Dürfte ich vielleicht einmal mit Euch sprechen, falls es Euch nicht ungelegen kommt?«

Es folgte eine Pause, die lange genaug war, um neue Hoffnung zu schöpfen. Doch dann ging die Tür auf.

»Skeeve! Das ist aber eine angenehme Überraschung. Bitte tretet ein.«

Königin Schierlingsfleck trug ein schlichtes orangefarbenes Kleid, was mich angenehm überraschte. Daß sie bekleidet war, meine ich, nicht die Farbe. Das erste Mal, als sie mich in ihren Gemächern empfangen hatte, war sie nackt an die Tür gekommen, und das hatte mir in unserem Gespräch einen unangenehmen Wettbewerbsnachteil eingebracht. Diesmal, so fand ich, würde ich wirklich jeden Vorteil gebrauchen können!

»Euer Majestät«, sagte ich und betrat den Raum. Ich sah mich schnell um, während sie die Tür schloß, und als sie sich wieder zu mir umdrehte, deutete ich auf einen Stuhl. »Bitte, würdet Ihr Euch vielleicht setzen?«

Fragend hob sie eine Augenbraue, nahm aber Platz, ohne zu widersprechen.

»Was ist denn los, Skeeve?« fragte sie. »Ihr blickt so ernst drein.«

Jetzt konnte ich es nicht mehr hinausschieben, und so stürzte ich mich ins Gefecht.

»Ich wollte Euch wissen lassen, daß ich meine Entscheidung getroffen habe, was die Heirat mit Euch anbelangt«, verkündete ich.

»Und wie lautet sie?«

»Ich ... Euer Majestät, ich fühle mich geehrt und geschmeichelt zugleich, daß Ihr mich für würdig erachtet, Euer Prinzgemahl zu sein. Nie hätte ich eine solche Möglichkeit zu erträumen gewagt, und so mußte ich gründlich darüber nachdenken.«

»Und ...«, hakte sie nach.

Mir wurde klar, daß jede noch so große Menge Zuckerguß die Grundaussage meiner Entscheidung nicht ins Gegenteil verkehren würde, und so beschloß ich, die Sache nicht länger hinauszuzögern.

»Ich bin schließlich zu dem Schluß gelangt«, sagte ich, »daß ich zum gegenwärtigen Zeitpunkt nicht zu einer Eheschließung bereit bin ... weder mit Euch noch mit sonst jemandem. Das Gegenteil vorzugeben, würde dem anderen keinen Dienst erweisen ... und mir selbst auch nicht. In Anbetracht meiner Arbeit und meiner Studien als Magiker und meines Wunschs, zu reisen und andere Dimensionen zu besuchen, habe ich weder Zeit noch Interesse, mich im Augenblick häuslich einzurichten. Täte ich es dennoch, würde ich zweifellos früher oder später jeden verabscheuen, der mich dazu gezwungen hat. Und daher fürchte ich, daß ich Euer gütiges Angebot werde ausschlagen müssen.«

Gespannt machte ich mich auf ihre Reaktion gefaßt.

»Okay«, sagte sie.

Ich wartete noch einen Augenblick, damit sie fortfahren konnte. Als sie es nicht tat, fühlte ich mich selbst dazu verpflichtet.

»Was nun Euren Vorschlag betrifft, zu meinen Gunsten abzudanken ... Euer Majestät, ich bitte Euch, das noch einmal zu überdenken. Ich bin weder dazu qualifiziert noch hege ich den Wunsch, ein Königreich zu regieren. Ich bin im besten Fall ein guter Ratgeber ... und auch das nur mit beträchtlicher Unterstützung meiner Mitarbeiter und Freunde. Ich fürchte, daß das Königreich, sollte ich eine derartige Verantwortung auf mich laden, darob zu großem Schaden käme ... ich weiß jedenfalls, daß ich das täte ... und ... und ...«

Meine Rede versickerte, als ich sie lachen sah.

»Euer Majestät? Verzeiht mir. Habe ich etwas Komisches gesagt?«

»Ach, Skeeve«, prustete sie und rang nach Luft. »Habt Ihr wirklich geglaubt ... Natürlich gebe ich den Thron nicht auf! Macht Ihr Witze! Ich *liebe* es doch, Königin zu sein!«

»Tatsächlich? Aber Ihr habt doch gesagt ...«

»Ach, ich sage viel, wenn der Tag lang ist«, meinte sie und winkte ab. »Das ist eine der schöneren Seiten, königlichen Geblüts zu sein: Man kann sagen, was man will, und entscheidet selbst, was davon Gültigkeit hat und was man ignorieren muß.«

Ich war, gelinde gesagt, ziemlich verwirrt.

»Warum habt Ihr es dann gesagt, wenn Ihr es doch gar nicht tun wolltet?« fragte ich. »Und was ist mit

Eurem Heiratsantrag? War der auch nicht ernst gemeint?«

»Och, den habe ich schon ernst gemeint«, erwiderte sie lächelnd. »Aber ich habe nicht wirklich damit gerechnet, daß Ihr mich heiraten wollt. Ich meine, warum solltet Ihr auch? Ihr verfügt doch auch so schon über Reichtum und Macht, *ohne* an einen Thron oder eine Ehefrau gefesselt zu sein. Warum solltet Ihr also hierbleiben und die zweite Geige spielen, wenn Ihr genausogut in der Welt und allen anderen Dimensionen herumhüpfen könnt, und zwar als der eine und einzige Große Skeeve? Es wäre ganz phantastisch für mich und das Königreich gewesen, Euch dauerhaft an uns zu binden. Aber für Euch hätte die Sache doch keinen echten Vorteil gebracht. Deshalb bin ich überhaupt erst mit der Abdankungsnummer angerückt.«

»Abdankungsnummer?« wiederholte ich matt.

»Na klar. Ich wußte doch, daß Ihr gar nicht König werden wollt, sonst hättet Ihr den Thron gleich behalten, als Roddie Euch damit beauftragte, seine Rolle zu übernehmen. Jedenfalls habe ich mir gedacht, daß die Drohung damit eindrücklich genug sein könnte, um Euch vielleicht doch noch dazu zu überreden, mein Prinzgemahl zu werden.«

Sie zog eine Schnute.

»Ich weiß, das war ziemlich gemein, aber einen anderen Trumpf hatte ich nicht in der Hand. Was hätte ich denn sonst tun sollen? Euch drohen? Womit denn? Selbst wenn es mir gelungen wäre, mir irgend etwas aus den Rippen zu schneiden, was für Euch und Euren Zoo eine Bedrohung dargestellt hätte, hättet Ihr doch nur mit den Fingern zu schnippen brauchen, um in irgendeine andere Dimension zu verschwinden. Es wäre die Mühe und die Kosten einfach nicht wert gewesen, Euch ständig zu verfolgen ... das meine ich nicht als Beleidigung. Mit dieser Abdankungsdrohung hatte ich wenigstens eine geringfügige *Chance,* Euch dazu zu bringen, eine Heirat mit mir in Erwägung zu ziehen ... und wenn es nicht geklappt hätte, hätte es auch keinen weiteren Schaden angerichtet.«

Ich dachte an die ganzen Tage und Nächte, die ich mich mit meiner Entscheidung abgequält hatte. Und dann dachte ich daran, die Königin auf der Stelle zu erwürgen.

»Keinen weiteren Schaden angerichtet«, stimmte ich ihr zu.

»Schön«, sagte sie und lehnte sich wieder in ihrem Stuhl zurück, »das wär's dann wohl. Keine Heirat, keine Abdankung. Aber wir könnten doch wenigstens Freunde sein, oder?«

»Freunde?« Ich blinzelte.

Obwohl ich sie schon eine Weile kannte, hatte ich in Königin Schierlingsfleck noch nie eine Freundin gesehen.

»Warum nicht?« meinte sie achselzuckend. »Wenn ich Euch schon nicht als Gemahl haben kann! Nach allem, was ich gesehen habe, verhaltet Ihr Euch Euren Freunden gegenüber ziemlich loyal. Und *irgendeine* Form von Verbindung möchte ich schon zu euch unterhalten.«

»Aber weshalb sollte Euch das wichtig sein? Ihr seid doch Königin, und zwar eine, die über ein ziemlich großes Reich herrscht.«

Schierlingsfleck legte neugierig den Kopf schräg, als sie mich ansah.

»Ihr wißt es wirklich nicht, wie, Skeeve? Ihr seid selbst ein ziemlich mächtiger Mann. Ich hätte Euch sehr viel lieber als Verbündeten denn als Gegner, sowohl um des Königreichs als auch um meiner selbst willen. Wenn Ihr Euch mal ein wenig umhört, werdet

Ihr, denke ich, eine ganze Menge Leute finden, die das ganz genauso sehen.«

Das klang doch ziemlich nach dem, worauf mich schon Badaxe hingewiesen hatte.

»Außerdem«, fügte die Königin hinzu, »seid Ihr ein netter Bursche, und ich habe wirklich nicht allzu viele Freunde. Ihr wißt schon: Leute, mit denen ich auf gleicher Stufe sprechen kann, Leute, die sich nicht ständig vor mir fürchten? Ich denke, unterm Strich betrachtet, dürften wir mehr Probleme gemeinsam haben, als Euch bewußt ist.«

»Nur, daß ich in einer besseren Position bin, weil ich immer noch selbst entscheiden kann, was ich tun und lassen solle«, endete ich nachdenklich.

»Nun reibt es mir nicht noch unter die Nase«, erwiderte Schierlingsfleck und rümpfte dabei dieselbe. »Nun, was meint Ihr? Freunde?«

»Freunde«, erwiderte ich lächelnd.

Einen Impuls folgend, nahm ich ihre Hand und küßte sie leicht, dann hielt ich sie noch einige Augenblicke länger fest.

»Wenn Ihr gestattet, Euer Majestät: Darf ich Euch meinen persönlichen Dank dafür aussprechen, daß Ihr meine Weigerung so gut aufgenommen habt? Selbst wenn Ihr damit gerechnet habt, muß es Eurem Stolz doch einen Stich versetzt haben. Die Versuchung war bestimmt groß, mich zur Vergeltung ein wenig zu piesacken.«

Die Königin warf den Kopf zurück und lachte wieder.

»Es wäre sicherlich nicht sonderlich schlau von mir, Euch jetzt noch das Leben schwermachen zu wollen, oder?« fragte sie. »Wie ich schon sagte, Ihr könnt dem Königreich eine große Hilfe sein, Skeeve, und sei es nur, daß wir Euch gelegentlich als unabhängigen

Unternehmer anheuern. Wenn ich Euch allzuviel Unbehagen darüber bereiten würde, mich nicht geheiratet zu haben, würdet Ihr weder mich noch das Königreich jemals wiedersehen wollen.«

»Ich weiß nicht so recht«, warf ich ein. »Der Hof von Possiltum hat mir immerhin meine erste bezahlte Stelle als Magiker geboten. Wahrscheinlich werde ich immer eine gewisse Zuneigung für das Königreich empfinden. Und außerdem ist Euer Majestät als Frau auch nicht ganz reizlos.«

Letzteres rutschte mir so heraus, doch die Königin schien keinen Anstoß daran zu nehmen.

»Nur nicht reizvoll genug, um sich mit ihr niederzulassen, wie?« fragte sie lächelnd. »Nun gut, laßt es mich wissen, wenn Ihr mal etwas Zeit habt, dann können wir ja vielleicht die eine oder andere Alternative erkunden.«

Das erwischte mich nun *wirklich* voll auf dem falschen Fuß!

»Äh ... gewiß, Euer Majestät. Allerdings befürchte ich, daß die Zeit für mich und meine Mitarbeiter gekommen ist, unseren Abschied von Possiltum zu nehmen. Wie mir Grimble mitteilt, steht das Königreich jetzt bald wieder finanziell auf festem Boden, und es gibt noch anderswo dringende Angelegenheiten, die nach unserer Aufmerksamkeit verlangen.«

»Natürlich«, antwortete sie und erhob sich. »So geht denn mit meinem persönlichen Dank und Eurem Lohn, den Ihr Euch so redlich verdient habt. Ich werde mich bei Euch melden.«

Die Anspielung auf unsere Honorare war mir so unbehaglich, daß ich schon fast an der Tür war, als ich schließlich ihre letzte Bemerkung registrierte.

»Äh ... Euer Majestät?« fragte ich und drehte mich wieder zu ihr um. »Noch etwas: Wenn Ihr das nächste

Mal meiner Dienste bedürft, könntet Ihr vielleicht einfach eine kleine Nachricht verfassen, wie es alle anderen tun, anstatt mir einen abgeschnittenen Finger zu senden? Das war doch ein wenig irritierend.«

»Kein Problem«, willigte sie ein. »Ach, übrigens, könnte ich den Finger vielleicht zurückhaben? Und sei es nur um des Ringes willen, der mir als Erinnerung an Roddie dient.«

»Ich dachte, Ihr hättet ihn bereits«, erwiderte ich stirnrunzelnd. »Ich habe ihn seit unserem ersten Gespräch nach meiner Rückkehr nicht mehr gesehen.«

»Hm ... wo er wohl hingekommen sein mag? Na schön, dann werde ich ihn eben von den Zofen suchen lassen. Aber solltet Ihr ihn unter Euren Sachen finden, seid doch so lieb und schickt ihn mir zurück, ja?«

»Ganz bestimmt, Euer Majestät. Lebt wohl.«

Mit diesen Worten schenkte ich ihr meine tiefste Verbeugung und ging.

20

›Und derweil in der Wirklichkeit ...‹

G. Lucas

Ich fühlte mich, als wäre mir eine Riesenlast von den Schultern genommen worden. Zum erstenmal seit meiner Rückkehr aus Perv war ich wieder Herr über mein eigenes Schicksal!

Kein Gehirnzermartern mehr, was ich zum Wohle des Königreichs unternehmen sollte – oder zum Wohle der Mannschaft ... oder zum Wohle der gesamten Zivilisation, wenn wir schon dabei sind. Die Dinge waren wieder in die richtige Perspektive gerückt! Meine Zukunft gehörte wieder mir, ich konnte damit machen, was ich wollte, ohne mir überlegen zu müssen, was wohl für andere das beste wäre.

Ich ertappte mich dabei, wie ich auf meinem Gang durch das Schloß vor mich hin pfiff, was ich schon lange nicht mehr getan hatte. Ich mußte sogar der Versuchung widerstehen, vor Freude herumzuhüpfen.

Und kaum hatte ich bemerkt, daß ich einer Versuchung widerstand, genehmigte ich mir auch prompt ein paar kleine Hopser.

Ich hatte es endlich hinter mir gelassen, mir bei allem, was ich tat oder unterließ, zu überlegen, ob andere es für richtig hielten ... oder genauer: ob *ich glaubte*, daß andere es für richtig halten würden. Von nun an würde ich tun, was *ich* wollte ... und der Rest der Welt – und von mir aus auch sämtliche anderen Dimensionen! – täten besser daran, sich damit abzufinden!

Mit dieser Entscheidung tat ich einen besonders

hohen Sprung. Es mag vielleicht nicht gerade klassischer Tanz gewesen sein, fühlte sich aber gut an. Herrje! *Ich* fühlte mich gut. Besser als je zuvor in meinem Leben.

Mir fiel auf, daß mich ein paar Leute aus der Ferne anstarrten, ja, daß einige sogar die Hälse reckten, um mich besser beobachten zu können. Doch anstatt mit Verlegenheit zu reagieren oder mich peinlich berührt zu fühlen, winkte ich ihnen nur fröhlich zu und setzte meine Tollerei fort.

Ich mußte es unbedingt jemandem erzählen! Mein neues Glück mit meinen Freunden teilen! Sie hatten mir alle während der schlimmen Zeit die Treue gehalten. Nun wollte ich auch bei ihnen sein, wenn ich mich *gut* fühlte!

Ich würde Bunny davon erzählen ... nein, Aahz! Ich würde es erst Aahz erzählen und *dann* Bunny. Mein Partner hatte es verdient, als erster davon zu erfahren.

»He, Boß! Skeeve!«

Ich drehte mich um und sah, wie mir Nunzio vom anderen Ende des Gangs aus zuwinkte. Ich war überrascht, ihn zu sehen, und wollte gerade zurückwinken, als mir plötzlich einfiel, daß dies das erstemal war, daß er *mich* zu *sich* gerufen hatte. Bisher war es immer umgekehrt gewesen. Ein Gefühl der Beunruhigung fegte meine Unbeschwertheit fort.

»Komm schnell, Boß! Es ist wichtig!«

Meine Befürchtungen hatten sich bestätigt. Irgend etwas war faul. Irgend etwas war *außerordentlich* faul!

Ich eilte auf ihn zu, doch er setzte sich noch vor mir in Bewegung, folgte dem Gang und blickte sich nur ab und zu nach mir um, um sicherzugehen, daß ich auch mitkam.

»Warte auf mich, Nunzio!« rief ich.

»Beeilung, Boß!« erwiderte er, ohne sein Tempo zu verlangsamen.

Mittlerweile ging mir ein wenig die Puste aus, doch er wurde nur noch schneller. Dann huschte er eine Treppenflucht hinunter, und mir kam eine Idee.

Als ich den Treppenabsatz erreichte, begab ich mich nicht auf gewöhnliche Weise nach unten, sondern sprang einfach über das Geländer und benutzte meine Magik, um hinter ihm herzufliegen (was ja nur eine umgekehrte Levitation ist). Das schien mir doch ein bißchen schneller zu sein als das Gerenne, ganz sicher aber war es weitaus weniger anstrengend für meine Lungen! Ich schaffte es gerade noch, wieder etwas Luft zu schnappen *und* meinen Leibwächter einzuholen, als wir auch schon auf den Palasthof hinauskamen.

»Was ist denn los, Nunzio?« fragte ich und verlangsamte mein Tempo, um mich seinem Schritt anzupassen.

Anstelle einer Antwort zeigte er geradeaus.

Im Hof hatte sich eine Gruppe von Leuten versammelt. Einige davon gehörten zur Wachmannschaft oder dem Palastpersonal, doch schienen auch diverse kostümierte Figuren darunter zu sein. Dann erblickte ich Guido und Pookie … und Aahz!

»He, Aahz! Was ist denn los?« rief ich.

Beim Klang meiner Stimme blickte die ganze Gruppe in meine Richtung, wich ein Stück zurück und …

Und dann sah ich, um was sie sich versammelt hatten!

»Gliep!«

Mein Hausdrache lag auf der Seite, ohne das geringste Anzeichen seiner üblichen energischen Lebhaftigkeit.

Ich erinnere mich nicht mehr, wie ich landete … oder mich überhaupt bewegte. Ich weiß nur noch, wie ich plötzlich neben meinem Haustier kauerte und seinen Kopf in meinen Schoß legte.

»Was ist los, Bursche?« fragte ich, ohne eine Antwort zu erhalten. »Aahz? Was ist los mit ihm?«

»Skeeve, ich …«, fing mein Partner an, doch da sah ich es schon selbst:

Aus Glieps Seite, direkt neben seinem Bein, ragte ein Pfeil hervor!

In diesem Augenblick spürte ich, wie sich mein Haustier in meinen Armen rührte und matt versuchte, den Kopf zu heben.

»Ganz ruhig, Bursche«, sagte ich und versuchte tröstlich zu klingen.

Glieps Blick fand den meinen.

»Skeeve?« sagte er matt, dann erschlaffte er, und sein Kopf glitt wieder in meinen Schoß.

Er hatte meinen Namen gesagt! Das erste, was er jemals von sich gegeben hatte, abgesehen von jenem Laut, dem er seinen Namen verdankte.

Vorsichtig legte ich seinen Kopf auf den Boden und erhob mich. Ich stand da und betrachtete ihn eine Weile, dann richtete ich meinen Blick auf die mich umringende Menge. Ich weiß nicht, was für einen Gesichtsausdruck ich hatte, aber als mein Blick sie streifte, wichen alle um einige Schritte zurück.

Als ich sprach, versuchte ich, es mit leiser und gefaßter Stimme zu tun, doch die Worte schienen von weither zu kommen.

»Also gut«, sagte ich. »Ich will wissen, was hier passiert ist … und zwar *sofort*!«

ÜBER DEN AUTOR

Robert Lynn Asprin wurde 1946 als Sohn philippinisch-irischer Eltern geboren. Er war der erste Amerikaner in der Familie. In seiner Heimatstadt Ann Arbor, Michigan, lernte er schon früh ein breites Spektrum von Buchläden, Museen und Kulturen kennen.

Asprin besuchte die Universität Michigan und meldete sich in der stürmischen, kontroversen Vietnam-Ära der 60er Jahre zur Armee, was sein Gespür für Vielfalt und seine Wertschätzung derselben nur steigerte. Seine zwölfjährige Tätigkeit in der Buchhaltungsabteilung einer kleinen Filiale des Xerox-Konsortiums tat ihr übriges, um seiner unverwechselbaren Betrachtungsweise der ihn umgebenden Menschen den letzten Schliff zu geben, bevor er schließlich hauptberuflich Schriftsteller wurde.

Robert Asprin hat zwei Kinder: Annette und Daniel. Und er hat eine Vielzahl unterschiedlichster Interessengebiete: vom Fechten über Musik bis zu tropischen Fischen und Handarbeit.

Seine neue humoristische Science-Fiction-Serie, die ›Chaos-Kompanie‹-Romane, haben inzwischen ebenfalls ein breites Publikum gefunden und gelangten auf die Bestsellerliste der *New York Times*.

Robert Asprin lebt im French Quarter von New Orleans.